错入了麻醉科的走心护士

弼溪子 著

中山大學出版社
SUN YAT-SEN UNIVERSITY PRESS
·广州·

图书在版编目（CIP）数据

错入了麻醉科的走心护士/粥溪子著.—广州：中山大学出版社，2021.1
ISBN 978-7-306-07057-9

Ⅰ.①错… Ⅱ.①粥… Ⅲ.①长篇小说—中国—当代 Ⅳ.①I247-5

中国版本图书馆 CIP 数据核字（2020）第 218951 号

CUORU LE MAZUIKE DE ZOUXIN HUSHI

出 版 人：王天琪
策划编辑：谢贞静
责任编辑：谢贞静
封面设计：刘 犇
责任校对：吴茜雅
责任技编：何雅涛
出版发行：中山大学出版社
电　　话：编辑部 020-84110771，84113349，84111997，84110779
　　　　　发行部 020-84111998，84111981，84111160
地　　址：广州市新港西路 135 号
邮　　编：510275　　传　　真：020-84036565
网　　址：http：//www.zsup.com.cn　E-mail：zdcbs@mail.sysu.edu.cn
印 刷 者：佛山市浩文彩色印刷有限公司
规　　格：787mm×1092mm　1/32　10.5 印张　260 千字
版次印次：2021 年 1 月第 1 版　2021 年 1 月第 1 次印刷
定　　价：48.60 元

自　　序

书终于要出了，接到编辑交代的一个任务，要我为作品写一篇自序。我沉思多日后，觉得最想对读者说的话是：这是一部小说体的麻醉医学科普作品，是我“十年磨一剑”的作品，是值得你放在枕边的书。

如果没有对麻醉学科的融会贯通，我不敢写这部作品。我学医二十余年，在从事了五年的内、外科工作后，又继续从事专门麻醉工作十六七年，对日常的临床操作达到“一针搞定”的程度，对于围术期生命体征及呼吸、循环功能等的变化一看便知究竟。当然，这也与我前期的刻苦学习不无关系。遥想 2003 年读研时，我在学习、上班之余，都会上网浏览麻醉论坛，当时最常去的网站有东方麻醉网、山东麻醉论坛及丁香园论坛等。我于 2005 年开始担任丁香园麻醉疼痛学讨论版版主，每天要审读麻醉帖子百余条。那时，大家热衷于上网站讨论问题，丁香园里也汇集了国内外大量的医学专业人士，其中不乏各个领域重量级的业界专家，他们的学历不同，所在医院的等级不同，拥有的仪器设备、药物不同。我经常看到一个话题帖刚发出没几个小时，动辄几十条，多时上百条的回帖就出来了。网友们会从自己的角度、层面提出不同的见解，有些是你压根儿不会想到的方式、方法。他们往往也能从不同的侧面进行分析，甚至能够改变你的认知。我时常在看到某个好帖子后，会不由自主地发出“听君一席话，胜读十年书”的感慨。

2008年，我开通网易博客，着手写科普作品，并往《中国家庭医生》等杂志投稿。记得第一篇科普文章发表后，我便收到了六百多块钱的稿费。这意外的惊喜，让我一发不可收拾，十多年来写了百余篇麻醉学相关的科普文章，其中在报刊上发表了五十余篇。慢慢地，我对科普写作也有了点感悟——一个话题，能给读者带来哪些知识，读者阅读后能够获得什么，这些都是作者必须首先考虑的。只有动笔前多思考，我们的科普才能更好地为读者服务，让读者从我们的文章中获得更多有益的知识。一篇好的科普文章，不但可以深入浅出地解答大众的疑惑，更是一座医患沟通的桥梁。

随着我在报刊上发表科普文章的增多，有热心的编辑（比如时任《中国家庭医生》杂志社编辑的曾伟凤女士）提醒我，可以试着将已经写好的科普作品整理起来，集成一本册子出版。那时，我还真有点儿小冲动，但当我从网上搜索到与麻醉相关的科普图书已经出版了好些本后，感觉自己的图书写作实力还不够，暂且放下了。但此事便在我的心里留存了一个念想，相信只要自己坚持写下去，将来总有一天能够水到渠成。

2010年，我开始写《近水村出了个外科医生》，全篇四万字，算是一部中篇小说吧。完稿后，我也试着投过稿，基本泥牛入海，渺无音讯。但也有家当时刚成立的电子期刊《医生》，用过这篇小说部分内容，连载过两期后，便无疾而终了。同年，我也开始写一些诗歌、散文，并在省、市报刊陆续发表。

2011 年，我看到《健康报》编辑吴卫红老师在丁香园里征稿，我便按照征文要求写了一篇投稿到指定的邮箱。意想不到的是，过了两周后，我的文章还真出现在《健康报》上了。拿过报纸仔细阅读后，我很诧异地发现，发表的文章的篇幅比我的投稿内容少了三分之二。而后，我又连续往《健康报》投了几篇稿，但都没被采用，却收到了吴卫红老师的一条暖心回复："写文章，要想打动读者，首先要能打动自己。"此后，每当我写作一篇文章之前，总会不自觉地想起这句话。很幸运，我后来在《健康报》又发表了三十余篇文章，其中有的文稿几乎没有被删改什么文字就发表了。

记得在读研期间，我就听麻醉学专业的余志豪教授说过，麻醉医生虽然是做幕后工作，似乎很少能得到病人们的鲜花和掌声，但不用值班"管床"，只需上班时把麻醉工作做好了，病人安全了，下班后几乎没什么事，我们可以有较多的闲余时间做研究和自己感兴趣的事情。如果能守一而"修"，最终还是能有一番成就的。

你的时间花在哪里，哪里就是你的闪光点。记得在我读研期间，同学们休息时间各自在宿舍里玩电脑，有一位同学先把自家电脑拆了，然后又重装回去，反复折腾几次后，他便成了同学们心目中的电脑高手，后来他又研究了黑客技术。偶尔我也在想，他在这些方面的技术水平，也许是我一辈子也追赶不上的，但我没必要去追赶或效仿他，因为我有我自己的兴趣和爱好。当时，我比较热衷于上论坛和查找资料，任何一篇文献，不论是中文还是外文，我很快便可以找出全文来。而且，随着在丁香园论坛一步步由初级会员成长为论坛版主，我也成了同学中的厉害角色。

人生的路，每一步都有其意义。如果此前从来没有写过科普文章，或从来没有写过小说，也许就很难将科普与小说有效地融合。起初，每当写好一篇文章，我就想着去投稿，迫切希望发表它，因而没少经历被退稿的沮丧。慢慢地，我发现了其中的一点门道，任何一种报刊，都有其不同的风格特点，它们针对的读者群不一，选用的文章的体裁、风格也会不尽相同。比如，有的报刊刊用的文章全是故事性的，有的却需要夹叙夹议的，也有的刊用评论性的。偶尔，一篇文章被这个报刊退稿了，却有可能被另一个报刊相中发表。所以，在投稿某个报刊前，首先要了解该报刊，对其中的文章仔细阅读一番，如果对报刊的风格不去研究，便贸然投稿，多半会遭到退稿。所有这些，都是一种成长经历。

总之，如果没有这么多年的写作积累，我便写不出《错入了麻醉科的走心护士》。这部作品绝不是我以往几年来作品的简单整理。为了达到全文风格一致，语言、格调整齐划一，我抛开了以往已经成型的文章，重新采点打框架，以一种全新的小说体形式写出的这部科普作品，基本达到了麻醉医学科普与小说的完美结合。

最后，再来说说这部作品。它是以主人公吴小玫自进入麻醉科开始，直到小玫成长为麻醉科护士长的历程为主线，结合其在麻醉科的所见所闻，以及自身的成长故事，按时间顺序展开的。读者在阅读小说后，能够熟悉手术室内医生、护士群体的工作和生活，对麻醉科从懵懂到了解。也能使读者熟悉：麻醉到底是什么？麻醉医生、麻醉护士是干什么的？病人在麻醉过程中又将会经历些什么？病人在进入手术室前需要了解什么？手术中可能会发生哪些意外和不良反应？术前和术中应该做好哪些预防及心理准备？一些惊心动魄的抢救故事也在该小说里有较为详细的叙述。

这部作品，既为小说，肯定不乏小说的情节和主人公的爱情生活故事，读者通篇阅读后，不仅可以深入了解手术室内医护人员的工作和生活，也能洞悉她们大致的情感生活。八小时外的世界，有大同，也有小异。如果读者能从本书中找到一丁点儿自己的影子，那将是作者莫大的欣慰。

该部作品最先是在豆瓣阅读网上连载发布的，属于签约作品。这次能够顺利以纸质书形式出版，首先要感谢中山大学出版社张小可、谢贞静编辑的赏识与帮助；也要感谢豆瓣阅读马惠君编辑的支持与帮助；更要感谢我的贤内助罗美华药师的默默奉献，没有她在后面的鼎力协助，我没有那么多时间来完成这部作品。

这部作品，是以小说为体裁的麻醉医学科普作品，富有故事性和趣味性，适合的读者群体比较广泛。它也可作为初入麻醉行业的启蒙读物，特别适合刚接触临床麻醉的进修医生、规培医生、实习医生及麻醉科护士等。最后，坦诚地说，限于作者的知识水平，该部作品难免存在纰漏与不足，敬请广大读者批评指正。谢谢！

魏兵华

2020 年 5 月 12 日

一

小玫来麻醉科已有十几年了。

她刚毕业就被分配来这儿了。记得入职那天，她被一名护士领进了手术室田护士长的办公室。她心底里压根没二想，去手术室工作嘛，找护士长报到是理所应当的。可是，当护士长看过她的入职通知书后，却微笑着对她说："吴小玫是吧，你是入职麻醉护士，不用找我的，你去王主任那儿报到吧。"听到护士长如此回复，小玫吃惊地当场呆住了。麻醉护士，难道不归护士长管吗？看到小玫满脸狐疑的样子，田护士长耐着性子继续对她解释："没错的啦！你是麻醉护士，归麻醉科管的。去吧，王主任就在出门左拐后最里头的办公室。"

小玫低着头，若有所思地走出田护士长办公室，步伐显得有些缓慢。她一边走着，一边双手展开入职通知书仔细端详，上面真真切切地写着入职科室，确实就是麻醉科。当她走到主任办公室的门前，长吸了口气，怯怯地敲了两下，只听得里面传出男子低沉浑厚的声音："进来。"她轻轻推开门，探着脑袋朝里面瞧了一下，主任正独自坐在办公桌前看着电脑。她随即快步往里走，走到王主任的桌前便停了下来，并恭恭敬敬地说："主任好，我是新来的护士吴小玫。”同时，小玫双手迅速将入职通知书朝主任递去。王主任接过入职通知书后看了一眼，顺手放在了办公桌上。他转过身，对小玫说：“小吴啊，你是本科生，是我亲自从护理部那儿要过来的，还有两个会来。现在麻醉科工作比较繁杂，麻醉科不能没有护士，你们基础好，先跟着麻醉医生学习吧。”小玫听后忽觉脑子“嗡”了一下，心想难不成真要把自己变成麻醉师了。她一边想着，一边静静地听着，没敢作声。接下来，她又听到主任说：“你现在去手术室找毛医生，先让他教你麻醉吧。”小玫仍然愣住了似的，站在那里一动不动。突如其来的消息，已经扰乱了她的思绪，让她有些慌乱。王主任看她呆若木鸡的样子，又强调了一句：“你可以离开了，找毛医生去吧。”小玫立刻被惊醒地回答“哦哦”，转身便离开了。

小玫朝手术室走着，一路默默地回想着主任刚才说过的话，心想自己可是一个小护士哦，对麻醉可是一窍不通的，怎么也没想到自己会入麻醉科，越想心里越怕怕的。小玫走进手术室后，放眼一看，里面很大，冷不防打了个寒战。她左顾右盼地打量着过往的医护人员，心想哪个是毛医生，他在哪里呢？

当小玫思量着，是不是要找人打听时，走过来一个护士，推出一车手术用的东西。小玫快步走上前，向她打了个招呼：“你好，我是新来的麻醉护士。请问毛医生在哪里？你知道吗？”那个护士侧眼打量了一下小玫说：“新来的啊，欢迎你。你叫什么名字啊？”小玫立即回答：“我叫吴小玫。”那位护士听后说：“哦哦，我叫刘丽玲。跟我来吧。”说完，刘丽玲继续推着车，小玫也搭个手，帮忙推着车。刘丽玲对小玫说：“想不到今年麻醉那边也招护士呀。”

小玫听她这么说，也不知道怎么回答，朝她笑了一下，“嗯”了一声，继续推着车往前走着。小玫跟着她走进一间手术间，看到里面刚做完一台手术，立即猜想到，刘丽玲这是正在准备下一台手术需要的东西呢，毕竟小玫毕业前也在手术室实习过两个月。

刘丽玲带着小玫来到护士站，向坐在电脑前的总务护士打听：“玉姐，今天毛医生在哪间房啊?”只见玉姐立刻查了一下登记册，回答说：“毛医生在楼上的五号手术间。”接着，小玫就被刘丽玲直接带到了五号手术间。

毛医生此刻正准备给病人打麻醉，只是简短询问了一下小玫的情况。当毛医生听到小玫是护士，而且是王主任指定要跟他学麻醉时，甚为惊讶，转而又有些感叹，随口说了一句：“看来今年又没招到麻醉医生了。”

接着，毛医生对小玫说：“这会儿有些忙，没时间多聊，你就先在一旁看看吧。”小玫看到毛医生跟她说话时，都一直在忙着，一会儿给病人贴心电极，一会儿又测血压，就没敢多说话，只是站在一旁静静地看着毛医生给病人做完一个又一个操作。小玫心想，这个大哥哥似乎不比自己大很多，但看他技术倒挺娴熟的，动作很麻利。虽然他戴着口罩帽子，还戴着一副黑边眼镜，但举手投足中，散发着帅气、青春与活力。小玫有几次想上前帮忙，但又不知道该干什么，只好站在毛医生边上，默默地看着，并听着监护仪、麻醉机等仪器传来的声音。此刻，她感觉这个手术室非常陌生。尽管她在实习期间也在手术室学习过，但那时是学习手术护理。此次进来手术室，她的学习方向完全不同了，现在是要学麻醉的，这是以前从来没有想过的。

小玫一直在旁边观察着。毛医生把麻醉所有的操作都做完，才转过身来对她说："这是开胸的肺癌手术，风险比一般手术大，所以我们麻醉的操作会多些。"小玫听后"哦"了一声，并轻轻地点了点头。外科医生进来后，巡回护士立刻拿起病历本，叫外科医生、毛医生等一起核对了病人姓名及手术名称等信息，然后再把病人摆成侧卧体位，手术才正式开始。

台上手术开始后，毛医生推来麻醉车，坐在病人一侧，填写着麻醉记录单，也叫小玫坐下。小玫轻轻地搬来一个小凳，坐在毛医生身旁，看着毛医生书写麻醉记录单。毛医生侧眼飞快地打量了几下小玫，心想这小姑娘长得还不差，虽然戴着口罩，但仍然遮挡不住她骨子里散发出来的美。那对双眼皮的眼睛大大的、水灵灵的，白白嫩嫩的椭圆脸蛋，加上有一米六以上的个头，是自己有些喜欢的类型。

过了不长时间，毛医生突然对小玫说："我几个月前就听说麻醉科要来麻醉护士了，想不到还真来了，只是我现在还不知道教你些啥。"小玫听到毛医生说得如此坦诚，立刻接过话匣子，微笑着说："毛老师好，我一点儿也不懂麻醉的，不知道从哪儿学起，还希望毛老师以后多多教我。"毛医生写着麻醉单，"嗯"了一声，继续对她说："我们都是同事了，以后就不要叫我毛老师了，叫得我浑身不自在，你就叫我'毛医生'或'毛哥'就好。"小玫立刻说道："毛哥，谢谢你！"毛医生继续苍劲有力地书写着。小玫在一旁看着，只见毛医生运笔如飞、潇洒自如，心想他这个字，笔画呼应，以前肯定是临摹过字帖的。过了几分钟，毛医生放下笔，坐直身子后对小玫说："这样吧，你把我写的麻醉单，重新誊写一份，明天你就可以照着写啦。”

小玫欣喜地答道：“好的。”随后她接过了麻醉单，伏在麻醉车上认真地誊写起来。毛医生看了一眼监护仪，转而看着小玫，她在麻醉单上一笔一画、工工整整地抄写着，字写得很清秀，仿佛跟人一样水灵，不由地夸赞了一句：“字写得不错。”小玫听到后并没有停下笔，只是莞尔一笑。

待全部抄写完后，小玫才站立起来，深吸了一口气，对毛医生说：“毛哥，写好了。”毛医生接过她写的麻醉单，仔细地看了看，便对她说：“写得很好，但是要注意每个小网格的时间点，横坐标是用药或监护的项目，纵坐标代表时间点，以后必须严格对齐。”小玫立即凑近问：“没有对齐吗？”毛医生回答说：“当然没有了。”于是毛医生就指着其中的一组字说：“你看这行的芬太尼，对比上面的一组用药数字，首字似乎偏差了大半个小网格。”小玫满脸狐疑地问：“一小格的偏差，有那么大的影响吗？”毛医生听到她如此问，便指着麻醉单对她说：“你看看这些小网格，每个小网格就代表了五分钟，而我们麻醉医生给病人做麻醉诱导时，静脉推药都是在一两分钟内完成的。你要记住哦！”小玫听后惊讶不已，心想原来如此啊，默默地点点头说：“以后我会注意的，谢谢毛哥的指点。”毛医生继续说：“你写的这张麻醉单，就自己留着吧，拿这张麻醉单，仿效着多写几次，你也就会了。”小玫盯着毛医生点点头说：“好的，谢谢。”

毛医生走到手术台边，看了一会儿手术，回到麻醉车旁，坐下来，对小玫说：“你以前从未接触过麻醉吗？”小玫瞅着毛医生摇了摇头，回答“没有”。毛医生“哦”了一声，沉思了片刻，告诉她："我现在来告诉你吧，麻醉不是打一针那么简单。"小玫问道："我以前总听人说，麻醉，就是给病人打一针的。为何又不是呢？"毛医生轻轻地笑一下，接着问小玫："如果说麻醉就是给病人打一针，那么现在我已经给病人打完了那一针，我是否可以离开了？"小玫噘着嘴说："我不知道。"毛医生接着再问："你不知道可不可以离开，或是为什么我还不离开，是吧？"小玫低着头若有所思，怯怯地说了一句："我真不知道。"毛医生看到小玫的耳朵有些泛红了，于是安慰她："这不怪你。不仅是护士，就是很多医生，也都这么认为，以为麻醉只是给病人打一针，那是因为他们根本不懂麻醉，不知道麻醉到底是干什么的。"

小玫继续问："毛哥，那么麻醉到底是干什么的，你能否详细地告诉我？"毛医生沉思了片刻，梳理了一下思绪，缓缓地对她说："麻醉，这门学科诞生的目的，就是为外科手术保驾护航。既然是保驾护航，那就要有始有终，全程护卫着手术病人的安全。所以我们麻醉医生全程不能离开，直到手术结束，病人完全清醒。"

小玫听后似乎有些明白了，于是接着问："既然是保驾护航，我们站在边上看着就是了，为什么还要给病人做那么多操作呢？"毛医生听后欣喜地答道："这个问题问得好。一个病人做什么手术，我们就针对这个手术给病人实施什么样的麻醉操作，所有的操作都是为了更好地为病人保驾护航。就拿这个病人来说，外科医生要给病人开胸。你想想，开胸可是个大手术，心脏和肺都在胸腔里面，一不小心就可能出意外。因此，我们要给病人进行全麻，并进行气管插管和呼吸机通气，保证病人氧供正常。另外，我还给病人做了个中心静脉穿刺，从右边颈内静脉穿刺的。你看看，正因为手术比较大、风险高，我们要做好思想准备，万一出血多，从外周小静脉输液是达不到效果的。还有这儿，手腕也给病人扎了个动脉监测，你再看看监护仪上面的红色波形，病人每心跳一下，就会显示一次动脉血压，这个血压监测可比袖带血压计来得更加准确、及时。”

小玫一边仔细地聆听着，一边探头看了看中心静脉及动脉穿刺的地方，转而又看了看监护仪，不住地默默点头，轻轻地对毛医生说：“现在我有些明白了。”毛医生听后语重心长地说：“麻醉，绝不是打一针那么简单。我们麻醉的目的，首先是要保证病人在无痛、舒适的状态下接受手术，我们也要在整个手术中密切观察病人的生命体征变化，全程保障病人在手术中的生命安全。”

小玫听完毛医生的解释后，心领神会地说：“原来如此啊，我算是明白麻醉是干什么的了。”毛医生说：“你现在是麻醉护士，只知道这些还是不够的。”小玫咧着嘴笑了说：“那是肯定的，还要继续向你学习。”

两人盯着监护仪看了一会儿，毛医生继续问小玫：“你以前学过心电图吗?”小玫答：“学过一点，但不太懂。”毛医生接着问：“能看懂早搏、房颤吗?”小玫不好意思地说：“室性早搏的波形比较明显，我能看懂，其他的就很难分辨。”毛医生听后眨了一下眼睛，轻轻地应了句“哦”。毛医生手指着监护仪对小玫说：“咱们现在来看看心电监护，上面这行波形是心电图波形，因为极易受电刀等外界干扰，波形经常显现不出完整的心电图波形，不是很清楚。但你看下面这行蓝色的波形，它就是脉搏氧饱和度波形，还有红色的波形，是有创动脉波形，这两行波形，就比较整齐。”小玫听着毛医生的解释，使劲地盯着监护仪。毛医生接着说："我们这些工作了十几年的麻醉医生，平常只需稍微瞄一眼脉搏波或者有创动脉波，便能立即判断出病人有无心律失常。"小玫饶有兴趣地问："那怎么才能看懂呢？毛哥，你教教我吧。"毛医生笑了笑，指着监护仪的波形，说："你看看这行脉搏波形，每个波都有波峰和波谷，并且一个波与另一个波之间总有一段间隙。你再将一个波与另一个波对比一下，如果每个波峰之间的间隙宽度相等，且每个波的高度，就是振幅相等，那么便可以推断心电图波是正常的。如果每个波之间的宽度不等，或振幅不等，忽高忽低的，那么可以初步断定为心律失常。若要再进一步了解是哪种类型的心律失常，必须查看无干扰下的清晰的心电图波形了。"小玫听后一知半解地说："哦，原来还有这种门道，这个脉搏波也能判断出心律失常的啊？"毛医生笑着继续说："那是当然。作为麻醉护士，你首先要能看懂这个心电监护，能够从中发现心律失常等情况，并及时汇报给麻醉医生。"小玫一边听毛医生的解说，一边随手找了一张纸，提笔迅速记下刚才他说的每个细节。

毛医生看到小玫如此认真，并能主动做笔记，便轻轻挥动了手，示意她坐下来，继续慢慢对她讲解。毛医生说："你要知道，麻醉医生给病人做完麻醉操作，并不意味着麻醉医生的工作就结束了。相反，那只是开始。"听到毛医生如此给自己解说，小玫不甚理解地眯着眼问："麻醉操作只是麻醉工作的开始，这个说法我还是头一次听到，不太理解，能否再跟我解释一下？"毛医生告诉她："之前我给病人所做的那些操作，都只是为了在整个手术中更好地监护病人，更好地为病人保驾护航。麻醉科的工作重点在于对病人进行围术期生命体征的监控，是维持术中呼吸循环功能的稳定，保障病人生命安全。麻醉操作做完了，只是把病人麻醉了，那仅仅是开始。我们接下的工作就是守在病人旁边观察病人，使病人安全地渡过手术期，因为手术和麻醉都可能发生各种意外，都需要密切监护，及早发现并及时处理。”

小玫一边静静地聆听着，一边默默地思索着，突然她皱着眉头，不经意地说：“以前我也看到过做了半身麻醉的病人，比如做手部或脚部手术的病人，术中他们是醒着的，要不要麻醉医生全程监护呢?”毛医生听后笑了，说：“如果是半身麻醉的清醒病人，有沟通能力，术中病人自我感觉有什么不适的话，他们可以告诉麻醉医生。但病人所能表达的仅是主观的不适，并不能全面反映病人的生命体征的变化，所以术中也需要全程心电监护。”

小玫听后非常赞同地点了点头：“谢谢，你的回答让我真正明白心电监护的意义了。”毛医生“嗯”了一声，伸手指了指监护仪，继续对小玫说：“但像今天这个开胸的全麻病人，病人已经接受了全身麻醉，打了全麻，那么病人就没有意识了，我们只能看好监护。监护仪就是我们的隐形眼睛，病人任何的生命体征、呼吸循环功能有丝毫异常的变化，我们都要保持警觉，能立即做出反应，将一切意外都扼杀于萌芽。在围手术期间，有很多意外可能发生，比如当外科手术不慎损伤血管导致突发大出血时，我们必须立即做出应对措施，如加快输液、减少麻醉药用量，以便维持病人生命体征如血压、心跳的稳定。如果手术出血量很大，上述方法均不能使病人血压升上来，我们就必须给予升压药，并给病人输血了。”小玫一边听着，一边轻轻地点头，并快速地做笔记。

二

正当小玫听到兴起时，毛医生突然站了起来，对着手术医生喊道："快住手，停下！"毛医生指着监护仪对外科医生说："你们看看，心电图是不是显示心跳停了？波形全成直线了!!"小玫顺着毛医生手指的方向，看着监护仪，刚才清晰可见的那几行波形全都没有了。说时迟，那时快，只看见毛医生立即从桌上拿起注射器，通过输液管道推了几毫升药物。小玫也凑上前看，外科医生一边紧张地给病人做心脏按压，一边叫毛医生继续给抢救药。只听毛医生也对外科医生说："呼吸机一直没停，我刚已经给了阿托品和肾上腺素，你们继续心脏按压吧。"心电监护的波形随着心脏按压忽隐忽现的。过了大约五分钟，只听到毛医生说："你们先停下，停下心脏按压，观察一下！看心跳恢复没有?"外科医生停下心脏按压，齐刷刷地转头看监护仪。此刻心电图、脉搏波及动脉波三条波形也同时显现出来了，病人的自主心跳恢复了。只是此时病人每分钟的心跳达一百五十几次，远远高于此前的每分钟八十几次，血压也是升到两百多毫米汞柱了。小玫站在一旁也是惊出一身冷汗来，但毛医生的敏锐反应，着实把她折服了。

看着心电监护仪，毛医生舒了口气说："吓着我啦。"接着又询问外科医生，“你们刚才触动哪里了？怎么突然心跳会停呢？”外科医生一脸茫然地回答：“我们似乎没动与手术无关的地方啊！只是刚才在用电刀时，听你喊我们停手。”毛医生猜测道：“可能是你们电刀辐射引起的心脏反应，你们做左肺叶切除，电刀距离心脏太近啦！”外科医生应了一声，说：“也许是吧。除了这个电刀，也有可能是神经反射的缘故啊。”这时大家都还盯着监护仪，血压比之前高出很多，心跳也很快，血压仍然是200毫米汞柱以上，心率也已快至每分钟130次。外科医生相继看着毛医生，但毛医生没作声，只是静静盯着监护仪，外科医生没敢马上继续手术，只好默默地等待着。又过了七八分钟，毛医生见血压已经回落至180毫米汞柱了，便对外科医生说：“你们还是继续做吧。刚才使用了肾上腺素，血压心率降下去还需要一段时间，既然现在已经循环稳定了，就做吧。”于是外科医生重新开始手术，毛医生也随口叮嘱了一声：“悠着点啊。”外科医生随即答道：“我们会小心的！”

小玫头一天到手术室，就目睹如此惊心动魄的一幕，吓得不轻，心想自己刚入职，就遇到抢救，竟然心跳都停了，真是上天给她个下马威啊。幸好，今天是有经验的毛哥也在场，要是换成自己一个人在场，遇到这事，那可就麻烦大了。看到毛医生处事不惊的态度，游刃有余的操作，小玫越发对他敬佩有加，心想一定要好好向他学习。

待到病人情况稳定后，小玫心悦诚服地问毛医生：“毛哥，请问你当时是怎么发现病人心跳停了的？我一点儿也没觉察到异常。”毛医生瞥了一眼监护仪说：“我们作为麻醉医生，不仅要学会用眼观察，也必须要养成聆听监护仪的习惯，心跳的声音及报警音的音调、节律改变了，或者音量突然变小了，我们都要时刻关注。如果哪天这监护仪不发出声音，我反倒不习惯了。”说完，毛医生脸上露出轻松愉快的笑容。

小玫有些感叹地说：“今天看到病人突然心跳停了，真是把我吓坏了，感觉麻醉的风险好大好大哦。”毛医生听后笑着说：“如果病人不做手术的话，就什么风险也没有了；如果不打麻醉了，也不会有任何风险了。”小玫一脸惆怅地问：“这么说，做手术打麻醉，风险就不可能避免了？”毛医生瞧着小玫，微笑着说：“有风险是肯定的，但不一定都会发生啊。”

小玫不解其意地问：“风险怎么样才可以不发生呢？”毛医生略微沉思了片刻，说：“手术或麻醉的风险，发不发生，跟手术医生的操作习惯及熟练程度有关。比如有的手术让这个医生做没有发生风险，但是换一个医生做，一不小心风险可能就发生了。打麻醉也是一样的。如果让一个尽心尽责又熟练的麻醉医生去打麻醉，本身哪有什么风险，无非就是给病人用点药，让病人睡觉而已，就好比一个失眠的人自服安眠药一样；但如果换个粗心大意的医生打麻醉，没注意一些细节，也许风险就发生了。所以要记住，风险总是相对的，不仅跟医生的技术水平、责任心相关，也跟病人的病情相关。”

小玫听到毛医生如此给她解释，都是从来没有听过的，感觉他说得挺有道理的，于是就笑着说：“你太厉害了！你刚才用的那两支药，阿托品和肾上腺素都是预先抽好的，好像知道病人会发生意外似的。”毛医生咧着嘴也笑了，过了一会儿他又说：“这两支药，还有麻黄碱，是我从事麻醉工作以来必备的药物。我管它们叫

‘麻醉三联’，不管做什么手术，都要备好它们，以防不测。”小玫紧紧盯着毛医生，像个小学生似的头也不转地仔细听着。

毛医生顺手拿起三支注射器给小玫看，并对她说：“你看看，阿托品和麻黄碱用5毫升的注射器抽好，肾上腺素用10毫升的注射器抽好。因为围手术期最常见的并发症莫过于过敏反应，我们在手术中可能会用到很多药物，通常情况下，病人是接触不到这些药物的，也不会特意给每个病人都打过敏皮试，说不定某个药物用下去就发生过敏了。一旦遇到过敏，像地塞米松、甲强龙等激素可以给，一旦出现血压下降等循环变化就必须马上用肾上腺素来拮抗。还有，手术免不了要对病人产生刺激，其突发的神经牵拉反应，可能会使心率发生骤降，如果低于每分钟50次，就必须马上使用阿托品来加快心率了。另外，就是刚才已经跟你说过的术中出血，只要开刀，就会有出血，一旦出血过多，发生一过性血压骤降，那就急需升压处理，便可用到麻黄碱。要记住，‘常在河边走，哪有不湿鞋’，所以该预防的就要早做准备。”小玫听后，赶紧用笔把刚才毛医生说的那些关键的话都一一记录下来。

手术快要接近尾声了，毛医生告诉小玫：“缝皮时我们就可以把丙泊酚停掉，待到手术结束，我们再停掉瑞芬太尼。因为瑞芬太尼的半衰期很短，停药四分钟，镇痛效果就消失了。如果这个病人有术后镇痛的需求，我们可以接上术后镇痛泵继续止痛。有的病人不同意做术后镇痛，我们为了防止病人醒后疼痛，也可以追加半支或一支芬太尼，看病人体质给药。麻醉就像是开飞机，永远都是起飞和降落时最危险、风险大。所以，我们在让病人清醒时，也必须万分小心谨慎。”

小玫听从毛医生的指示做好后，又疑惑地问：“现在手术做完了，我们是不是要坐在这儿等病人醒啊？”毛医生回答说：“不用的，我们科为了加快手术周转，设有术后恢复室，所有的全麻病人，只要没有严重的合并症，术毕都统一送到恢复室去等待苏醒，那儿有专门的医生和护士负责监护。”接着毛医生给恢复室打了一个电话，得知恢复室有空位。于是，小玫跟随着毛医生一同将病人送去恢复室后，给病人接上呼吸机和监护仪，并将术中的生命体征等情况及特殊注意事项告知恢复室的医护人员，待到病人完全清醒后，便可拔除气管导管，然后送病人回病房。

离开恢复室后，小玫无意间瞧见了墙壁上挂着的时钟，已经临近下午三点了。于是，小玫就问毛医生：“毛哥，我们接下来做什么手术?”毛医生告诉她：“今天手术不多，手术间已经关了。”小玫听后顿时心花怒放，忍不住地说了声：“太好了，好紧张哦。”毛医生听后笑了笑：“嗯，今天遇到的心跳骤停，我们处理很及时，现在没事了。”小玫接着问：“我们现在要做什么？要整理手术间吗?”毛医生回答说：“现在我们先看一下明天的病人吧。”听到毛哥说要看第二天的病人，小玫迫不及待地问道：“怎么看啊?要去病房吗?”毛医生说：“不急，先跟我来吧。”

毛医生带着小玫到护士站，找到排好次日手术的通知单。毛医生一边看一边对小玫说：“每天中午以后都在这儿查看手术通知单，有麻醉老师会在通知单上写上麻醉医生的名字，你看看，这几个写了‘毛’字的，就是我明天要负责麻醉的病人。”

小玫立刻伸长了脖子瞧，并说道：“明天我们是做宫颈癌的病人啊!”毛医生说：“我们明天做妇科的病人，你瞧这儿，还有两个子宫肌瘤的病人。”小玫听后“哦”了一声，迅速在纸上记录着。毛医生告诉她：“我们要先上电脑，查看病人的病历资料及检查结果。”毛医生上网输入宫颈癌病人的住院号，进入病人的电子病历，他一边查看病情信息一边对小玫说：“当你要给一个病人打麻醉，首先要了解该病人的基本情况，比如年龄、体重、疾病史、手术史、过敏史等。看完基本信息后，再看实验室检查。这个病人有乙肝小三阳，还有轻度贫血，血红蛋白每升 94 克。心电图、胸片等影像检查基本正常，其他没什么特殊的。”

正当毛医生准备查看另一个病人时，小玫站在一旁问：“毛哥，还有几个检验结果，你怎么没点开查看呢?”毛医生立即停住手，侧过脸看着小玫，笑着说：“你看看这些检验结果的字。标题显示为红色的，说明结果有异常，我们就点击进入查看；如果标题显示为黑色，说明检验结果是正常的，我们就无须再点击进入了。”小玫听后顿时有醍醐灌顶之感，说道：“哦哦，原来如此啊。”

接着，毛医生又迅速查看了另外两个病人的检验检查结果，而后便对小玫说：“明天的几个病人的年龄都不到五十岁，没有什么合并症，除了都有轻度贫血，其他检查没有太大的异常。”小玫听后微笑说：“体质这么好的病人，应该没什么风险吧。”毛医生接着说：“再小的手术，只要做手术打麻醉，就有风险。我们现在去看看病人吧。”小玫惊讶地问：“还要看病人的啊?!”毛医生肯定地说：“当然要去啦！你今天刚来麻醉科，我就带你去看看病人吧。”小玫答道：“好吧。”

毛医生带着小玫，分别套上外出衣，并更换了外出鞋。他边走边对小玫说：“我们麻醉医生术前必须上网了解病人的检验检查结果，并对结果进行评估分析。你刚来，还不知道如何评估，等你对麻醉熟悉一段时间以后再给你细说。”小玫跟在后面，“哦”了一声，没再多说什么，此刻的她，心里甚是懵懂。

毛医生接着告诉小玫：“术前我们麻醉医生必须对病人进行访视，要明确两个根本目标：一是可以观察病人的精神状态。有时有些合并症多，既有高血压，又有糖尿病，并且心律失常的老年病人，单从电脑上查看检验结果和检查结果真可谓是‘一片红’，存在很多的异常结果，让你感觉害怕甚至不敢为病人麻醉；但当你看过病人后，觉得病人精神状态还不错，加之病人自己及家属也有强烈的手术意愿，这时我们就毫不犹豫地给病人麻醉了。二是能增加病人对麻醉医生的信任。麻醉医生与病人多是一面之缘，很多时候病人直到进入手术室，才接触到麻醉医生，再加上手术室内麻醉师总是戴着口罩，病人在进入手术室后，都不知道是什么人给他麻醉，莫名地增加了恐惧感和不信任感。如果我们术前访视病人，有了一次跟病人接触沟通的机会，这样就可以让病人更加信任我们麻醉医生。”

小玫跟随着毛医生来到妇科，直接进入病人所在的房间，看到病人正坐在床上，仰着头看电视。小玫听过毛医生的解说后，心里也想着观察病人的精神状态。进门一眼望去，她便能感知这个病人的精神状态很好。接着，她看到毛医生走近床前，问过病人姓名后，接着对病人说：“你知道明天要做子宫手术吗?”病人回答说：“知道的，只是不清楚明天几点我才能去手术室。”毛医生回答病人：“明天你们科一共有三台手术，具体你是第几个去手术室，得由你的主管医生决定。我只告诉你，明天手术，我们要给你打全身麻醉，今晚十点后你就不要再吃任何东西了。”病人听后回答说：“哦？水也不能喝吗？”毛医生回答说：“对的，手术前任何东西，包括水也不能喝。如果你渴了饿了，可以叫护士帮你打点滴输液。”病人答道：“好吧，谢谢医生了。”之后，他们又访视了另外两个病人。

回到手术室，毛医生交代小玫收拾手术间，便准备下班了。毛医生刚要离开，突然又想到什么事情似的，停下了脚步，转头指着麻醉机对小玫说，“明早来了后，第一件事就是先检查‘三大件’，麻醉机、监护仪、微泵都要齐全。因为有时可能夜班的医生抢救病人，把微泵什么的临时拿去用了。然后就是打开电脑，要是电脑仍是开着的，就关机重启一下。之后就是去麻醉准备室拿来明天麻醉需要的各种器械和药品等。”

小玫只是默默地听着，看着那“三大件”，脑子里顿时空空的，感觉一座大山压在她的头上。小玫望着毛医生，心惊胆战地说：“毛哥，我可不可以不做麻醉护士，转做手术护士？”毛医生惊讶地盯着她，半晌才回答她：“干吗有这种想法？”小玫说：“我着实对麻醉一点儿都不懂，我好怕好怕，真怕做错事，酿出什么事故来！”说完，毛医生便见到小玫的眼泪已经湿润了脸颊。毛医生“哎哟”了一声，赶忙安慰她说：“不用怕，小玫。不用担心，我会尽力教你的。但凡你有任何疑问，我都会有问必答的。”

小玫哽咽地说：“麻醉风险太大了，我好怕。”毛医生看着她，怜悯之心油然而生，但一时又不知说些什么，只好静静地站在她的身旁。过了一会儿，小玫自个儿抹去了脸上的眼泪，同时告诉毛医生："麻醉机的检查，我不怎么会弄。"毛医生立刻意识到自己的要求太高了，或许是太着急了。于是，他安慰小玫道："这个麻醉机啊，你放心，不用你操心的，我明早自己会去检查的。"

接着，小玫有些哽咽地对毛医生说："那么毛哥，你能否借几本麻醉书给我看看？"毛医生正瞧着麻醉机，回头对她说："当然可以，明天带两本基础点的麻醉书给你。不过我也建议你自己买本麻醉手册看看，自己的新书嘛，可以随意做标记，学习会更深入。"这会儿，小玫心情平静了许多，回答说："好的。"

本来毛医生还想给她解释一下麻醉机的，但想到小玫才刚来，就打住了，于是就跟小玫说："没什么事的话，那我就先走啦。"小玫一会儿也想不出有什么事，只是"哦"了一声。看到毛医生离开手术室后，小玫重新坐在电脑前再仔细查看了下明天的病人的资料，也想不出还有什么事要干的，于是站起来，围绕着毛医生说的"三大件"看了一会儿，随后也就离开了手术室。

下班后，小玫径直去了附近的超市，挑选了两本笔记本，不大不小的，方便放入口袋，随身携带，随时记录。回到宿舍，室友芳兰还没回。她也顾不得满脸倦息，赶紧把当天所学及经历的都一一记下来了。

晚上，芳兰和几个新入职的朋友约好聚到一起吃个饭，闲聊自己新部门的奇闻逸事，把小玫也拉上了。大家围在一桌，你一言我一语的，好不开心。当姐妹们问及小玫时，小玫告诉她们自己分配去当麻醉护士了。芳兰马上充满羡慕地对她说："那好啊，手术室既干净，又没有病房里的嘈杂，我们想去还去不到呢，真羡慕你。”一伙姐妹齐刷刷地注视着她，弄得她好不尴尬。小玫赶忙摇摇头说：“不是的，不是的，你们都弄错了！我去的不是手术室，而是做麻醉护士！”麻醉护士？大家听后都面面相觑，惊讶不已，空气似乎顿时凝结了。

为什么呢，她们压根儿就没有听过麻醉护士啊。坐在当中的有个姐妹就问了：“麻醉护士是干什么的啊？”有的说：“护士去麻醉科，能干啥，想必做点儿文秘工作，应该很轻松吧！”有的说：“也许是给麻醉师提药瓶子，是轻松的活吧。”又有的说：“难不成是让你去打麻醉？”还有的接着说：“护士能打麻醉吗？那还要考医师执照的呀？怎么晋升职称啊？那压力好大哦，我是一直不敢想。”说完，她哈哈哈地笑了，接着几个姐妹也跟着笑了起来。几十秒后，姐妹们转而又八卦起来，七嘴八舌的，没个正经，却又合乎情理。小玫听到感觉天似乎都要塌下来了，心情极度郁闷，因为她一点儿也不懂麻醉，不知道说什么才好，也不知道该怎么回答她们。于是，她只好低着头噙着泪，默默地喝着茶，任有多少委屈，心里也要咽下去，看到姐妹们高兴的样子，强装没事儿地微笑着。

三

次日清晨，小玫来到麻醉医生办公室，参加科室早会。她进到办公室，才发现里面已经坐着十几二十号人。小玫心想自己难不成是迟到了？她侧眼瞥了一眼墙壁上的挂钟，这不是还没到八点吗？怎么科室就已经开始早会啦！她没敢作声，只是默默地找了个不太起眼的角落坐着。

当听到王主任说到新入职员工时，小玫立即竖起了耳朵听着。主任转头环顾四周："我们科今年新来了四个人，一个麻醉硕士，三个麻醉护士，都站起来，自我介绍一下，让大家认识认识。"小玫听到主任说要让新来的人都站起来、自报家门时，立刻不由自主地从脸红到了脖子，身子轻轻地颤了几下，低着头站着。但她还是全神贯注地听着，生怕漏听了某个细节。幸好没从她这儿开始，但从其他几个新来的同事介绍自己时可以听出来，似乎无需讲述太多，无非是说些自己叫什么名字啊，哪里人啊，哪所大学毕业的。当到轮到她时，小玫深吸一口气后，毫不含糊地叙述了一番。当她介绍完后，办公室里响起了阵阵掌声。

待各位新人介绍完后，王主任又语重心长地说道："现在全国的医院都在扩张，麻醉医生非常紧缺，我们年年都上报要招十个八个的，每年却总是只招来一两个。现在手术量也是年年在飞涨，麻醉医生的人员是远远不够啦。好在，今年医院给我们分配了几个麻醉护士。老马、老刘、小毛，你们几个要好好带。”马医生随即问了句：“护士哦，可不可以带她们进行打麻醉操作呢？”此问一出，科里几十号人的眼睛齐刷刷地转向了王主任。王主任听后沉思了片刻，接着对大家说：“先试着多教教她们啊，她们都是刚毕业，基础好，只有让她们多方位学习操作，才能使她们深入了解麻醉，以后更好地减轻麻醉医生的工作负担。”王主任的话音一转，道：“但是，你们带教时一定要花点心思，操作上盯紧了，做到放手不放眼。”

早会结束后，小玫进到手术间，看到麻醉车上一支支注射器摆得整整齐齐，原来毛医生早早地来到手术室，把今天所需的麻药全部抽好了。见此情形，小玫不由地脸红起来了，于是就问：“毛哥，你几点到手术室的，怎么这么早就抽完药了？”毛医生回答说：“昨天忘了告诉你，我们麻醉科七点五十分钟开早会，我通常在七点半就会到科室准备药物的。”小玫听后面有愧色地说：“对不起，明天我一定提前到达。”毛医生笑着说：“没事，知道就好啦。来，你来看看这些抽好的药。”

毛医生指着麻醉车上的一排药，说：“我们今天给妇科宫颈癌的病人做手术，需要全身麻醉，所以必须备好全套全麻药物。你看这两支 50 毫升的注射器里，分别是丙泊酚和瑞芬太尼。丙泊酚是镇静药，术中维持用的，让病人保持睡眠状态；瑞芬太尼是镇痛药，也是术中维持用的，可使病人术中无痛。你再看另外四支 10 毫升的注射器里，分别是力月西、芬太尼、阿曲库铵和依托咪酯，这四支是我们打全身麻醉用的药。力月西也叫咪唑安定，是镇静药；芬太尼是镇痛药；阿曲库铵是肌松药，可以保证术中肌肉松弛；依托咪酯也是镇静药。这四种药物联合使用，取长补短，能减少不良反应，保证病人麻醉安全。还有三支2毫升的注射器，分别是长托宁、托烷司琼和地塞米松，这三支药物是术前针，麻醉前给病人使用，避免一些不良反应。长托宁是抗胆碱药，可以抑制麻醉插管时口水分泌。托烷司琼是止呕药，地塞米松是激素，你懂得的，可以预防过敏。”小玫一边听毛医生的解说，一边快速地做着笔记。毛医生还提醒了她一句：“你看到了吧，每支注射器上都写着字，药物名称和剂量。要用这么多药，为了避免发生差错，你要记住，每次抽药前，先用标记笔在注射器上写好字，再抽药。看到字，就算再怎么忙，抽药也不会出错啦！”

小玫一边默默地听着毛医生的讲解，一边扫视着台面上的每支注射器及上面写着的药名，但等到毛医生都一一介绍完了，她也没看到阿托品、麻黄碱和肾上腺素等抢救药。昨天病人术中突发心跳骤停，让她久久不能忘怀。当她看到台面上没有昨天使用过的药物，心里立刻有些忐忑了，充满疑惑地问了一句，“毛哥，今天没抽抢救药吗?”此时病人已经进到手术间，毛医生正准备给病人签字呢。当毛医生听到小玫的询问，立刻打开麻醉车的抽屉，指着同样三支抽好的药说：“已经抽好了，忘了告诉你。因为这三支是抢救药，我没有和上面的麻醉药放在一起，是分开放置的，免得匆忙间拿错。”

毛医生让病人在麻醉同意书上签名后，便对小玫说：“病人进来后，我们要做的第一件事就是让病人签名，接着让病人躺到手术台上去。巡回护士给病人打针的同时，我们给病人连接心电监护，打开监护仪，绑好血压袖带，夹好脉搏血氧饱和度夹，贴上心电图电极片，等等。”小玫昨天已经注意到了这些监护线。血压袖带好绑，只需照葫芦画瓢地绑在病人肘关节以上的胳膊上便可。脉氧夹子也好办，照例夹在病人大拇指就行了。可是，心电图电极片有四五个，还真不知道具体贴在哪里。小玫红着脸，提着心电极线，不好意思地看着毛医生。毛医生看到小玫茫然不知所措的样子，于是拿起电极线说：“你看，这五根电极的头颜色不同，分别为黑、白、红、绿、灰，上面分别有英文缩写 LA、RA、LL、RL 和 V，意思分别是左上、右上、左下、右下和胸导联。我们在贴电极片时只需避开骨头或凸起的部位，在胸部乳头水平以上的相应位置的柔软皮肤处贴上就可以了。”小玫仔细地聆听着毛医生的解说，然后按照他所说的方法，依次把心电监护接好了。毛医生在一旁静静地看着，待小玫连接好心电监护后，接着又说：“病人刚进来手术间时通常心情比较激动，我们先观察十分钟，待他平静下来后，那时测量出来的生命体征数据，便可以作为病人手术前的血压及心率基础值。”

毛医生还告诉小玫：“接下来的十分钟内，我们不是干坐着等，还有很多事需要做的。比如，核对病人信息，再次询问病史，以前有没做过其他手术，早上起床后有没有吃饭喝水，有没有假牙，有没有对什么药物过敏，等等。”这一流程交代后，毛医生去找家属签字，小玫也跟着毛医生去了，她想看看如何跟家属沟通签字。只见毛医生端着病历，往谈话间外面喊道：“请熊某某家属，过来签字。请熊某某家属，过来签字。”接连喊了两遍后，只见家属立刻从座位上站起来了，一个中年男子带着一个学生模样的女孩向他们走来。他们一进到谈话间，毛医生就问："你们是熊某某家属吗?"对方答道："是的。"毛医生接着问："你和病人什么关系?"对方答："是夫妻。"毛医生又问："你知道你老婆今天做什么手术吗?"对方答："做子宫手术吧。"毛医生说："嗯，今天这个子宫手术，我们将给她打全身麻醉。"对方问："哦，要多长时间?"毛医生回答说："这个手术需要点时间，可能要做到中午去吧。如果肿瘤粘连得厉害还会更久些，不要急。"对方顿时满脸疑惑地问："要那么久啊，是不是风险很大?"毛医生解释说："今天这个手术算是妇科较大的手术，风险肯定有的，但你放心，我们会做好充分预防准备的。如果没什么问题，你就在这儿签字吧。"对方答："好的。"签完字，毛医生对家属说："你们就在外面等吧，不要离开。"对方回复说："好的，我们不会离开的。拜托了!"毛医生随口应了一声："放心吧，我们会尽力的。"

小玫跟着毛医生刚一回到手术间，毛医生就指着监护仪叫小玫看："你看看，现在病人的血压心率是多少啊?"小玫看着监护仪报出数值。毛医生"嗯"了一声说："我们开始给病人麻醉吧，先把术前针的三支药给病人用了。"接着，毛医生又叫病人仰头张口"啊——"了一声。病人照着示意的动作做，小玫在一旁紧紧盯着。毛医生接着向小玫解释："叫病人仰头张口，可以立刻判断是否存在插管困难，同时也可以观察口腔内的情况，有没有假牙，一瞧便知。"毛医生又问了病人体重，她回答"57 公斤"。即将麻醉前，毛医生将面罩盖在病人的口鼻上面，叫小玫看清楚自己的手势，并叫病人深吸一口气，同时叫小玫看病人胸部起伏情况。毛医生告诉小玫，病人深吸气时，要判断两侧胸部的呼吸是否对称及呼吸的深度，以便给麻醉药后，给病人扣氧面罩呼吸时有个对照参考。

四

毛医生让小玫坐在病人的头前，照着毛医生演示的手势，给病人扣上了面罩。毛医生看了看，又帮小玫移动了一下手指，并指出哪个指头要松、哪个指头着力、如何衔接，以保证单手扣面罩的密闭性。同时，让她把另一只手移到麻醉机气囊的位置。毛医生告诉她："我推完麻药后，病人便会在两三分钟后睡着，并且呼吸停止。你这时必须扣好面罩，保障病人的通气供氧。"小玫听到毛医生如此说，心里怕怕的，很紧张地捂好面罩，一刻也不敢放松。

随即毛医生开始一支一支地，将药物从病人的血管内推进去，小玫看着毛医生推药，此刻她的心已经提到了嗓子眼了，一门心思地紧紧捂住面罩。就在小玫屏气凝神地扣着面罩时，突然听到毛医生的指令："还不捏气囊，快捏气囊啊!"小玫似若惊醒地"哦"了一声，立刻捏了两下，气囊却瘪了，没法再捏了。小玫顿时一筹莫展，不知所措。毛医生在一旁说："不用慌，按下'O+'这个按钮，可以给你快速充氧。"果然，小玫朝"O+"的按钮一摁下去，气囊立刻就鼓起来了。她可以继续捏气囊给病人扣面罩了，她的眼睛时不时地在面罩与气囊两个地方往返，额头上的汗都冒了出来。只听到毛医生在一旁鼓励："没事的，不用紧张，你扣得很好。"毛医生说："已经两分钟啦，再捏两分钟，就可以给病人气管插管了。"小玫使劲捏着气囊，她心想，这哪是两分钟啊，感觉半个世纪过去了。毛医生站在一旁鼓励着小玫，顺手帮她把病人的头抬得更后仰了一点，同时对她说："这个时候病人已经完全睡着啦，是不会自己呼吸的，如果我们不能把氧气捏进去，病人就会缺氧。"

此刻，小玫什么都想不了，她也没法分神想别的。小玫唯一能想到的，就是使出全身的力气把气囊捏好，别让病人缺氧了。好不容易，终于听到毛医生说够时间了，小玫才松了口气，站在一旁。毛医生一边讲解着，一边帮病人把气管导管从口腔插到气管里去。接下来，毛医生就将气管导管连接好麻醉机，调节好参数，随后开启呼吸机，让病人的氧供有保障。

接着，毛医生给病人扎了右侧颈内静脉穿刺，置入了深静脉导管，而后又在病人左侧桡动脉穿刺，进行有创动脉血压监测。他做得是那么轻松、娴熟，一点儿拖泥带水的动作都没有，着实让小玫心生敬佩。

麻醉操作完成后，毛医生便告诉小玫："下次给病人捏气囊的时候，不要只盯住面罩和气囊。因为我怕你分心害怕，当时就没有说出来。"小玫噘着嘴问："不盯气囊，那看哪里啊？"毛医生继续说："捏气囊就好比是骑自行车，我们在骑自行车时，应该是眼睛看着远方，向着目标前进。没有谁会眼睛只盯着自行车的两个轮子和自己蹬动的两条腿。给病人捏气囊和扣面罩给氧也是一样，我们只需关注好病人的胸部的起伏。你若扣氧完好，胸部自然起伏有序。一只手扣面罩，另一只手捏气囊，双手达到协调有序，是不需要看气囊的。”

小玫听完毛医生的解释后，轻轻地点头。而后，毛医生指着麻醉机的屏幕告诉她：“此刻病人已经没有意识了，完全是靠麻醉机供应氧气。你看到了吧，这麻醉机的显示屏上有波形，那是压力波形。”小玫跟随着毛医生的指引，眼睛盯着波形。毛医生接着解释道：“人在清醒时，自主呼吸时通过胸膜腔的负压，将空气经过鼻孔气管吸入双肺。但当我们给病人全身麻醉后，病人已经不可能自主呼吸，我们就必须给病人机控给氧。机控给氧对人来说是被动的，需要一定的压力，经过气道导管将氧气压到双肺去。所以，我们在给病人用麻醉机给氧时，必须关注病人的气道压。气道压不能太高，双肺通气时气道压通常低于 20 毫米汞柱。”小玫站在一旁，默默地听着毛哥的教导，并运笔如飞地记下他说的关键数据。

当毛医生提到气道压时，小玫好奇地问了一句：“这个病人的气道压正好 20 毫米汞柱，如果气道压增高怎么办?”毛医生听到她的提问，微笑了一下说：“这个问题提得好。气道压的形成包括好几个因素，比如潮气量、气流速率、胸肺顺应性和分钟通气量等。像今天这个病人，属于中等体型病人。如果病人是肥胖体型的人，胸肺顺应性就偏低，给予同样的每公斤潮气量，产生的气道压就会偏高。”小玫边记录着，边迅速说道：“照你这么说，瘦高型体型的气道压就会偏低了。”说完后，小玫微笑地看着毛医生。毛医生点点头说：“你说得很对，气道压越高就越容易对气管肺泡造成损伤。术中为了保持病人满意的氧气供应，我们在保障每分通气量不变的情况下，有时可以通过增加通气频率，降低潮气量的办法来降低气道压。”

小玫听着毛医生的解释，不时点头，捧着笔记本，手指不停地拨动水笔。小玫记下毛医生讲解的内容，接着又问：“昨天那间手术室的麻醉机好像与今天这台麻醉机的型号不同，在调节气道压方面有什么不同吗？”毛医生听到她的提问，立刻夸奖了小玫：“你观察得还挺细致的。因为购置的时间不同，麻醉科有几种不同的类型，监护仪也是。这个不用担心，总共也就五六种类型，但都大同小异。只要你把我刚才告诉你的那些最基本的几个呼吸参数弄明白了，其他的就一通百通了。”

每当小玫遇到有不明白的地方，就及时向毛医生询问，毛医生也乐于教她，正所谓“男女搭配，办事不累”。麻醉打完后，毛医生叫小玫按照刚才麻醉的过程，把麻醉单写了。小玫赶紧趴到麻醉车前，拿出上次的麻醉记录单，准备照原先的格式，给这个病人写一份麻醉单。小玫在抄写前，心里是打定主意了的。对于做全身麻醉的病人，只是资料信息有所不同，麻醉方式都是一样的，只需将时间变换一下；而剂量上因体重不同，稍微有点区别，其他都是大体相同的。小玫认真地趴在麻醉车上书写着，毛医生偶尔也瞥一眼。待到她写完麻醉单后，毛医生就告诉她：“现在不对照上次的模板，你能脱稿重新给这个病人写一份麻醉单吗？”小玫惊讶地“啊”了一声，回答说：“好吧，我试试。”

半个小时过去了，小玫搜肠刮肚终于把麻醉单写完了。她轻轻舒展了一下腰板，然后把它递给毛医生。毛医生接过麻醉单后，扫视了一眼，就对她说："漏了一个药。"小玫瞬间惊讶地问："哪个药？"并把头向毛医生那边凑了过去。毛医生递给她麻醉单说："与之前的那一张对比一下，你自然就知道了。"小玫急忙将两张麻醉单摊在麻醉车上对照，还真是写漏了一行。于是，她转过头，缩着脑袋对毛医生说："毛哥，写漏了依托咪酯。"毛医生听后"嗯"了一声，接着说："你对比看看你写的那些药的每行顺序，与先前那张有什么不同。"

小玫平心静气地坐在麻醉车旁，仔细地一行一行对比了两张麻醉单的麻醉药。几分钟后，她对毛医生说："毛哥，顺序是有不同，但有什么关系吗？"毛医生接着对她说："你自己写的那张，各种药物的顺序写得有些乱，似乎是想到一个药就写一个药，找不到任何规律。"小玫伸长了脖子，盯着毛医生问："写麻醉药物，还有什么规律？"毛医生说："当然有啦，你再看看前一张麻醉单。药单上四行，写的药物是持续给予的，分别为氧气、七氟醚、丙泊酚和瑞芬太尼；中四行是麻醉诱导药，按顺序分别是力月西、芬太尼、阿曲库铵和依托咪酯；下三行是术前针，分别是长托宁、托烷司琼和地塞米松。如果你按着这个顺序写，以后就肯定不会写漏了。"听到毛哥的解说，小玫立刻满怀感激地默记于心。

接着毛医生又拿起那张麻醉单，指着网格上的数字对她说："你再看看，如果你写药物的顺序打乱了，用药时间就很容易发生错乱，这样去看麻醉单网格中横坐标和纵坐标之间的数字，就会显得不整齐。另外，你的芬太尼用药时间与阿曲库铵的时间相差了六七分钟，力月西与芬太尼的时间相差也有三分钟。要明白，我们在麻醉诱导用药时，四种药物几乎要求在同一分钟内给予。还有，瑞芬太尼的起始用药时间也在麻醉诱导之前。你想想，我们的术中维持镇痛镇静药物，是通过微泵用药，都是在病人气管插管后才给予的。”小玫听后，羞愧地低下去。毛医生看到她泛红的耳朵，不好意思再说了，只好说了句：“认真点，慢慢看吧。”

五

过了一会儿，巡回护士小陆问毛医生：“老毛，平衡林格液滴完了，接下来滴什么？”毛医生看了一眼悬挂的输液瓶，问：“第几瓶啦？”“刚滴完一瓶 250 毫升的抗生素和一瓶 500 毫升的平衡液。”小陆说完后看着毛医生，等待他的答复。毛医生说：“没有特殊情况，通常只需滴平衡液。第一瓶平衡液快速滴完，第二瓶平衡液用一般速度滴完，也就上午十点前滴完这两瓶吧。第三瓶先维持，看手术进展和出血情况再定。”小玫在一旁默默地听着。

交代完巡回护士后，毛医生对小玫说：“我们对麻醉用药、术中输液、监护血压心率等，都应该事先在心里有个预定目标。”小玫听了他的话，一脸疑惑地问：“怎么给病人预定目标？”毛医生若有所思地凝视着监护仪，须臾之间，他便反问了小玫一个问题：“生命体征包括哪几项？”小玫立刻做出答复，说：“四大生命体征包括呼吸、体温、血压和脉搏。”毛医生轻轻点头说了一声：“很好。”于是毛医生指着监护仪说：“你现在能在监护仪上看到几个指标?”小玫走到监护仪前，探着脑袋，不好意思地回答：“心率、血压、脉搏血氧饱和度，下面两个数值不知道。”毛医生指着监护仪说：“下面这个梯形波显示呼气末二氧化碳值。最下面这个为通气呼吸波，通常不太准确，显示的是麻醉机控通气次数；据我的分析，它似乎来源于心电图的感应，也容易受电刀的干扰。”小玫记笔记挺利索的，转眼工夫就把毛医生的解说全部记录下来了。

毛医生转过头来，再问了小玫：“正常成人血液中二氧化碳分压是多少，你知道吗?”小玫头一瞥就说出答案：“35～45 毫米汞柱。”毛医生听到她的回答，不由得夸赞了她：“不愧是正规本科生，基础知识还挺扎实的。”小玫不好意思地抿着嘴低头笑了。毛医生示意小玫看监护仪：“你再看这个呼气末二氧化碳值，现在只有 29 毫米汞柱，这是不是有些偏低了?”小玫看着监护仪，想了想，转而盯着毛医生回答说：“难不成是我们给病人纯氧通气，导致这个值偏低了?”说完小玫的眼睛便盯着毛医生，期待着他的回答。毛医生笑了笑说：“你再想想。”他指着麻醉螺纹管和气管导管，告诉小玫说：“呼气末的数据采集点连接在气管导管与螺纹管的接头处，那么就是说从这个连接点开始往下的气管导管及自身的支气管，都存在一段纯氧无效腔，不会像肺泡那样能够进行气体交换。所以，这个呼气末二氧化碳值必定会被无效腔内未被交换的纯氧所稀释，那么显示出来的呼气末二氧化碳值偏低是肯定的。”小玫急忙询问：“毛哥，这个呼气末值比血中的二氧化碳值会偏低多少呢?”毛医生说：“有文献说，呼气末值会偏低 8～10 毫米汞柱。但是，你要记住，当这个呼气末二氧化碳数值超过 40 毫米汞柱时，该病人便会存在二氧化碳潴留。所以，对于机控纯氧通气的病人，围术期呼气末二氧化碳的目标值应该控制在35毫米汞柱以下为好。”

毛医生盯着小玫问：“听完呼气末二氧化碳的目标值预计，你知道术中血压、心率的目标值怎么定吗？”约莫过了半分钟，看小玫支支吾吾地不知如何回答，毛医生继续给她解说：“我不是在麻醉前已经叫你观测了病人的血压、心率吗？病人进入手术室安静状态下十分钟后的血压、心率可以作为基础值。我们在术中保持比基础值稍微偏低一点儿，比如术前病人血压130毫米汞柱，我们在术中可以设定一个目标值，让病人血压维持在110毫米汞柱左右便可。”

小玫接着问：“为什么血压要维持在110毫米汞柱？”毛医生略微沉思后，回答说：“通常血压波动不宜超过30%。如果这个病人基础值为130毫米汞柱，血压低于100毫米汞柱，我们就需要升压处理，我的方法是调理至低值偏上的水平，所以将血压维持在110毫米汞柱左右便好了。”小玫又问：“那血压低于100毫米汞柱，我们应该怎么做呢？”毛医生答道：“如果低于这个值，我们就先减少麻醉用量，术中的麻醉维持方法是静吸复合麻醉，但也要考虑好主次，比如静脉为主，吸入为辅。我们先根据病人体质、体重预设好静脉麻醉药的用量，比如丙泊酚和瑞芬太尼维持的用量。当血压增高时，可以将七氟醚吸入开关打开并升高浓度；当血压降低时，首先降低吸入浓度甚至停止吸入。无论是用药还是输液，都应该有个总体把控目标。就说输液吧，对于禁食入手术室的病人，进入手术室后，第一瓶500毫升的液体快速输完是没有任何坏处的，还能增加病人的体能和免疫力。后续输液量多少，输注什么液体，都需要根据手术部位、大小及时间长短而定。总之，让病人的各项指标尽可能都在术中达到一个动态的平衡。”

看着小玫似懂非懂的样子，毛医生也不想说得太深了，于是就告诉她：“你不要急，先慢慢学，多观察，先在脑子里对麻醉形成一个感性认识，以后会慢慢理解的。”小玫也应了一句：“嗯，让我先消化消化吧。”然后她就坐在一旁重新温习她的笔记了。这时，巡回护士小陆也跟毛医生开起玩笑来：“今天老毛的心情贼好，看到新来的靓女就滔滔不绝，话特别多了。”手术台上的罗丽芬医生也应和着：“听说你们麻醉科来了麻醉护士，想必就是这位姑娘吧!”毛医生回答道：“这个麻醉护士叫吴小玫，靓女来的。”罗医生再问：“哪里人啊?”小玫即刻答道：“我是湖南的。”罗医生说：“湘妹子啊，好！要多多向毛医生学习，他可是很有知识的。”小陆也接上话来：“老毛确实很有才，我都听得很有味。老毛你说得挺好的，我也很爱听，增长知识呢。”罗医生也跟着夸赞一番说：“毛医生今天见到靓女心情好，见到啥都能自圆其说，毛医生的潜能全都激发出来了。”小玫初来乍到，没敢插话，只是默默听着，也在内心庆幸自己遇到一位好老师。话匣子这么一打开，毛医生反倒不好意思了，只得说：“下次注意、下次注意，我们小声点，免得打扰你们手术。”

手术临近结束，毛医生指示小玫抽好下一台手术的麻药。小玫做起事来一点不含糊，立刻照办。她先在注射器上写好字，然后按笔记上的方法抽好各种麻醉药物和术前药。接着，小玫帮毛医生抬病人过床，捏着呼吸囊把病人送到恢复室去。

在恢复室遇到不同类型的麻醉机，小玫主动请毛医生教她使用方法。毛医生告诉她："恢复室的麻醉机有几台是老式麻醉机，当前这台麻醉机没有显示屏，是通过每分通气量和呼吸频率两个参数进行潮气量调节的。"毛医生顺便问了下小玫："刚才在手术间时，你有看到给病人的每分通气量是多少吗？"小玫回答说："好像是6升多，呼吸频率是每分钟13次。"毛医生点点头说："很好，那你就按照刚才说的数值设定一下试试。"小玫便试着给病人设置麻醉机的参数。设好参数后，毛医生再叫她观察一下病人的胸部起伏情况，两人确定病人机控通气没问题，监护仪显示正常，才放心地交给了恢复室的医护人员。离开恢复室时，毛医生对小玫说："等下班了，可以抽空到各个手术间转转，熟悉一下每个房间的设施、仪器配置，也可到药品间走走，了解一下麻醉科的各种药物。"小玫听后点点头说："好的。"

六

回到手术间，新病人已经躺在手术床上了。小玫二话没说，便从麻醉车的抽屉里拿出麻醉同意书来，让病人签上姓名，紧接着给病人接上心电监护，绑上血压袖带。而后，毛医生也同样按顺序询问病史——有没有喝水、假牙，有没有过敏……接着叫病人仰头张口“啊——”一声，并叫病人深吸一口气，让小玫看看胸部起伏，观察双侧是否对称。

一切准备就绪后，毛医生就问小玫：“我们给病人做全麻、气管插管前需要准备哪些东西?”小玫盯着毛医生说：“麻药!”毛医生笑了一下，接着问：“上个病人麻醉做了气管插管，你是看着我做完的，你再想想，还需要哪些耗材呢?”小玫眨巴眨巴眼睛说：“面罩、气囊、气管导管，呃——”毛医生看她说不上来，就指着螺纹管、牙垫、喉镜给她看。小玫立刻应道：“哦，知道了。”然后，毛医生说：“在给病人实施全身麻醉之前，必须确定麻醉管道是通畅的、不泄漏的，麻醉机运行正常。那么，如何检查呢?”小玫站在一旁，仔细地观看毛医生给她做示范动作。接着，毛医生又告诉她说：“如果全麻药都已经给病人用上了，才发现麻醉机是坏的，那是会死人的。这种低级错误，我们必须要提前防范。”

在毛医生的指导下，还是小玫扣面罩，给病人捏气囊给氧。这次捏气囊，小玫似乎轻松了许多，眼睛也不需要盯着面罩和气囊了。小玫心想，扣着面罩，只要能看到病人胸部起伏有序，便说明氧气已经成功进入双肺了，自然不用担心病人缺氧了。四分钟后，毛医生对小玫说：“这次你试着给病人气管插管吧。”小玫听到让自己操作，下意识地微微颤抖，但还是鼓起勇气，右手拿起了喉镜。毛医生提醒她说：“是左手拿喉镜，右手进行气管插管，换过手来。”小玫左手握住喉镜后，反复试探几次，喉镜都无法放进口腔里去。于是，小玫便转头盯着毛医生。毛医生微笑了一下，便让小玫站在一旁，并叫她再仔细看着他的每一个动作和细节。毛医生站在小玫的位置，先是给病人重新扣了面罩，边捏气囊边对小玫说："我们在给病人气管插管前，必须要给病人纯氧预充，让病人双肺蓄有足够的氧气储备，然后我们才有充足的时间给病人进行气管插管。"

大约两分钟过后，毛医生叫小玫看好了，一边操作一边讲解。他左手提起喉镜，右手轻轻地拨开病人的下嘴唇，待病人口腔打开后，插入喉镜。然后他用右手托病人后脑勺，让病人头颅呈后仰姿势，这样就便于暴露声门，在喉镜挑起会厌后，声门内两侧白色的声带清晰可见。毛医生随即摆好姿势，并叫小玫过来看个明白，而后将气管导管经口腔插入气管。插完管后，毛医生即刻连接麻醉机，给病人进行机控通气，调节好呼吸参数。然后边掰牙垫边跟小玫讲解。他说："对于成年病人，气管导管深度通常女性为 21 到 22 厘米，男性为 23 到 24 厘米，以门齿为准。这个病人做的是腹腔镜手术，术中需要头低脚高体位、腹腔充气，可能导致膈肌上抬，所以气管导管深度应该偏浅，21 厘米足矣；如果是矮胖型病人，导管深度则需偏浅，往往 20 厘米就足够了；若是遇到老年的、掉落牙齿的病人，牙龈都退化了，气管导管的插管深度则需更浅，有时甚至 18 厘米便可。当然了，具体的插管深度，最好是在明视下，清楚地看到导管进入声门为准。"小玫站在一旁，盯紧了毛医生的每个操作，并认真记录他的讲解细节，特别是提及的数据，小玫都默默地在笔记本上记下来了。

小玫心里突然有个疑问，于是放下笔记本，问道："毛哥，怎么才能确定导管就插到气管里了呢？"毛医生立刻回答说："这很简单啊，有六种方法可以判定导管插入气管，我一边演示一边给你讲解吧。第一种是你在喉镜下亲眼看见导管通过声门进入气管；第二种是在你给病人插上气管导管后，用一只手按压病人胸部，同时用耳朵听气管导管出口，便会听到有‘呼呼’的气流声音传出来；第三种是当气管导管接上麻醉机后，你用手捏气囊，能看见明显的胸部起伏；第四种是机控通气时，也能明显看见胸部起伏，并且听诊器听诊可以听到明显的呼吸音；第五种是看监护仪，呼气末二氧化碳波有清晰的梯形波，并显示数值。你看看心电监护，这个波形是很明显的梯形啊。”小玫随着毛医生的手指也看着监护仪，并不停地点头称是。毛医生继续说：“至于第六种方法，你可以找个纤维支气管镜来，伸进导管内，可以看见气管隆突。如果看不到，便说明插管不在气管内。”此时，说者是滔滔不绝，记者是下笔如飞。

接着，毛医生对小玫说：“你是护士出身，打针应该没问题吧，你给病人打个动脉穿刺吧。”说起打针，小玫还是很自信的，她以前在班里的打针比赛还拿过名次的。但提及动脉，她还当真没打过。她没有退缩，心想都是血管嘛，没什么大不了的，毫不犹豫地拿起穿刺针，就给病人试着扎了。在毛医生看来，动脉测压打不打都无关紧要的，因为病人是做子宫肌瘤，属于小手术。随她打吧，权当让她练练手也好。说时迟、那时快，谁想到，虽然小玫一针下去，就扎了正着，但她没有扎动脉的经验，虽然针是进到血管里了，鲜血却喷洒了一地。毛医生看到此种状况，心想：这个小玫，按住都不会吗？这出的是动脉血啊，穿刺后全是喷射状的，怎么可能像静脉血那样慢悠悠地流。见到小玫手忙脚乱的狼狈样，毛医生赶忙上前帮她打扫“战场”，并叫她赶紧去洗手。

小玫双手沾满了血，看到毛医生已经把动脉传感器接上，病人也不再出血了，才转身奔出手术间，跑向洗手池，先是冲洗，再是消毒液洗手，重复了三遍。然后她再低下头，检查一下衣服上、鞋子上，看看有没血迹，还好没有，心才算放下了。这时，毛医生也出来洗手，笑了笑对她说："长记性了吧。"说得她满脸通红，怪不好意思的。

重新回到手术间后，毛医生告诉她："下次打动脉穿刺前，先把备好肝素液的传感器都接好，肝素液的管道都挂好放在身边，顺手能拿得到，就像打静脉输液那样嘛。再说了，没有连接肝素液管道，你的针芯是无论如何都不能拔出来的。即便是要拔针芯，要先在近心端按住动脉，再操作。这些你都要记住的。"小玫轻轻地点了点头说："下次知道了。"

小玫站在监护仪前面，看了一会儿，又问："毛哥，什么样的病人，才需要穿刺动脉监测血压啊？"毛医生听后眨了眨眼睛，解释说："并不是所有的病人都需要穿刺动脉测血压的。但是遇到危重病人，比如休克病人、心脏病人、要做大手术的病人等在术中有大出血可能的病人，还有老年或合并症较多的病人，等等，这类病人受到刺激后，术中血压可能会有较大波动，仅靠袖带血压计监测是靠不住的，必须实施有创动脉监测，术中才安全。"真是拨开云雾见青天，小玫"哦"了一声，对毛医生说："这下我总算是明白了七八分，但还是想问一下，这个子宫肌瘤手术是大手术吗？怎么也要穿刺动脉监测血压呢？"毛医生听后笑笑说："不是看到你没事干吗，也是顺便让你练练手的，谁想到你却经不住考验，喷出那么多血来。"小玫有些自惭形秽，但还是面带微笑着回答说："这不是以前没打过嘛，下次肯定不会的。只是动脉套装我还不会用，你能教教我吗?”毛医生马上起身走到监护仪前面，指着动脉波形对小玫说:“你看到这个了吧，转动按钮到这个动脉血压数值框，选定它按下去，会有一个对话框，可以动脉校零，在校零前应该把传感器放在心脏水平位置。只有校零后，才能显示动脉血压数值。”

毛医生与小玫回到麻醉车旁坐着，正准备书写麻醉记录单。毛医生继续对她说:“刚才忘了给你提醒，按书本上的规定，我们在做动脉穿刺前，都应该进行 Allen 试验的。”小玫惊讶地问:“什么是 Allen 试验?我没做，直接打了动脉，现在会不会有危险?”毛医生回答说:“Allen 试验是预防动脉穿刺损伤后引起手部缺血的试验，发生率微乎其微。你想想，你打动脉时，动脉搏动强不强?”小玫很自信地回答:“非常强，一摸就摸到了。”毛医生接着说:“那就对了，搏动那么强，你用的那根穿刺针比动脉直径小许多，不至于穿一针便把血管给堵死，导致缺血吧?”小玫“嗯”了一声，接着问:“不过我还是想知道，Allen 试验是怎么样做的，你能告诉我吗?”毛医生仰了仰头，打了个哈欠后对小玫说:“你能在手腕部摸到几处动脉搏动?”小玫沉思了片刻，并伸出左手按摸右侧手腕的动脉，回答说:“按解剖书上写的，应该有两处。一处在桡动脉，另一处在尺动脉，但我只能摸到桡动脉。”毛医生点点头说:“你回答得不错。桡动脉容易摸到，因为桡动脉位置表浅，尺动脉偏深，也要细些，不易触摸到。人的尺动脉和桡动脉，这两条动脉在手掌部会互相衔接，形成手掌动脉弓。”毛医生一边说一边比画给小玫看:“Allen 试验就是检查者同时按住病人两条动脉，令病人紧握拳，再松拳，检查者放开任何一条动脉，手掌部血运均能在十秒内恢复正常，即视为 Allen 试验正常。”于是，他们就现场互相演示起来。演示一段时间后，四目相对，小玫骤然松开了手，脸颊上泛起了红晕。

七

小玫静静地趴在麻醉车上填写麻醉单，已经不需要看先前的模板了。她先查询心电监护上的数值，回顾观察到的血压心率的波形变化，再进行填写。也就用了十多分钟吧，她便把麻醉单写完了，并很自信地呈给毛医生过目。毛医生接过麻醉单扫视了一番，夸赞道：“很好。你这样按顺序写下来，一目了然。既不会写漏药物，也显得美观。要记住，干什么事都可以找‘套路’，只有梳理出条理来，才不会乱。很不错，继续努力。”

小玫问：“毛哥，对于全身麻醉，那么多麻药，是如何使用的？哪个先用，哪个后用，有什么讲究吗？”毛医生回答说：“对于麻醉用药，还是有点讲究的，我这就给你说道说道，你很快就能理解麻醉的。”小玫马上双手轻轻击掌，说：“好哦，好哦。”毛医生一边说，小玫一旁静静地听并快速地记录着。只听毛医生说：“首先，手术、麻醉本身就是一种伤害性刺激，在治疗的同时，也会对病人造成伤害。要想让病人在舒适的状态下接受手术治疗，全身麻醉用药离不开镇静药、镇痛药和肌肉松弛药。你想想，病人听到要手术，首先感到害怕。害怕什么呢？怕痛啊。既然怕痛，我们就给病人镇痛吧，镇痛就要使用镇痛药了。然后呢，病人不想有自己被切割的感受，希望自己在睡眠状态下接受手术治疗，所以我们自然要给他们镇静药了。要不然，在担心忧虑的状态下，不用药的话，他们也睡不着啊。再比如开腹手术，腹肌张力大，手术医生说腹肌很紧做不下去了，你这时就得加肌松药了。既然用了肌松药，病人的自主呼吸随即也就停止了。这时呼吸都没了，你不给病人做气管插管，进行机控通气，行吗？”小玫回答道：“我们给病人用了肌松药，那肯定要给病人气管插管，否则就会缺氧，那是会死人的。”毛医生接着说：“对的。全身麻醉的用药及其所做的操作都是一环扣一环的，都是为了达到某个目标而去实施的。所以，遇到任何一个手术病人，我们都要在脑子里先想好，应该对病人怎么麻醉，也要知道为什么这么麻醉。”

小玫听后，仍然皱着眉头，若有所思地问：“我还是有点不太明白，为什么给病人用了肌松药，只是抑制了病人的呼吸，而心跳没有受到影响呢？”毛医生回答说：“这个问题就要谈到肌肉的分类了。按结构和功能的不同，人体的肌肉可分为平滑肌、心肌和骨骼肌。我们使用的肌松药只作用于骨骼肌，能选择性地作用于骨骼肌运动神经终板膜上的受体，阻断神经冲动向骨骼肌传递，导致肌肉松弛。而平滑肌和心肌都具有自动节律性，均不会受到肌松药的影响。”小玫接着问道：“那就怪了，好像肺脏也没骨骼肌啊？怎么就抑制呼吸了呢？”毛医生听后笑了一下说：“肺脏的呼吸，不是肺本身能做呼吸运动，而是靠膈肌和肋间肌的收缩和舒张，产生的胸膜腔负压，而使肺脏被动扩张的。”小玫接着再问：“难道膈肌和肋间肌都属于骨骼肌?”毛医生语重心长地说：“是哦，解剖书上都写得清清楚楚的。”小玫迅速地记下了毛医生讲述的内容。

小玫仍然充满疑惑地问：“毛哥，有时想想，我觉得内心还是感到很后怕。每天的手术都不同，病人也不同，在手术过程中，我们如何麻醉，才能满足手术医生和病人的那么多需求呢?”毛医生沉思了片刻，回答说：“所以，我们麻醉医生不仅要学习麻醉专科知识，还要掌握内、外、妇、儿科等各个学科的知识，只要深入了解了，应对手术的办法自然是有的。比如我们做心脏二尖瓣置换手术的麻醉，就必须了解病人目前心脏病变的类型、心功能的级别，要了解病人心脏杂音的特点及症状，以便确定给病人全身麻醉时，该给多少麻醉药物、给的药量是多少。这些都要在脑子里有很好的预算。”小玫听后心里有点儿发怵，怯怯地说：“听得都好怕!”

毛医生听到小玫的感叹，哈哈地笑着说：“其实也没你想象的那么可怕，只要掌握了其中的规律，也没什么。”小玫深吸了一口气，接着问：“全麻用药还有什么规律可循吗?”毛医生答道：“全身麻醉刚开始用药时给药要充足，以快速达到有效血药浓度。所以全麻诱导时，往往是联合用药，在几分钟内，便使病人达到无意识状态。接着我们就要给病人气管插管了。接下来，维持用药，比如静脉泵注丙泊酚和瑞芬太尼，用量并不需要太大，只需维持能够使病人达到无痛、无意识的有效血药浓度便可以了。”小玫“哦”了一声，答道：“原来如此啊。”毛医生特别提醒道：“记住，死神时刻在身边。麻醉就像开飞机，起飞和降落都是最危险的。麻醉就是这样，在麻醉药的效应达到顶峰时，麻醉药的副反应风险也达到最高。我们应该时刻关注心电监护，一有任何蛛丝马迹，必须警醒，尽可能将风险消灭于萌芽之中。”

听着毛医生的解说，小玫表情慢慢地变得似乎有些沮丧，说：“没想到麻醉这么复杂哦，不仅要学习麻醉技术，还要学习那么多麻醉专业以外的知识，听得都怕。”毛医生听后哈哈笑着说：“那么你还会认为麻醉仅仅是打一针吗?”小玫嘟着嘴巴说：“才不会呢!”毛医生接着说：“我们做的麻醉，是幕后的工作，外人是不理解的，只能默默地付出。”小玫点了点头，赞道：“你们真让人佩服!”

毛医生微笑地说：“不用在乎别人怎么评价，关键是做好自己的工作。总之，我们每天应对的是各个外科的病人，也有合并各种内科疾病的病人，因此，我们仅仅只学习麻醉是不够的，也要把与麻醉相关的各科知识都学习好。只要学习透了，思路理顺了，工作就会变得轻松了。”小玫噘着嘴问：“怎么样才能让麻醉工作变得轻松呢?”毛医生回答说：“像你这么认真好学，很快就能熟悉麻醉的特点和规律。理解透了，其实麻醉也就那么回事。你也可以想想它好的一面啊!”小玫惊讶地问：“麻醉还有好的一面，是哪一面啊？我好想知道呢。”毛医生告诉她：“比如下班后，你就彻底下班了。”小玫新奇地问：“什么是彻底下班了?”毛医生说：“麻醉科不用管理住院病人啊。手术一结束，你把病人苏醒送出，啥事没有，轻松下班。不像外科医生那样，做完手术，还想着病房有一群病人躺在那里，等他们换药呢。甚至有时病人半夜打不出一个屁来，都可能打个电话来‘打扰’他们一下，那才叫累呢。”小玫听着听着脸上就挂上了笑容：“那倒也是。”毛医生点点头说：“对了。所以我们遇事应该多想想好的一面，甭总想那些不开心的。”

八

繁忙的时刻，总是要结束的。下班后，小玫顿时觉得很是困倦，于是片刻也没在手术室停留，直接回到宿舍，躺到床上倒头就呼呼大睡了。睡梦中，好像有人在喊她，她眯着眼睛，发现房间的灯已经亮了，原来是室友芳兰喊她。

“小玫，瞧你睡得那么香，真羡慕你，还是做麻醉护士好吧。”芳兰说，小玫先转了身，然后坐起来说：“哪有啊，今天都快累死了。”芳兰说：“好啦好啦，你累，我懂。大家都累了，何不先去填饱肚子再说呢。”小玫问：“今天去哪家吃?”芳兰想了一下说：“听同事说滨江南路有家自助茶楼，环境挺好的，我们去看看如何?”小玫答道：“那好吧。”

她们来到茶楼，找了靠窗的位置坐下，可以欣赏到江上的风景。芳兰点了份排骨饭配苹果汁，小玫要了份咖喱饭配西瓜汁。她俩来自不同学校，却来自同一家乡，还是同一天来现在的这家医院面试，在那时认识的。两人一见如故，相约同一天报到，合租了一间房。她们边吃边聊，天南地北，怡然自得。

芳兰谈到自己的工作，心里还算满意，她去的是自己有点喜欢的科室，关节骨伤科。芳兰说她们的护士长待她们新来的还不错，挺和善的。她在骨伤科的护理工作也很快上手了，倒是很想听听小玫的麻醉科的故事。小玫想起自己刚进的麻醉科，谈及自己的工作，却是千言说不完、万语道不尽。

芳兰惊讶地问："麻醉我是不懂，但我听说麻醉不就是给病人打一针嘛，似乎没你说的那么累吧。以前我在手术室实习时，经常看到麻醉医生在科室走来走去，无所事事似的，你作为护士，应该更轻松才对啊。"小玫立刻插话打断她说："哪有你想的那么轻松啊。不过，没去麻醉科之前，我也是不懂他们具体干些啥，现在慢慢懂了些，只是觉得做麻醉医生责任很大、风险很大。"

芳兰看小玫说得有模有样的，心想谁的工作又轻松呢，倒不如聊聊生活。于是，她问小玫："你是怎么想到要来这个城市的?"小玫不假思索地说："来这儿，说来就话长啦。我之前压根都没想过来这里。去年年底，我去广州找工作时，留了几份简历给我同学。后来在一次招聘会上，同学将我的简历投给了这家医院。"芳兰好奇地问："你本人没来过，那也能成啊?"小玫说："谁说不是啊? 后来我就接到这家医院的面试通知了。当时我还没有确定单位，心里有点着急，也是抱着试试的态度，就来了。"芳兰笑着插话说："接着，你一来就看中了!"小玫嘴角顿时露出了小酒窝，回忆道："那天，我初次到达这个城市，是晚上七点，刚一下火车，就看到这里迷人的夜景，灯火灿烂、水天一色，顿时有种回到家的感觉。"芳兰听后咯咯地笑着说："现在白天、夜景都看过了，你还有那么好的感觉吗?"小玫抿了口水，然后又淡淡地说："还行吧，生活节奏不快。"芳兰说："喜欢就好，我也觉得这地方不错。"

小玫转而问芳兰："那你又是怎么来这儿的？"芳兰直截了当地回答说："我是姑姑引荐来的。"小玫听后有些惊讶地问："你姑姑也在我们医院上班吗？"芳兰答道："是啊。"小玫立刻用充满羡慕的眼神看着她，轻轻地喝了口水说："怪不得，你能分配到骨伤科，很好的科室。"芳兰面带微笑地说："我姑姑有没有帮忙，我不清楚，她也没说过。"小玫又问："那你姑姑在哪个科室啊？是医生还是护士？"芳兰告诉她："是眼科医生。"小玫听后眯着眼对芳兰说："真羡慕你啊，空了还可去你姑姑那蹭个饭吃。"芳兰听后咯咯笑了。

两人吃完饭，就到江边随意散步。芳兰问小玫："你谈了男朋友吗？"小玫回答："谈过，分手了。你呢？"芳兰说："我也谈了，只是他不肯来这个城市，说待在那个小县城已经不错了，现在都若即若离的，想来我们也快要分手了。"说着说着，芳兰有些失落。小玫接着问："如果他喜欢你，应该就会来。"芳兰呵呵笑着说："正像你说的，他也是这么对我说的，若是我真爱他，我就应该回到那个小县城去。"小玫看了她一眼说："那你想回去吗？"芳兰说："我是不想回去的，人往高处走嘛，哪有甘愿往低处去的道理。"小玫说："如果这样的话，你们的关系就会弄僵了。"芳兰"嗯"了一声说："现在只是偶尔打电话问候一下，我也懒得想那么多了。"

芳兰默默地走着，走了一段路后，她突然停下来问小玫："能否谈谈你的恋爱经历，怎么分手了呢？"小玫听后有些诧异，不好意思地说："那有什么好说的，都已经结束了。"芳兰说："也许我还能帮你分析分析，以后再找男朋友就有经验嘛。"小玫双手扶着围栏，看着江水，好一会儿，她才说："他考研了。"芳兰看她说了一句，欲言又止地停下了，于是就问："难道男朋友考研了，就分手了？"小玫说："其实他刚考上那会儿，我很为他高兴，也没觉得有什么，以为他去上海读书，我也可以去上海找工作的。只是后来才发觉他的言谈中，有意无意地在疏远我，心里感觉很不是滋味。"芳兰询问说："怎么个不是滋味法？"小玫说："其实，我是本科护理毕业，按说去上海找个工作，应该还是可以找到的。"芳兰立刻插话说："那是肯定的啊，本科护理专业的护士，大把的医院会要你的。"

小玫深吸了一口气，接着说："当时，我每次提出要去上海找工作，他就打岔，建议我不要去。后来拖得我很久都没心思找工作了。"芳兰长叹了一口气说："怪不得你来我们这个城市了。没去上海也好，他早变心了。"小玫叹了口气说："是啊，我去了，也许更后悔、更难过。"芳兰看到小玫说着说着眼睛有些红了，赶忙鼓励她说："没事，我们医院是本地最大的医院，这儿也有大把博士、硕士的，你人又漂亮，不用愁的。"

小玫看了她一眼，转而笑着说："不说这个了。"芳兰也附和道："过去了，就要放下。你看今晚天上的月亮又大又圆，是不是又到十五了？"小玫仰着头看了看星空，微笑着说："今天已经十六了吧？十五的月亮，十六圆啊。"芳兰说："对，你瞧那明亮的月亮，映照着南流的江水，让人无限的遐思，今晚一定能睡个好觉。"小玫听后也笑着说："明天会更美好。"

九

这日，小玫的手术间刚做完一台手术，就送来了一个急诊外伤病人，男性，四十几岁的年龄，一看个头就是那种肥胖体型的，皮肤略有些黝黑。病人躺在手术床上，左边的手微微地颤抖着，尽管被白色纱布里三层外三层地包裹得像一个纱布球，但仍阻挡不了鲜红的血液向雪白的纱布上渗透，并形成一圈一圈血色红晕，慢慢地逐渐放大，而且其中一处染红了的纱布正在不住地往地上滴着血液。巡回护士小郝赶紧给他打静脉输液。

病人用祈求的眼神看着在场的医务人员："医生，快点给我做手术吧！"毛医生对他说："我们是麻醉医生，等我打完麻醉，你就不会痛啦！"病人呻吟着述说："求求你们啦，赶紧帮我打麻醉吧。我疼得受不了了。"小玫一边给他连接心电图、测血压，一边说："知道啦，我们这不是正在给你做准备工作嘛。"

小玫指着监护仪告诉病人："听到了吧？这'嗒嗒'声就是你心跳发出的声音，现在你的心跳是每分钟 83 次。"病人躺在病床上顺着小玫指引的方向，侧头往上看着监护仪问："哦，我的手臂怎么越来越紧了，怎么回事？"小玫回答说："那是监护仪在给你测血压呢！没关系的，我给你设定了每五分钟测一次血压，测完血压后袖带自然就会松开的。”

病人再一次请求道：“医生，快点帮我打麻醉吧，好痛哦。”毛医生一边准备麻药一边告诉病人：“我知道了，马上就给你麻醉了。请问你什么时间受伤的啊？”病人回答说：“我是早上七点左右被机器碾伤的。”毛医生接着问：“七点受伤，怎么现在才来？”病人诉苦道：“受伤后我先是直接到当地的卫生院去看的。那里的医生说我的神经血管都伤得很厉害，他们没法帮我修补断裂的神经血管，建议我到大医院，只是给我的手做了简单的包扎，然后我就转来你们这儿了。”

毛医生接着问：“那你今天有没有吃饭、喝水呢？”病人答道：“没有吃饭，医生。”毛医生继续问病人：“你有多重啊？”病人急切地说：“162 斤，快点帮我打麻醉吧。”毛医生说：“好吧，先签个字，马上就麻醉。”毛医生把病历牌举到病人面前，让病人签名，同时告诉病人：“你这个手外伤，我们先给你打局麻。你这么胖，不一定效果好，万一不行，就给你打全麻。”病人说：“好的，快点打麻药吧，医生！”

毛医生在他颈项下面垫好一块合适的棉垫，让他把头保持微微后仰的姿势，并将头稍微地往右侧偏斜，以便行麻醉操作。毛医生拿起消毒液准备给病人消毒，告诉他：“局麻就是在你的左边脖子中间位置扎一针，注射一些局麻药。如果效果好的话，你左边的臂膀就麻醉了，手就不感觉疼痛了。”毛医生先用消毒棉签给病人在颈部消毒，也把自己手指消毒了，然后伸出手指在病人左侧颈部按摸，并向他询问：“你觉得哪个触按点痛感最明显，就告诉我吧。”

随着毛医生的手指在病人颈部处探压，突然听到病人“哎哟”

一声，毛医生当即对病人说：“不要动，就在这个痛点扎针打麻药。”同时，毛医生转过头来，叫小玫仔细看着：“好好学。”小玫也调皮地应了一句：“正瞧着呢。”

小玫看见毛医生麻药还没推完，就停下来了。只见注射器针头倒渗出了一丝血液，往注射器内飘动，像一小缕青烟。毛医生拔除针头，叫小玫用棉签按住穿刺点。他告诉小玫：“颈部两侧的臂丛神经总是与血管伴行的，有颈动脉、颈内静脉和其他细小血管等，臂丛神经麻醉时，最常见的并发症是麻醉针容易误入血管内，这需要我们麻醉医生及时发现。局麻药一旦注入血管内，将立即产生局麻药中毒症状。这个不良反应的风险来势非常凶猛，即刻可发生头晕目眩、呼吸困难、心跳加快，严重者可发生全身抽搐，甚至心跳骤停。”

小玫心想，原来扎一针打麻醉有这么多风险啊，感觉怕怕的。幸好没推药，否则麻烦可大啦。她放开按压穿刺点的棉签，那个针眼已经不冒血了，只剩两条深深的印痕。毛医生又重新举起注射器，轻轻地推动活塞，把注射器的小股空气排掉，再给病人重新消毒，随口说：“幸好穿刺的部位还没肿胀，不影响给他再次打麻醉。”

毛医生的麻醉针第二次扎入，一点都不含糊，那个“稳、准、狠”就不用说了，只见病人的手臂突然有一阵触电样抽动，紧跟着一声尖叫道“哎哟！好麻！”毛医生对病人说：“麻就对了，就是要你麻，就要这个效果，千万不要动了。我就在这点上给你推麻药。不要动哦。”病人答道：“我不动！”

毛医生左手固定住穿刺针，右手先回抽一下注射器，看看是否还能回抽到血液，避免再次误入血管。没有回血，就缓慢推麻药。每推5毫升，他就回抽一次，防止穿刺针随着注药量的增多而移位，并询问病人的手臂手指感觉。

推完麻醉药，毛医生拔出穿刺针，叫小玫用棉签按住针眼。并对病人说，“麻药都给你用了，等十分钟后再看看麻醉效果吧。”病人感激地说：“谢谢你啦！你给我扎针的时候，好痛呢，我一直忍着，刚开始就有触电感，后来麻麻胀胀的。”毛医生告诉病人：“是这样子的。”又侧过脸对小玫说：“扎臂丛麻醉时，不同人的感觉是不一样的。有的人感觉很麻，有的人感觉很酸，有的人感觉很胀。这都是正常的现象。”

过了七八分钟，病人疑惑地问：“医生，我的手怎么还能动?”毛医生指示病人：“你用力抬起你的手臂试试?”病人尽力抬起，手臂晃了几晃后，举起来了。于是，毛医生拿出一根棉签，把它折断，并劈开成小条，细细尖尖的，在病人右边手臂扎了扎，并告诉病人：“我现在试试你的麻醉效果吧。”毛医生举起棉签给病人看：“看到了吗？这是小竹签，我刚在你的右手臂扎了一下，那边是没有打麻醉的。痛不痛?”病人回答说：“痛！”毛医生说：“那就好。我再来扎你左手，你比较一下，看看痛不痛?”病人回答说：“好。你扎吧。”随着毛医生在病人左手臂的不同部位扎竹签，病人跟着说：“痛，有点痛，很痛，一点点痛。”毛医生再告诉病人：“这样吧。我先扎你的右手，你先感觉一下右手的疼痛，就假设右手‘十分痛’吧，我再扎你左手，对比一下右手，看看左边你感觉到的是几分痛吧?”毛医生再扎病人左手臂尺侧皮肤时，病人说：“有点痛，有三四分痛。”当毛医生扎他左手臂桡侧时，病人感觉疼痛明显加剧，告诉毛医生说：“有七八分痛。”毛医生告诉病人：“看来你的左手麻醉效果，小指这边效果更好些，大拇指那边效果差些。”病人紧张地说：“我的大拇指这边受伤的更严重啊。怎么办啊，医生？”

毛医生安慰病人道：“再等等看吧，随着时间延长，麻药的浸润效果会更好些。”小玫在一旁充满疑惑地问毛医生：“怎么会出现一侧麻一侧不麻的现象呢？”毛医生告诉小玫说，“臂丛神经是神经根从颈椎间孔发出后，由神经纤维组成神经干，再围绕血管分成多根神经束。有时麻醉针仅阻滞到某根单一的神经束，或药物没有注入神经鞘内等，导致臂丛麻醉在两侧的效果不一，这是常有的现象。通常的补救方法为追加局麻用药，或改换为臂丛麻醉路径，可取得良好效果。”

小玫接着问：“还有别的麻醉路径吗，是怎样的麻醉方法？”毛医生告诉她：“臂丛阻滞的麻醉路径主要有肌间沟入路、锁骨上入路和腋路入路，之前我给他扎的是肌间沟路径，现在我再给他在腋路追加一次麻药吧。”同时指示小玫再抽一支利多卡因，稀释到10毫升。毛医生让病人抬起左手上臂，露出腋窝，又在病人的腋窝处扎了一针，给他再追加了一次麻醉用量。扎完后，毛医生告诉病人：“我已经给你补了点麻药，如果效果再不好，那就只能改全麻了。”同时，毛医生也告诉小玫：“我们给病人的局麻药量已经很多了，不能再用局麻了，随着局麻药的用量增大，也会增加局麻药中毒的概率。”小玫听后点点头。

又过了十分钟，外科医生开始为病人清创消毒了。随着双氧水浇到伤口上，病人疼得几乎当场要从床上蹦起来了。“我的妈耶！

痛死我了！”随着剧烈疼痛的突然袭击，病人的情绪有些烦躁了，并且很激动地诉说道：“根本都没麻到，快给我加麻药吧！”

十

毛医生满脸郁闷地走近病人，很无奈地告诉他：“痛得这么厉害啊，看来只好给你改全麻了。”病人央求道：“快改，改全麻吧，要不然我会痛死的，没法手术的。”外科的黄医生也停住了，站在一旁对毛医生说：“既然局麻不行，就改全麻吧。病人这么胖，麻醉难打，有什么办法呢。”毛医生叫小玫马上准备全麻，她立即坐到麻醉车旁，快速抽吸着全麻药物。

病人听到医生们决定说要给他打全麻，突然又迟疑起来，躺在病床上不住地询问道：“医生，打全麻，会不会有风险啊？”毛医生正在检查麻醉机，听到病人的疑问，回答他说：“放心吧。做什么没有风险呢？你瞧，给你在脖子打麻醉，麻醉效果不好。如果局麻药物打多了，又会有局麻药中毒的风险。任何一种麻醉方法都有它本身的优点和不足，全身麻醉也是有它的不良反应的。”

病人接着问：“那全身麻醉有什么风险啊？”毛医生向他解释道：“打全麻，我们将给你从口中进行气管插管，让呼吸机给你供氧，避免缺氧的发生。手术结束后，我们停止给药，待你醒后，就会把气管导管拔除的。这个过程，你的咽喉部多少有点不舒服，过两三天都会好的。”病人委屈地回答：“那好吧。只要没什么大的意外就好，打全麻就打全麻吧。要做手术，只能如此了。”

此时，小玫已经备齐了所有的全麻药，告诉毛医生：“药都准备好啦!”毛医生正要给病人推药时，病人突然说了句：“求你们千万要帮我麻好点，我家全靠我的哦。”听到病人满面愁苦的述说，毛医生赶紧安慰病人道：“你放心吧，不会有事的。我们会尽最大努力为你麻醉好的，让你睡个好觉，醒来手术就做完了，放心吧。”几分钟后，随着全身麻醉药物一一推进病人的血液，他随即进入了梦乡。

手术总算开始了，小玫赶紧填写麻醉单，但又突然停住了，仰头问毛医生：“毛哥，这个麻醉单该怎么填啊。”毛医生告诉她：“如实填，先照局麻的方法写，后面再追加书写全麻的。纵横坐标的用药时点，对应好了就行。”小玫低着头书写了麻醉记录单。毛医生坐在边上，显得很无奈，自言自语地调侃道：“这个病人脖子太粗了，单靠盲探、手摸还是很难，局麻药是没打到正点上。”黄医生一边给病人消毒伤口，一边附和他：“记得我读研时，实习的那家医院麻醉科早都有 B 超了。”毛医生兴奋地说：“嗯，我们院作为三甲医院，麻醉科早该有自己的 B 超了。对于这样的脖子粗大的病人，有超声引导一下，效果应该会好多了。”

小玫写完麻醉单后，马上给毛医生过目，毛医生看过后，说了声：“不错，就这样吧。”小玫听到毛医生的赞许，心里甜滋滋的。接着小玫又问毛医生：“我关注了一下，每天的病人情况都不同，手术部位也不同，有时是择期的，有时又是急诊的，我想知道，你是如何给病人选择麻醉方式的。”

毛医生想了想说：“像今天这样的手外伤，我们一般都会首先给予臂丛阻滞麻醉，这个病人是因为效果不好，才改换成全身麻醉。”小玫接着问：“那么其他类型的病人，怎么选择麻醉方式呢？”毛医生站起身来看了看监护仪，过了些许时间，才慢慢地对小玫说：“尽管每天来手术室的病人不尽相同，病情千差万别，但是我们给病人实施的麻醉方式，无非就是全身麻醉和局部麻醉。”小玫听后感觉有点疑惑地说：“就这两种麻醉方式吗？”毛医生继续解释说：“大范围讲，就这两种。全身麻醉会让病人意识消失，又分为气管插管全身麻醉和非气管插管全身麻醉；而局部麻醉既包括以面为单位的表面麻醉和浸润麻醉，也包括以段为单位的区域阻滞。”毛医生在纸上比画着解释：“比如说腰硬联合麻醉后，可以产生下半身麻醉，俗称为半身麻醉；也有神经阻滞麻醉如臂丛或颈丛，可以使单个手臂被麻醉。无论选择哪种麻醉方法，我们都要事先把可能用到的麻醉药都准备好，局麻药如利多卡因、布比卡因或罗哌卡因，全身麻醉药如吸入性麻醉药、静脉麻醉药、麻醉性镇痛药和肌肉松弛药，等等。具体选择怎样的麻醉方式，等你在麻醉科时间长了，遇到病人多了，自然就会了解的。”小玫听后轻轻地说了声：“那好吧。”

过后，小玫坐在麻醉车旁，无聊地听着心电监护仪发出的“滴、滴、滴”的声音，突然发现声音有时会变得低钝，有时又变得高亢。她马上盯着监护仪看，看看变音时，监护仪的数值有什么变化。功夫不负有心人，十几分钟后，又来了一个变音，立即被她捕捉到了。原来脉搏血氧饱和度的数值显示为100%时，声音特别高亢，一旦变成99%，马上就会变得低钝许多。小玫高兴地把自己的发现告诉了毛医生，毛医生听后笑了笑，夸奖她观察得真仔细，并告诉小玫："作为麻醉医生，必须要养成听声音的习惯，一有变音，立即要警惕，发现异常，及早处理。"

看着小玫兴致勃勃的样子，毛医生补充道："无论做什么手术，麻醉风险始终是存在的。对于任何一个病人，给他们实施任何麻醉前，都要静静思考三分钟——该如何麻醉？为什么这么麻醉？这个麻醉将会给病人带来什么后果？会不会有什么不良反应或过敏反应？麻醉药物的起效在分秒之间，也是不良反应发生的高峰，副反应也随之伴行，麻醉医生必须要学会在分秒之间判断正反两方面的影响。总之，只有小手术，没有小麻醉。"毛医生说得快，小玫也迅速记录着。

小玫停下笔后，突发奇想地问毛医生："毛哥，有没有一种好方法，能让手术及麻醉风险降为零呢？"毛医生哈哈地笑了，回答说："怎么可能呢？除非你不做手术、不打麻醉，不做就不会错嘛。"小玫仍旧充满好奇地问："那么大专家或大教授呢，总可以降为零吧？"毛医生回答说："也不可能为零。"小玫接着问："为什么啊，为什么不能为零？"毛医生说："中国有句古话，'谋事在人，成事在天'。麻药掌握在麻醉医生手里，手术刀掌握在外科医生手里，成功的概率掌握在'上天'手里。就像目前流行的福利彩票一样，哪怕是几千万分之一的概率，仍然会有一位幸运者高中几百万的头奖，除非举办方使诈，不设头奖，哈哈哈。"小玫听后也笑了。

毛医生继续说道："手术何尝不是如此呢？随着医疗水平的提

高，先进仪器的不断更新，手术风险虽说发生率相当低，但仍然有发生的可能。如果说资历尚浅的医生实施手术麻醉时，发生并发症风险的可能性为百万分之一，大专家或大教授实施手术过程中发生并发症的风险则可能是千万分之一或亿万分之一。总而言之，无论分母如何放大，分子上的那个‘1’将永远不会也不可能改变，不会因为某位大专家或大教授亲自操作就变成了‘0’。”小玫听后，连连点头说：“毛哥，你讲得太好了，很有道理。”

十一

手术结束后，小玫没有马上回宿舍，而是独自去每个手术间，看看有多少不同的麻醉机和监护仪。转完一圈后，接着又走进药品间，挨个儿察看哪种药物摆放在哪个位置，并掏出笔记本来，记下每种药物的规格是多少毫升或多少毫克。有的她还要抽出盒子里的说明书来仔细看看它的用法。

正当她聚精会神地记录时，听到老远有人喊她“吴小玫”。她顺着声音转头瞟了一眼，是新来的麻醉护士狄燕。小玫赶紧收起自己的笔记本。狄燕走近她问：“你在忙什么呢?”小玫回答说：“有几个麻醉药，我还不太了解。”狄燕听后不在意地说：“那急什么，时间长了，自然就会了。”小玫“哦”了一声，回道：“那倒也是。”狄燕又说：“我们晚上聚聚如何？”小玫看她说话如此爽快，也不好拒绝，于是就问：“有什么喜事吗？”狄燕怪笑着说：“难道要等到有喜事才聚会吗？我们现在小聚也可以啊！”小玫被她的反问说愣了，半晌才回她了一句：“那我们去哪儿？”狄燕回答：“待会儿跟我去就行了。”小玫说：“那好吧。”

五点半，小玫跟着狄燕一路往前走，快到一个分叉口时，狄燕突然停了下来，左顾右盼地打量着行人，像是要等什么人似的。小玫疑惑地问狄燕：“干吗不走了，还等谁吗？”狄燕一边看着远方，一边抱怨地说：“等方永娥呢，她说在这儿等我们的，反倒她自己迟到了。”

又过了大约五分钟，方永娥加入了她们的队伍。她们拦了一辆的士，上车后，狄燕对司机说：“去城市广场。”然后又对小玫和永娥说：“今天我带你们到‘希波亚’吃西餐去。”永娥问：“你对这儿很熟吗？”狄燕回答：“当然啦，我就是本地人啊。”小玫之前也有同样的疑虑，听她这么一说，心里立刻明白了，于是小玫笑道：“怪不得，原来是地主婆啊，哈哈哈……”狄燕冲她笑了一下，说：“瞧你说的。”

下车后，三人直接走进城市广场，转了几道弯，而后乘电梯直达九楼，一出电梯门，就到了希波亚。狄燕跟前台打了招呼，然后就带小玫和永娥走到靠窗的一排位置，其中有个玻璃圆桌，围着三个悬挂的藤椅。小玫眼中充满了新奇，感叹声还没发出来，就听到狄燕随口说了声：“就坐这里啦。”接着她们分别入座藤椅。她们仨边荡秋千边闲聊着。只听永娥说：“这儿好美啊，玻璃窗外的景色多么迷人，夕阳落日，晚霞余晖，映在江面上，波光粼粼，水天一色，真是令人目不暇接。”小玫也在一旁，啧啧地赞不绝口。

狄燕坐在藤椅上，荡了几下秋千，然后怡然自得地说：“这地方还满意吧。”两人异口同声地说：“不错，不错，确实美不可言啊。”狄燕满脸笑容地说：“就是嘛，这才是享受生活。”永娥说：“你说得对。不要还跟上学那会儿一样，每天压力满满的，要抽空出来玩玩，放松心情。”

这时，服务员走了过来，狄燕没看菜单，就直接报了自己想要的——蜜汁三文鱼和一杯咖啡。小玫和永娥她们两个，看着菜单上的一大堆图片，眼睛睁得大大的，翻过一页又一页。狄燕在一旁笑着说：“舌尖上的美味，总有一道你喜欢的。”两人的头凑在一起，像是在商量着什么似的，边看边窃窃私语，直到最后一页翻完，才相视而笑地放下菜谱。接着，两人侧头转向服务员，报了各自想要的。小玫叫了西冷牛排外加一杯可乐，永娥要了红酒猪排外加一杯奶茶。

天色暗来心渐静，江边灯火似长龙。姐妹们一边品着西餐，一边欣赏着窗外江景的变化。小玫突然转了一个话题：“咱们仨都是护理专业的，现在学着搞麻醉了，有没想过以后会怎么样啊？”狄燕不以为意地说：“我都懒得想那么多，担心那些干什么，活好当下才是真。”永娥也在一旁说：“我也不知怎么的，就被分到麻醉科来了。麻醉是我以前从没学过也没实习过的，好生难懂哦。”小玫问永娥：“麻醉老师还当真教了你麻醉操作吗？”永娥回答说：“是哦。带我的刘水云医生，他第一天就想让我扎深静脉，我担心得要命，不敢扎。然后刘医生就叫我站在一旁，认真看他扎。”小玫接着问：“听说刘医生是主任医师哦，他技术很好的，那你看会了吗?”永娥很委屈地回答:“没有。”一旁的狄燕好不正经地插话道:“据说带教小玫的还是博士呢,他年轻有为哦,你们有没有什么进展啊?”说完,咯咯地笑了。

小玫的脸瞬间红了起来,瞥了一眼狄燕说:“就是你想得多,哪有啊,说不定人家早有媳妇了。”狄燕接着又起哄道:“哎呀,瞧你们天天黏得那么近,人家还以为你们好上了呢。”永娥坐在一旁为小玫打圆场地说:“别取笑小玫了,狄燕你也说说,你的带教老师什么来头?”小玫听到永娥这么说,立刻反守为攻地问:“快说、快说,坦白从宽。”永娥也说了一句:“抗拒从严。”狄燕咧着嘴说:“我可没有你俩的好运,带我的是马进州医生,资深老副高,听到了吧。”小玫顺口应了她一句:“那也很好,经验丰富啊。”狄燕满不在乎地说:“什么经验丰富啊,学得多、做得多、错得多。”永娥有点不同意她的观点,噘着嘴说:“多学一点不是更好吗,只要老师肯教,我就学。”狄燕仍坚持她的看法,说道:“我们女生,只要有份稳定的工作,混一混,不出什么差错,就行啦。”小玫默默地听着她们的对话,并未插嘴,但心想既然有机会多学点知识,干吗要白白错过呢,多经历一点,也能成长得更快呀。她们就这么闲聊着,一直到餐厅打烊才回家。

十二

清晨，手术间送来了一位肺癌的病人，小玫问巡回护士王丽："怎么不是我们昨天查房的神外病人？"王丽回答说："神经外科的病人，欠费暂停手术了，所以田护士长临时安排了个要做开胸手术的病人过来。"毛医生见怪不怪的，没说什么，直接让病人签了名，然后就去谈话间找家属签名去了。

小玫立即给病人绑袖带量血压、连接电极片监测心电图等。当她看到血压为190/131毫米汞柱时，简直不敢不相信自己的眼睛，心想怎么可能这么高的血压呢，尤其是舒张压。小玫重新拆开血压袖带，仔细检查了一番，没发现有什么问题，又重新给病人绑上了血压袖带。病人看到小玫异常的动作，似乎觉察到什么，有点紧张地问："有什么问题吗？"小玫说："没什么，只是检查一下袖带。"当再次测量病人血压后，数值比之前的还略高些，小玫更感惊奇。

于是，小玫询问病人有没有高血压，病人回答得很肯定："从来没有高血压。"小玫接着又问："平常是否喝酒抽烟？"病人答复说："偶尔喝点酒，量不多，不抽烟的。"小玫再问病人："今天早上有没喝水，有没吃过什么药物？"病人回答说："都没有，什么都没吃。"

待毛医生签名回到手术间后，小玫立即汇报给毛医生。毛医生看了一眼监护仪后，转身上网查询病人资料。病人四十六岁，男性，欲行左肺癌根治术，术前的各项实验室检查提示基本正常，常规的影像学检查也没发现特殊的。病房的记录里也是提示没有发现高血压，偏偏病人进入手术室后，病人的血压才增高了，而且增高的不是一点点。小玫和毛医生都觉得很蹊跷，各方面也查找不出什么端倪。

毛医生疑惑不解，心想这个病人正当壮年，体质又很好，也看不出有什么特殊的症状来。“难道是白大褂高血压不成?”毛医生一边皱着眉头，一边嘀咕着。小玫仔细地注视着他的一言一行，于是就问毛医生：“毛哥，什么是白大褂高血压?”毛医生告诉她：“白大褂高血压就是病人在家里测量的血压正常，但是到医院或诊室时看见穿着白大褂的医生时，测量的血压会明显高于正常值的现象。”小玫惊奇地问：“还有这种高血压啊，那是怎么产生的呢?”毛医生解释说：“可能是因为有些病人一见到穿白大褂的医生就会感到心理紧张或存在一种条件反射，导致全身的交感神经反应，从而使血管收缩、血压升高吧。”小玫“哦”了一声，道：“原来是一种与情绪反应相关的高血压。那么，毛哥，你看这个病人会不会是白大褂高血压呢?”毛医生摇了摇头说：“不肯定，但这个血压，似乎高得有些离谱，尤其是舒张压。”

转而，毛医生告诉小玫说：“你先给他扎个动脉吧，顺便等等，观察一下。看看有创动脉血压怎么样再说。”小玫回答说：“好的，我这就给他做动脉穿刺吧。”毛医生笑着说：“好，你扎吧。”小玫还真是动作麻利，一针就见血了，连接上心电监护，定标归零后，有创动脉血压数值一出，更是让他们感到惊奇，竟是203/146 毫米汞柱。为什么会这样呢？毛医生也表示从来没有见过如此怪异的血压。于是就问病人：“你知不知道你有高血压?”病人回答说：“不知道啊。”毛医生接着又问：“你家人呢，比如你的父母有没有患过高血压的?”病人仍然回答说：“老妈没有，老爸去年才发现有高血压。”毛医生想了想，再问病人：“你仔细回忆一下，你以前有没有出现过头晕头痛的现象?”病人躺在手术床上，静静地想了一下子，说：“有，去年有过一次，今年二月也有过一次。两次都发生过头痛、头晕的现象，而且记得当时有些心慌，不过只是一阵子，没到半小时又好了。”毛医生“哦”了一声，问道：“现在你觉得有头痛头晕吗?”病人回答说：“有点儿头晕，可能是饿得吧。”

病人的有创动脉血压持续高位，没有一点回落的迹象。毛医生也没再问病人了，而是找了上级主任进来，会诊一下病人，看看他们有什么意见。陈主任来到手术间，看了看血压，询问了一番病人后，告诉毛医生说：“这么高的血压，还是稳妥点，暂时不要做手术了，让他回去请心内科会个诊，完善一下检查吧。”

陈主任离开后，毛医生再给外科主刀医师罗来波主任打了个电话，并向他如实告知情况。罗主任很快就下到手术室来了，询问了病人的情况，并查看了病历，而后他便给他们科负责测血压的责任护士打电话，询问测血压的情况。罗主任打完电话后，立即告诉毛医生说要暂停手术，并告诉病人：“先回病房，再全面检查一下。”接下来，小玫又协助毛医生做了好几台小手术。这些暂且不提。

第二天早上刚上班，毛医生就接到罗主任的电话，他告诉毛医生：“幸亏你提醒我们昨天的病人血压高，否则一旦术中出意外，我们很难收场。病人回病房后，我们立即给病人做B超和CT检查，均提示病人患有右侧嗜铬细胞瘤。”毛医生听后随口问了句：“为什么术前护士测血压没有发现呢?”罗主任回答说：“昨天我问过护士后，便立即知道护士那边的处理出问题了。那个责任小护士没有经验，测到极高的血压，竟然吓得不敢相信自己。她也问过病人，了解到病人以前没有高血压，于是权当自己测错了，就胡乱写了个正常血压值在病历里面了。”毛医生听后“啊”了一声，也没多说什么，就挂电话了。

毛医生放下电话后，转身上网查询该病人的CT检查报告，并把这个消息告诉小玫了。小玫感叹道：“我当时看到病人那么高的血压，就猜这人肯定有问题，只是一时找不到原因，所以我也不敢乱说。”毛医生“嗯”了一声，没有多说，继续看那个检查结果。于是，小玫接着又问毛医生：“如果昨天我们就那么给病人打麻醉，术中会有什么风险?”毛医生回答说：“那样风险可大了，你想想，如果在不知情的状况下，该病人若行左侧开胸手术时，需右侧卧位，正好右侧腰部被顶住，说不准就会刺激到这个嗜铬细胞瘤，诱发血压急变。再加上术中的手术刺激，血压骤然升高，极易造成心脑血管意外。”

小玫听到毛医生的解释后，自我安慰了一句：“看来我昨天的猜想是对的。”毛医生表扬小玫道：“你做得很对，遇事就是要多想想，才能有备无患。”小玫盯着毛医生，静静地听他解说：“作为麻醉医生，我们要善于发现外科医生的疏漏之处，并及时提醒他们，让他们把漏洞补全了。只有这样，手术才安全。”

小玫感慨道："看来术前查房确实很重要哦。"毛医生告诉她："每做一台手术之前，我们都应该对病人进行总体评估。一个循环查下来，包括对不同疾病的病人开具的相应检查单，以及对并存的疾病如高血压、糖尿病、肺心病、心律失常等多种疾病向临床科室寻求的会诊，一个不错漏地问过去、检查一遍，以期保障手术中病人的生命安全。正所谓，'外科医生治病，麻醉医生保命嘛'。"

小玫听后笑着问："麻醉医生保命，听起来好高大上哦。只是我还不理解，为什么说麻醉医生是给病人保命？"毛医生解释说："在围手术期，大多数外科医生主要盯着他们要做的手术部位，刀口的位置。而麻醉医生就不同了。麻醉医生在整个手术过程中，要全盘把控病人生命体征的稳定，调节呼吸循环功能的稳定，既要关注外科手术造成的出血和神经反应，又要防止各种药物可能带来的过敏反应。"

听到这儿，小玫也应了一句："看来我们在术中要打起万分精神，当真偷不得懒，要真抓实干才行。"毛医生说："那当然了。再举个例子给你听听吧。"小玫立刻轻轻拍着掌说："好啊好啊！"毛医生微笑了一下，接着说："前不久在做一个前列腺等离子电切手术时，我们要给病人实施腰硬联合麻醉，也就是常说的下半身麻醉。从手术开始到临近结束，病人的生命体征都一直比较平稳，血压心率没什么过大的波动，收缩压为 135 毫米汞柱左右，心率稳定在每分钟 70 次左右。就在外科医生还有 10 分钟左右就要结束手术时，冷不防地心率突然降至每分钟 33 次，吓得我几乎当场从凳子上蹦了起来。我赶忙喊停手术，并给病人大口吸氧，立即静脉推注阿托品 0.5 毫克，同时复测血压，收缩压也降至 93 毫米汞柱了，随即又追加静脉推注麻黄碱 10 毫克。然后，我问外科医生刚才做了什么操作，为何心率血压会发生如此剧烈的变化。外科医生却全然不知道哪个环节出现问题，只是告诉我说，他刚才使用负压吸引膀胱里的前列腺碎屑前，先挤压了一下负压球。我立刻就判断出了生命体征骤变的原因，即猛力挤压引起膀胱膨胀刺激导致的牵张反射，激发了迷走神经兴奋。经过暂停手术操作，加上给予阿托品、麻黄碱，不到十分钟，血压和心率均回复到之前的水平了。”

小玫听得津津有味，待毛医生讲完后，感叹了一句：“好惊险哦。没有麻醉医生的守护，病人心脏停了，外科医生都不知道啊!”毛医生笑着说：“谁说不是啊！这样的情形，在手术中时常发生。外科医生一心做手术去了，很少关注这些的，我们麻醉医生，作为保驾护航的使者，有责任和义务时刻关注生命体征的变化。”

小玫点着头说：“是哦，看来我们麻醉科肩负的任务还是很重的。”毛医生说：“那是当然了，面对生命，我们来不得半点马虎，有时手术中表面上暂时看似风平浪静，谁能晓得水底下何时出现暗礁呢？所以嘛，麻醉医生才算是手术病人这艘生命大船的舵手。我们看护的可是病人的命啊！绝对不能掉以轻心，玩笑不得!”小玫连连点头称赞：“毛哥，你说得真是太好了。”

十三

小玫坐在麻醉车旁，一手撑着脑袋，一边关注病人的心电监护，也一边想着毛医生给她讲解的麻醉的事情。突然手术间的门自动开了，小玫转头侧眼斜看——妈呀，是陈主任进来了！吓得她立刻从凳子上站了起来，叫了一声："陈主任好。"

此刻，毛医生也站起身来，迎上前问道："陈主任来这儿，是有什么事情要交代吗？"陈主任走近他们，先对毛医生说："我要给吴小玫等麻醉护士安排一些事情。"他说完就转向小玫，并一脸严肃地对她说："你们麻醉护士，除了跟着医生学习麻醉、监护病人外，还要帮助麻醉医生完成手术间的整理工作。"小玫有些畏惧地看着陈主任，问："整理手术间？是要做些什么呢？"陈主任指着壁柜说："比如添加那壁柜里面的耗材啊，像牙垫、心电极片、螺纹管、穿刺包之类的，每天要检查一下，缺了就要及时补上。"小玫听后答道："哦，好的。"陈主任接着拉开麻醉车的抽屉，指着里面说："你看看，这麻醉车的抽屉里这么乱，你也要收拾整齐，麻醉同意书及红白处方笺，用完了也要及时补齐。"小玫毕恭毕敬地"嗯"了一声后点点头，又轻声地问："陈主任，那些耗材，我不知道要从哪里领取。"陈主任告诉她说："都在储备室呢，你每次从那里去拿便可以了。”小玫听后不敢多问，只是低着头说：“好的。”陈主任刚要离开手术间，又停了下来说：“你告诉一下另外两位麻醉护士小狄和小方，和她们一起负责整理全科的手术间，一同负责也好，分房间负责也行，你们商量着把每个手术间整理好。”小玫害怕地耸着肩缩着脑袋，说：“好的。”

陈主任交代完后就离开了手术间。小玫嘟着嘴说：“又有事干了。”毛医生笑着说：“整理房间、添加耗材，似乎更适合你的工作。”小玫立刻面带喜色地说：“也是，麻醉我们又不懂，打打杂还行。”毛医生接过话匣子说：“如果你不跟我学习麻醉，怎么会知道打麻醉需要哪些耗材呢？”小玫笑着说：“那倒也是，如果不学麻醉，我根本无法知道你们每天需要用些啥，想整理房间，也就没头绪了。”毛医生笑容可掬地告诉她：“所以嘛，想打好下手，还得跟着我们先学麻醉。”

小玫突然心中泛起一个疑问，于是问毛医生：“毛哥，手术室总共有二十八个手术间，我们三个麻醉护士，你认为分房间负责比较好，还是共同整理比较好呢？”毛医生略微思考了一下回答说：“我个人觉得，责任包干最好。比如你负责楼上的这十个手术间，每天下班前，推来一车耗用品，到每间房转一下，没有的东西就及时补上。”小玫听后点着头说：“那倒是个不错的主意，只是不懂陈主任说的一同负责，是怎么样的一同负责，我还不太理解他的意思。”毛医生说：“我想，陈主任也是随口说说，他才不会管你们分工或合作完成房间的整理呢，反正他的目的，就是每个房间能随时找到东西。”小玫听后微微点了点头，说：“毛哥，你说得对，我也赞同责任包干更好，只是不知道她们两位是怎么想的。”毛医生听到她小声嘀咕着，就对小玫说："你待会儿下班后直接找到她们，协商一下，不就清楚了吗？"小玫答道："好的。"

下班时，小玫约好狄燕和永娥一同吃个晚饭。她们刚走出手术室，小玫问狄燕："今天去哪儿，有没好的推荐？"永娥说："上次我们去的西餐店环境不错，要不今晚再去坐坐？"狄燕赶忙说："总去一个地方，那还有什么情调啊。"小玫听后笑着对永娥说："总去一个地方，那不就是老调重弹了啦。"狄燕听到小玫的解释后，也禁不住咯咯地笑了，好一会儿，她才停住了笑声，镇定地说："今天我们去吃自助餐如何？"永娥立刻拍着巴掌说："好哦好哦，想吃什么就可以夹什么。"小玫也应了一句："想吃多少就吃多少，好。"接着永娥又说："不，不能多吃，我还要减肥呢。"小玫笑了，对她说："那就挑贵的吃吧。"狄燕听后抿着嘴笑，也插了一句："早知这样，中午就该少吃点啦。"永娥嘟着嘴巴说道："看来今晚的减肥计划，又要泡汤了。"

三人来到餐厅，选好了一个靠窗的位置后，分别举着盘子沿着一排排摆着琳琅满目菜系的桌子，来回地挑选着，心里琢磨着，哪个是贵的，哪个是自己爱吃的，哪个应该多吃些，又得掂量着自己的"肚量"。过了五到十分钟，大家又不约而同地回到了座位上。狄燕看到永娥的盘子中并没有想象的那么多荤菜时，略带疑惑地问："永娥，怎么你的盘子里那么多蔬菜啊，不像你的风格啊！"永娥嘟嘟嘴说："中午忙得要死，两点才吃饭。等到我去吃饭时，饭菜都已经凉了，只得用微波炉热过后再吃，可惜一点儿也不好吃，后来大概四点的时候，我又叫了外卖，买了一份炖盅吃了。"小玫问："你们接的是什么病人啊？忙得吃饭都顾不上？"永娥答道："是全身多处外伤大出血休克的病人，术中既要输液又要输血，还要微泵去甲肾上腺素，看到病人那六七十毫米汞柱的收缩压总提不上去，我心里着实害怕得不行。"狄燕插嘴说："不是有刘水云医生在吗？有他在，你那么担心干吗？真是皇上不急，把太监急死了。"永娥说："我看到刘医生当时那副很紧张的表情，我哪敢说去吃饭，压根也没想这事啊，就算他叫我去吃，我也吃不下啊。"小玫好奇地追问："后来病人怎么样啦？"永娥回答说："病人直到手术做完了，血压才升到100毫米汞柱左右，最后送重症监护室去了。"狄燕边吃边说："下班还聊工作，累不累啊，赶紧品味生活吧。"于是，大家都齐刷刷地吃起来了。

饭过五味，茶过三巡。小玫开始说话了："今天陈主任又给我们麻醉护士增加新任务了，想必两位都知道了吧。"永娥立刻探过头来问："当时我比较忙，陈主任说得又比较快，我都没听明白，好像是他要我们几个整理手术间？"小玫说："他是要我们负责整理每个手术间。"狄燕说："不是有护工打扫卫生吗，怎么要我们整理手术间？"小玫就给她解释说："陈主任不是要我们打扫卫生，是要我们给每个手术间添加麻醉耗材之类。"永娥听完后"哦"了一声。狄燕随即附和："我记得今天陈主任跟我说过此事，我当时正在写麻醉单，没专心听，后面只听到他说，叫我与你们一起商量。"小玫接着问："不知道你们是怎么考虑的？"狄燕立马说道："那还有什么好考虑的，我们都是新人，只能遵照实行了，还有反抗的余地吗？"永娥听后笑了："嗯，我们服从安排便是了。"小玫喝了一口饮料，接着说："那当然啦，他要咱们做什么，我们就做什么。"

永娥有点儿惆怅，满脸疑惑地问：“既然如此，我们怎么做，才能完成陈主任交代的任务呢？”狄燕说：“那还不简单，每人负责几间，不就结了。”小玫听到狄燕的回答，立刻感觉很合心意，心想她的想法跟自己的想法一致，不用担心存在分歧了。只是永娥一直没吭声，于是小玫就问：“永娥，你有什么意见吗？”永娥听后回答说：“我没有意见，你们说怎么办，就怎么办吧。”

小玫接着说：“狄燕，永娥，手术室共有二十八间，楼上十间，楼下十八间，你们想负责哪几间？”狄燕、永娥两人你看我、我看你一下，都没作声。小玫又说：“要么我负责楼上十间，你们俩负责楼下的，每人九间怎么样？”永娥支吾了几声后，就问狄燕：“你要楼下的哪几间？”狄燕略想了一下想，说：“那我就负责第一到第九间吧。”小玫马上说：“永娥就负责第十到第十八手术间啦，就这么定了。”狄燕、永娥异口同声地说：“就这么定了。”

十四

早上八点，小玫已经把各种麻醉的药物和全麻所需物件备齐，坐等病人的到来，时间一分一秒地过去，但病人却迟迟没有到来。毛医生催促巡回护士晓琳去问问情况。

晓琳赶紧跑去护士站给胃肠外科打电话询问，几分钟后，晓琳回手术间对毛医生说："那个高龄胃癌病人，子女听外科医生说病人合并症多、手术风险大，子女们意见不统一，还在商量中。"

小玫听后甚为高兴地对毛医生说："那便更好，昨天听到你已经答应了给病人麻醉，毛哥，我都为你捏一把汗了。"毛医生一脸疑惑地看着她："为什么？看我害怕了吗？"小玫微笑了一下，回答说："那倒没有。我只是觉得那个老人家都八十七岁了，合并症太多了，有高血压、老慢支和房颤，手都颤颤巍巍的，看着都为你担心。"毛医生回答说："担心是正常的，只是不要轻易停手术。特别是对手术充满着渴望，希望手术能减轻痛苦的老人家。"

小玫听后问毛医生："我看你昨天查房时，也说过这个老年病人病情很危重。"毛医生回答说："起初我一看病人的检查结果，也很震惊，病人年龄大，而且合并症那么多，还有心律失常房颤，肝肾功能也不好，贫血又严重，当时已经打定主意停病人的手术了，但去到病房看过病人后，觉得病人的精神状态还不错，特别是跟老人家交谈过后，于是又改变主意了。"

小玫疑惑地问："仅凭精神状态好，你就可以给病人麻醉吗？"毛医生回答说："当然不能仅看一点，我是通过多方面进行综合评估。同样是七八十岁的老年人，有的仍然精神矍铄，有的已老态龙钟了。我在术前查房时，很关注对病人的第一感觉，尽管有时病人的检查结果并不算很好，但有时病人精神状态好，对手术治疗有强烈的期望，我们便可以帮病人试着努力实现他的心愿。"

小玫听后，发自内心地对毛医生产生崇敬之情。但想了想，还是颇有疑惑地问道："毛哥，既然是这样，那昨日你为何还在病房里对家属说，病人做手术会有那么多风险呢？"毛医生解释说：

“病人都八十七岁了，古语有云，‘今日脱了鞋与袜，不知明日穿不穿’。跟家属谈手术风险，是我们应尽的责任和义务，应如实陈述啊，再说又合并有那么多疾病，告诉他们术中可能发生的意外，是让家属充分了解病情，也能让他们对我们工作有所认可。今天既然他们家属主动停了手术，那倒使我省心了，只是觉得有点惋惜。”

小玫盯着他问：“毛哥，你为什么又会感到可惜呢?”毛医生叹了口气说：“昨晚我都做好了充分的心理准备，今天如果给这位老人做手术，只要外科医生那边不出意外的话，我相信麻醉应该是没有问题的，没想到被家属放弃了，真是可惜了。”小玫听后也跟着点点头说：“想来也是，怪可惜的。”

在手术间里，她们继续等着接台手术。小玫暂时无事，问道：“毛哥，除了高龄病人，麻醉医生通常是出于什么原因考虑，才会去停掉手术，我们到底担心什么呢?是怕病人病情太危重而死掉吗?”毛医生略加思索地说：“具体情况具体分析，如果是急诊，不做便会很快死亡的，那我们麻醉医生肯定会毫不犹豫地为病人实施麻醉，正所谓‘死马当活马医’吧。但是遇到一些可以等待的、不是那么紧急的慢性病，如果该病人患有合并症，比如高血压、心脏病、肺炎等，便可以帮他们申请去相关的内科先治疗一段时间，调整一下脏器功能后再手术。如此处理的话，可以显著减少围术期的风险指数，更大程度上保障了病人的生命安全。”

小玫瞪圆了眼睛，看着毛医生。于是，毛医生继续给她解释说：“换个角度来谈谈高龄病人吧，因为血管顺应性差，麻醉前看似高血压，其实全身有效循环血量储备往往存在不足，对外界刺激反应相对比较敏感。有时，即便我们在麻醉中给这种病人相当于正常成人的半剂药量，也会使血压骤降。如果外科医生给病人一个手术刺激，比如切皮，血压又转而骤然陡升。这种过山车式的血压变化，极易引起心脑血管意外，甚至酿成手术意外。”毛医生说完看着小玫。

小玫听得很入神，不住地微微点头称“哦”，但似乎没完全明白他所说的意思。毛医生又举了一个例子：“你看过摆在家里的残破不堪的旧桌子、旧椅子吗？平常它们靠墙放在那里，仍是桌子人、椅子，一旦有外力去推它、拖它，那么它很快就散架了，就变成了一堆木头。而老人啊，特别是那些有合并症的危重病人，身体状况就好比旧桌子和破椅子，他们已经弱不禁风了，一旦在围术期被发生的过敏性休克或大出血休克等意外折腾一下，也许他们就再也缓不过来了，这个你懂吗？”小玫听到后，忍不住地拍拍手说：“你这个比喻好形象，说得太妙了。”毛医生“嗯”了一声，说：“这样的病人就是高危病人。”

小玫听完毛哥的解释后，不由得转头看了看外边，有些抱怨地说：“怎么病人还没来啊！”毛医生说：“有时是这样子，要耐得住性子。趁现在病人还没来，我们讨论一个问题吧，你怎么理解‘救死扶伤’这四个字？”小玫听后想了想，对毛医生说：“我觉得吧，从字面上来解释，应该是抢救生命垂危的人，帮扶受伤的人。”小玫回答完，转头盯着毛医生，也想听听他对这四个字的理解，就微笑地说：“毛哥，我回答得怎么样？”毛医生眼神含深意，半晌，若有所思地说了一句：“回答得还不错。”小玫见毛医生没有继续说下去，于是，接着又问：“毛哥，告诉我，你怎么理解的，我想听听。”毛医生看她盯着自己，于是就对小玫说：“我的理解与你有些不同，我先引用一句美国医生爱德华·特鲁多医生的墓志铭给你听听，‘有时去治愈，常常去帮助，总是去安慰’。”小玫听后耳目一新，立即请求毛医生给她详细解释一下：“毛哥，你的这个引用很新颖，我从没听说过。可我还不理解你所说的。”于是，毛医生再次给她解说：“医学首先是一门科学，具有不确定性，生与死，只有概率，没有定数。人，终究都会死的。那些本来就生命垂危，极其危重的病人，若死了，属于正常；救活了，却是意外。作为医生，我们只需本着自己的善心，尽自己的努力，去为病人解除病痛，那就行了。”小玫迅速抽笔将所听到的重点内容记录在自己的笔记本上，微笑着说：“你的这个解释，很有意思。”毛医生接着又说：“但是，从另一个方面讲，医学也是一门“人学”，因为病人也是人，具有社会性，有他们自己的思维和判断。故而在医疗决策中，有时最难的不是医疗技术，也不是医生单方面的努力，而是有赖于医患之间的沟通与密切合作。对于疾病来说，病人唯有将医生作为自己的战友，与医生结为生命共同体，并对医生赋予充分的信任，甚至有了默契，才能最终战胜疾病。”

十五

临近九点，手术间终于走进来一位小伙，小玫看过病历后，才二十七岁，准备做腹腔镜下精索静脉曲张高位结扎手术。病人躺下后，小玫即刻给他连接心电监护，同时询问他有没有吃饭和喝水、有没有过敏史等常规问题，病人均回答说没有。

签完麻醉同意书后，毛医生照例给病人实施全身麻醉。毛医生推注麻醉药，小玫给病人面罩给氧。因为病人个头大，小玫扣面罩有点费力，但她还是尽全力使劲捏气囊。

谁曾料到，就在小玫为病人捏气囊两三分钟后，突然病人口里冒出大量液体出来了，吓得小玫顿时目瞪口呆，从凳子上站了起来。说时迟，那时快，毛医生看到后，立即叫巡回护士晓琳备好吸引器，并把吸引器伸入口腔吸引，并说道："这是胃内容物返流出来的糨糊样液体，病人肯定吃了早餐。"

因事前不知病人已经吃过食物，麻醉扣面罩时未加防范，捏气囊压力过大，部分气体经食管进入了胃腔，当胃腔内达到一定压力后，胃内容物不可避免地或多或少地返流，也难免会流入气管。

毛医生给病人吸尽口腔内的呕吐物后，就立刻插上气管导管，并接上麻醉机进行机控通气。这时，再看麻醉机屏幕显示的数据，双肺通气的气道压高达36毫米汞柱了。毛医生接着用吸引器抽吸气管内的异物，很明显是食物残渣，酸味扑鼻。毛医生又叫晓琳拿来生理盐水，用50毫升注射器抽取生理盐水经气管导管注入气管，反复冲洗回吸，而后持续纯氧机控通气。

小玫仔细观察监护数据，脉搏血氧饱和度已经降到91%～93%。毛医生再次去谈话室向病人妻子询问，并把刚才所发生的事件原原本本地告诉她听。病人的妻子听后，顿时泪流满面地说："他吃早餐了，吃了两个馒头、一碗豆浆，本来昨天医生告诉他今天的手术是接台手术，可能会等到下午才做，可以吃点东西。但今早上突然接到病房护士通知，我们可以上午做手术。他怕耽误手术，跟护士矢口否认吃了东西，也不许我告知实情。现在可怎么办啊?!"家属一边述说一边哭泣着。毛医生安慰道："既然事情已经发生了，也不用太担心，我们会尽力治疗的。"

跟家属沟通完后，小玫在毛医生的指导下，给病人追加使用了激素和抗生素。手术结束后，病人没过半小时便清醒了，但自主呼吸困难，脉搏血氧饱和度在脱氧情况下，达不到90%。经过与外科主刀医生协商，只得送往重症医学科，继续呼吸机维持治疗。

过后，小玫问毛医生："今天可把我吓到了，生怕病人出意外，万一死掉了，我的罪过就大了。"毛医生告诉她："今天的病人出现这样的情况是有原因的，不用担心的。但以后扣面罩也要注意点，不要使劲捏气囊，悠着点可能会更好。"小玫不解地问："怎么悠着点?"毛医生解释道："扣面罩也是有诀窍的。当你扣面罩太过严密的话，口腔内的气体就越积越多，气压也就随之越来越高。当气压升高到一定水平，气体就会分流进入食管、胃腔。你捏气囊时，捏得越用力，分流进入食管、胃腔的也就越多。随着捏气囊的时间累积，胃腔内的气压达到一定水平后，胃内容物便会产生返流了。”小玫听后遗憾地说：“看来我还是有责任的呀。”毛医生安慰她说：“不知者不怪，不用担心，没关系的。这不是找到主因了吗，病人吃了早餐，而且他还不说出来。”

小玫仍是不解地问：“那我该怎么样捏气囊，才能防止返流呢?”毛医生说：“其实有时遇到急诊时，也会遇到刚吃饱饭的病人。只要我们捏气囊时注意使用小潮气量、快频次的方法，同时要间断松开面罩，以免呼吸末气压过高，就很少会发生返流。今天这个是在我们不知情的情况下发生的返流，吃一堑、长一智，你别往心里去。”小玫这才放心地说：“好吧。”

接着，小玫又跟着毛医生做了另一台胆囊手术。麻醉过后，手术正在进行中，暂时无事，小玫又问毛医生说：“术前禁食那么重要，你能不能告诉我，有没有术前禁食的标准呢?”毛医生想了想说：“一般来说，术前禁水两小时以上，母乳等禁食四小时，奶制品和固体食物禁食六小时以上，油炸肉类八小时以上。小玫点点头，“哦”了一声。毛医生随后强调道：“当然啦，这个禁食标准还与饮食的量有关，也与病人的胃肠消化功能有一定关系，同时也跟手术的体位有关，比如对俯卧位的病人就比仰卧位的禁食要求更严格。这些都需要我们综合考虑。”

过了一会儿，小玫突发奇想，又想到一个问题，她说：“前两天我们做一台剖宫产，好像产妇是刚吃了两个鸡蛋就进手术间的，你不是也给她麻醉了吗?”毛医生想了一下说：“产妇怎么能因为没禁食就不麻醉呢？小孩都快要生了，急诊嘛，我们是挡不住的，只能麻醉了。”小玫嘟囔：“急诊，就可以麻醉？”毛医生感觉她还没明白，就接着解释：“遇到急诊时，我们可以做到‘有备而麻’。其实，术前禁食，就是为了手术麻醉时，让病人更安全。即便没禁食，遇到急诊手术，我们必须麻醉时，还是要麻醉的。但必须懂得如何做好预防，并充分做好补救措施。”

小玫接着问：“那该怎么预防像刚才的胃内容物返流呢？”毛医生说：“办法还是有的，比如扣面罩时，捏气囊的压力小一点，也就是刚才说的高频率、低潮气量的方法捏气囊。还有就是头高脚低，或者麻醉前给病人插胃管，将胃内容物吸引出来。”小玫一边听着一边在本子上快速地记录着，末了又问毛医生：“除了这些，还有什么补救措施吗？”

毛医生说：“我给你举个明知病人没有禁食的急诊麻醉的例子。”小玫立即说：“好啊好啊，我最喜欢听病例了。”毛医生微笑了一下说：“记得去年遇到一个一岁半的小孩手外伤，因为急诊，就直接送到手术室来了。我当时就问家属，小孩有没有吃东西，家属回答说一小时前刚喝了一瓶牛奶，禁食时间肯定不够的，但我想着这是个急诊，不能一直拖，外科医生也特地打来电话说尽量想办法。再说，拖久了，容易发生伤口感染。于是我就叫巡回护士帮小孩插胃管，尽管小孩不怎么配合，好歹在家属的辅助下总算是把胃管插进去了。然后，我就拿来 50 毫升的注射器，从胃管中抽吸，事实证明，小孩确实吃了牛奶，竟然通过胃管抽出了 60 毫升的牛奶来。后来的情形，你应该也能想得到了。”小玫笑着说：“很顺利地给小孩打全麻了。”毛医生伸出大拇指对她说：“对了。”

下午两点半，接了一台腹股沟斜疝手术。病人是老年男性，坐着轮椅进入手术间。毛医生和小玫、晓琳搀扶老人上手术床，只见老人全身颤颤巍巍的，而且额头冒着冷汗。于是毛医生就问病人："怎么抖得这么厉害，是哪儿不舒服了?"病人回答说："好像是我低血糖了。"毛医生好奇地问："你怎么知道你有低血糖?"病人说："我每次有低血糖时，总是这样子。"毛医生立刻对小玫说："快去拿血糖仪来!"

巡回护士晓琳给病人扎针输液时，毛医生立即给病人吸氧，一边给病人连接心电图和血压仪，一边对病人说："你得糖尿病有多少年啦?"病人回答说："我得糖尿病都快二十年了。"毛医生说："原来你是个老糖友啊，怪不得。"

这时，小玫也取来血糖仪了，毛医生问了小玫一声："你会测血糖吗?"小玫说："这个血糖仪我没有使用过"。毛医生接过血糖仪说，"那你认真看着，我来给病人测吧。"于是，毛医生快速地给病人中指消毒后，便扎了一下，并用血糖试纸吸了一点鲜血，然后叫小玫用棉签按住病人的出血伤口。半分钟后，血糖结果就出来了，只听得毛医生说："哎呀，血糖这么低啊，每升才 2.9 毫摩尔啊。"

只听得毛医生对巡回护士晓琳说："赶紧去拿袋10%的葡萄糖来，立刻给病人滴上。"晓琳也感觉到病人的病情紧急，丝毫不敢怠慢，迅速取来葡萄糖 100 毫升给病人静滴上了。

小玫看到这种情形，甚是担心，急忙问毛医生："病人这个情况，要不要停手术啊?"毛医生回答："不急，先稳住病情，这样子送回病房也不安全的。"

看到毛医生神情有些紧张，小玫充满疑惑地问："糖尿病还会发生低血糖的啊？”毛医生说：“当然会了，用药太过，或禁食时间太长，均可能发生低血糖。”小玫接着问：“低血糖风险很大吗？”毛医生回答说：“当然啦！糖尿病可以有很多并发症，但那都是慢性的，唯独低血糖最可怕，不及时纠正将会危及生命，就像路上行驶的车没油了，就会熄火。”小玫听完毛医生的解释后，微微地点了点头说：“原来低血糖的后果这么严重。听得都害怕！”

过了一会儿，毛医生又问病人：“你早上没吃东西吗？”病人回答：“因为要做手术啊，我从昨晚六点开始，就不敢吃了。”毛医生问：“你上午没叫病房的护士给你挂输液，补点葡萄糖吗？”

病人回答说：“上午我没什么感觉，护士也没主动给我输液。只是一个小时前，我感到有些不舒服，平常我遇到这种情况时，自己吃颗糖果，便能缓解，但考虑到马上要来手术室，就又没敢吃。”毛医生问：“你既然出现了症状，也没告诉护士吗？”病人说：“告诉了，她们说已经接到手术室通知，就直接把我送进来手术了。”

十几分钟过后，毛医生看到那袋葡萄糖都快要滴完了，于是接着又问病人：“现在你感觉怎么样，比刚才舒服些了吗？”病人回答说：“嗯，比刚才进来时好多了。谢谢你啦。”

小玫在一旁再问毛医生：“毛哥，病人还能打麻醉吗？”毛医生沉思了片刻，没有回答，只是说：“我们再给病人测个血糖吧！”

小玫听到毛医生说要测血糖，立刻回复道：“这次我来给病人测吧。”于是，她仿效刚才毛医生的方法步骤给病人再次测了血糖，很快结果出来了，每升4.2毫摩尔。

得知血糖结果后，毛医生接着又问病人：“现在感觉如何？有没有头晕或心慌?”病人回答:“现在很好,没有什么异常。我的病,我知道的,血糖偏高点,没什么感觉,反而血糖低了,立刻会感觉不舒服,就像刚才进来时的那些症状。”

毛医生接着再问:“那么你认为自己现在能否接受手术呢?”病人说:“我认为没问题,现在我很好。”毛医生又问:“假如现在让你去爬楼梯上五楼,你觉得能行吗?”病人回答说:“当然可以,以前我也发生这种低血糖,吃两颗糖果,照样跟别人一起运动。没事。”听到病人说得如此自信,毛医生瞧了一下监护仪,生命体征都还正常,觉得病人精神状态确实也不错,于是就从麻醉车抽屉里取出麻醉知情同意书,对病人说:“既然你都进到手术室来了,那就给你做手术吧。手术前,我会给你在背上打个半身麻醉,你先把字签了。”病人很爽快地说:“好的,我签字”。于是他表情愉悦地挥笔在纸上把名字签上了。

毛医生让病人侧过身子,准备给他在背部打麻醉了。同时他对小玫说:“这个腰硬联合麻醉,只要你把腰椎的解剖搞明白了,也就比较简单,这次你仔细看好我的操作步骤。”

毛医生一边给病人打着麻醉,一边给小玫讲解着腰硬联合麻醉的操作手法及注意事项。小玫站在旁边仔细地看着,突然她萌生了一个疑惑,于是就问道:“毛哥,病人是做疝气手术,在腹部开刀,为何要在腰背部打麻醉呢?”毛医生当即被她的问题问懵了,心想她怎么问这么浅薄的问题呢?于是毛医生就反问了小玫一句:“难道你不知道腹部的感觉是由脊神经支配的吗?”

小玫听到毛医生的反问,霎时脸都红到耳根子了,不敢作声。毛医生侧脸瞟了她一眼,看她愣在那里,于是又安慰道:“你不知道，这也不怪你，或许你从没想过这个问题。”小玫觉得自己问了一个很幼稚的问题，很愧疚地说：“毛哥，我以前也是学过解剖的，只是神经系统我确实不太了解。”

毛医生没再说什么，自个儿快速把麻醉打完了，然后就让病人躺平，接着给静脉输液器里推注了6毫克的麻黄碱，并告诉小玫说：“麻黄碱用来预防麻醉后的血压下降。”小玫听后“哦”了一声，就去写麻醉单了。

这时外科医生也已经到了，并开始手术。待小玫把麻醉记录单写好后，毛医生就拿出一张白纸摆在麻醉车台面上，大致画了一个人体的轮廓，然后以心脏为中心，在横竖方向分别画了两条线，并指着人体画对小玫说：“人是一个整体，但也分外周和中央。你看看心脏，它是非常重要的器官，在中央，而且有骨骼包绕保护。现在我们再看中轴线，越是靠近中轴线的器官，越为重要。人的神经系统包括中枢神经系统和周围神经系统，中枢神经系统就在人体的中轴线上，包括脑和脊髓。脑有坚硬的颅骨包绕保护，脊髓有背部一节一节的脊椎骨成串包绕保护。脑的功能，你应该知道，是支配全身的感觉和运动。如果脑受伤了，那么不变残也要变傻，或者成植物人；而脊髓受伤了，比如脊椎体骨折，则可能会截瘫。周围神经系统包括脑神经和脊神经，脑神经由脑发出十二对，具体名称，你可以查看解剖书。脊神经共三十一对，由脊椎骨包绕的脊髓发出。那么，脊神经的功能是什么呢？”

小玫认真地听着，突然听到毛医生问她，立刻脸都红了，因为她对神经系统的解剖一直不太了解。她羞愧地说：“我，我不懂……”毛医生看她茫然的样子，接着说：“我给你再画个图，你就明白了。”于是毛医生又在脊柱的位置画了一个椭圆形圈，然后在脊柱与头间来回画了两根线。毛医生指着画好的图说：“脊神经的功能是低级中枢，既接受疼痛的感觉，也能发出自主的运动，同时脊神经接受感觉后，是否要做出运动反射，也会传送信号给大脑，由大脑统领。比如一个清醒的手外伤病人，不打麻醉时，术中他受到手术的疼痛刺激后，会发出不自主的回缩。但我们鼓励他‘忍住！坚持！再忍住！’，也许他就不会退缩，任由手术进行下去。这个手感知疼痛后不自主的收缩，就是由颈段脊神经控制的。而今天这个疝气手术，腹部的疼痛感觉和腹肌的收缩运动则由腰段的脊神经控制的。”

小玫听到这儿，禁不住插话道：“哦，我明白了，刚才你给病人在腰椎间隙打麻醉，就是要把腰部的脊神经麻醉了，然后病人便感觉不到腹部的疼痛刺激，那么就没有疼痛刺激上传至大脑中枢，大脑也就感觉不到疼痛了。”毛医生笑了笑，接着对小玫说：“你真聪明，一讲就明白了。”小玫听到毛医生夸她，不好意思地笑了。

毛医生说：“医学，是一门实践性很强的学科，有时某个操作看似简单，一旦让自己操作起来，就不是那么回事了。”小玫在一旁应和：“嗯，这个我懂，‘看花容易绣花难嘛’！”毛医生瞅了她一眼，微笑着说：“就像腰硬联合麻醉的操作，在背部扎一针，看似简单，如果没有坚实的解剖基础，连腰椎间隙的解剖层次都弄不清的话，一针下去，万一扎中脊髓，病人也就截瘫了。”小玫瞪大了眼睛看着他说：“那么严重！”毛医生说：“这还有假啊，当然有这个意外啦！麻醉同意书上都有这一条，你看看吧！”小玫赶紧拿出同意书仔细阅读，在椎管内阻滞麻醉那一条的风险中，清晰地记录着可能发生截瘫的意外。

小玫读完麻醉同意书后，心想麻醉的意外还真多，而后皱着眉头，对毛医生说：“以前还真没仔细读过麻醉同意书的内容，看过这些条目后，都不敢打麻醉了。原来每个操作都存在风险，随时可能发生意外的。”毛医生抿着嘴，用坚定的语气告诉她：“医学，关乎人的生命，一针一刀重若千斤。所以，我们的每一次用药、操作前，都要想一想，这个药、这一针、这一刀使下去，将会产生什么样的效果，又会发生什么样的风险。要想明白，如果发生意外风险，我们的补救措施是否能到位。我刚才说的这些，都要在脑中思考好。”小玫听到毛医生说完这番话后，心情沉重地说：“学医太难了!”毛医生看了看她，向她竖了个大拇指，说道：“既然我们已经选择了这条路，就只能一往直前，不能退缩。”小玫笑了，也竖起大拇指，说道：“努力学习!”接着，毛医生说：“其实，像这个腰硬联合麻醉，只要你把解剖关系记熟了，对从皮肤到硬膜外间隙之间的解剖了解清楚，再多看我操作几次，就不会觉得难了。”小玫点了点头答道：“回去我就去看神经系统的解剖。”

手术结束后，小玫拉着推车进入到储备室，将螺纹管、电极片、中心静脉穿刺包、腰硬联合穿刺包、牙垫、面罩、人工鼻、麻醉同意书及红白处方笺等放满推车，快步推上楼上，挨个儿一间一间地整理着手术间。

十六

一天早上，巡回护士张秀云领着一位年轻小伙进入手术室。小伙二十六岁，因膀胱结石，拟行经尿道膀胱结石碎石术。毛医生看过病历后，告诉小玫："这个手术只需半身麻醉便可搞定了。"小玫问毛医生："毛哥，能否教我打次腰硬麻醉?"毛医生看了一下病人，一米七几的个头，又瞧了一眼小玫，心想今天这个病人是个年轻人，不存在骨质增生的，腰椎间隙也清晰，带她操作也无妨，应该没什么问题的。于是毛医生就告诉她："当然可以啦。"病人侧耳听到了他们的对话，看了小玫几秒后，对着小玫说："靓女医生要对我动作温柔一点哦。"小玫笑着说："好的，你放心，有毛医生在旁边把关呢!"病人看着毛医生说："如果你亲自打麻醉，我更放心!"毛医生安慰道："你放心吧，我们一起帮你打麻醉。"

小玫听后心里美滋滋的，赶紧给病人上了心电监护，并把麻醉所需的药物和穿刺包准备好了。毛医生让病人在麻醉通知书上签好字后，就问小玫："你知道脊髓末端终止于哪个间隙吗?"小玫正好前几天看过腰椎间隙的解剖，略微想了想说："应该是第一腰椎体下缘吧。"毛医生给她解释说："算你对吧，正常成人的脊髓圆锥末端通常位于第一腰椎椎体下缘或第一、第二腰椎椎体间隙水平。”毛医生说完接着再问小玫：“你有没想过这个膀胱手术，如果打腰硬联合麻醉，我们应该选择哪个间隙呢？”小玫转了下眼睛说：“应该在第二、第三腰椎间隙吧。”毛医生听后点了点头说：“是的，我们可以选择的穿刺点是第二、第三腰椎间隙或第三、第四腰椎间隙，为了保险起见，我们还是优先选择第三、第四腰椎间隙吧。”小玫听后，略带疑惑地问：“为什么要优先选择第三、第四腰椎间隙呢？”毛医生给她解释道：“你学过解剖，应该是知道的，脊髓末端发出很多马尾神经，漂浮在脑脊液中，就像小草在水中漂浮，越靠近根部漂浮性越小，距离根部越远漂浮性就越大。我们在给病人扎针时，如果穿刺针扎入脊髓腔内，遇到马尾神经时，是不是距离根部越远的马尾神经，越容易逃避穿刺针的损伤啊？”小玫听后连连点头，说道：“原来如此啊，我明白了。在第三、第四腰椎椎体间隙穿刺，发生马尾神经损伤的可能性更小。”毛医生举着大拇指对她说：“对喽！”

小玫叫病人转过身，并让他保持侧身卧位，用期待的眼神看着毛医生。毛医生会意后，用手指着病人后背，问道：“怎么给病人的穿刺点定位啊？”小玫不好意思地摇摇头说：“我没定过点，你教教我吧。”毛医生走上前，在病人背后摸了摸病人髂骨隆起的地方说：“看到了吧，这就是髂前上棘，左右两侧髂前上棘的连线与脊柱交汇的点或略偏下的间隙就是第三、第四腰椎间隙。”毛医生定好点后，小玫也上前去摸了摸第三、第四腰椎间隙。待小玫仔细摸完腰椎间隙后，毛医生又接着告诉小玫：“还有一个确定间隙的方法，就是从尾椎骨往上摸，第一个能清晰摸到的间隙，就是第五腰椎椎体间隙，然后依次往上推算，也能确定第三、第四腰椎间隙。”小玫听后，就按照毛医生演示的手法，沿着棘突从下往上摸，默默地念叨着：“五、四、三，就是这里啦，正好与髂前上棘的连线重合。”小玫说完欣喜地望着毛医生。毛医生抿着嘴，微笑地点了点头。

接着，小玫给病人消毒，然后对病人术区进行刷洗。毛医生看着她刷得有些别扭，于是叫她停下，自己戴上手套演示给她看，并进行讲解：“消毒也是有讲究的，以穿刺点为中心，先刷中心，然后边刷边往外，外围刷到距离中心点 15 厘米为准，而且在中心点之上刷的力量要稍轻微点，免得按压力量过重，消毒液都流淌下来。”小玫仔细看着并静静地聆听着，模仿着又给病人刷洗了一遍。

小玫给病人穿刺部位消完毒后，毛医生问她：“你想过从皮肤穿刺到蛛网膜下腔，会经过哪些组织吗?”小玫仰了一下头，看着毛医生说：“皮肤、浅筋膜、棘上韧带、棘间韧带、黄韧带、硬膜外腔、蛛网膜及蛛网膜下腔。”毛医生听后点点头说：“很好，看来你是事先做过功课的，解剖很熟。”小玫甜甜地笑了笑，就给病人铺上孔巾。小玫刚想给病人打局麻，毛医生又叫住她了：“等等，你有没想过，这根穿刺针需要进入皮肤多深，才能进到硬膜外腔?”小玫听后嘟着嘴巴，摇了摇头说：“没想过，不是穿到硬膜外腔自然就能感觉到吗?”毛医生站在一旁说：“我们在给任何一个病人穿刺前，必须考虑我刚才问的问题，要根据病人的胖瘦情况，大约估计一下穿刺针进针多深能到达硬膜外腔。万一你打偏了，难道任由穿刺针往里面扎吗?”小玫听后一脸茫然，不知所措。毛医生继续说：“你先看看这个穿刺针有多长?”小玫拿起硬膜外穿刺针，仔细看了看，回道：“八格，是8厘米吧?”毛医生“嗯”了一声，说：“穿刺针是8厘米长。我看这个病人至多穿刺4厘米半，便可到达硬膜外腔。所以你穿刺针进到3厘米后，就要用注射器慢慢找感觉了，当穿刺针到达硬膜外腔时，立即会有一个落空感的。”小玫听后答道：“好的。”

小玫先给病人打个局麻，进入皮肤后，先注微量的麻药，打出一个小皮丘。接着垂直皮肤表面再往内扎，一边深入一边注射麻药，注射器扎到一半时，就停住不前了。毛医生看到小玫不敢再往前扎，于是自己上前接过注射器继续帮病人打局麻，并告诉小玫，“注射器针头的长度，也就3厘米吧，不用担心。”局麻打完后，毛医生再次提醒她，“打局麻时不能只顾着局麻，同时也要判断你的进针点是否在腰椎间隙的中央。”小玫不知道如何判断，就问毛医生：“怎么探查进针点在间隙中央呢?”毛医生边示范边告诉她：“将注射器针尖垂直皮肤平面进针。不能触及骨头，说明正在间隙内，然后再退出些许，让针尖往头侧偏斜进针或往尾侧偏斜进针。如果往头侧或靠尾侧进针更容易触及骨质，那么硬膜外穿刺针就应该反过来偏向尾侧或头侧进针。如此操作更顺利，成功率就更高。”小玫听后有些似懂非懂，毛医生笑了笑说：“慢慢你会明白的。”

接着，小玫提起硬膜外针，给病人穿刺，扎进3厘米后，开始用玻璃注射器试探是否到达硬膜外腔。毛医生提醒她抽2毫升水，带半毫升的空气，进行试探。小玫按毛医生的提示，慢慢进针，同时推动注射器的活塞，刚过4厘米，就有一个明显的落空感。小玫立即很兴奋地转头对毛医生说：“好像已经到了啊。”毛医生点点头说："是的，已经到了硬膜外腔，你可以放腰穿针了。"于是，小玫便将细细的腰穿针从硬膜外穿刺针内送进去，毛医生提醒她："慢慢进，最好是轻轻捻转进入，免得快速进入蛛网膜下腔，导致马尾神经损伤。"腰穿针进入蛛网膜下腔后，退出针芯，脑脊液顺针管流出来了。

看到脑脊液从腰穿针管内慢慢流出，小玫欣喜地看了毛医生一眼。毛医生微微点了点头说："好，可以给麻药了，给他布比卡因2.4毫升吧。"小玫慢慢推注腰麻药，毛医生在一旁提醒她："推完1毫升，记得回抽一下，以便确保腰穿针的前端针孔在蛛网膜下腔里边。"毛医生在小玫后面问病人："兄弟，你现在两条腿有发热的感觉吗?"病人回答："有，下面那条腿更明显一些。"毛医生说："那就好。"同时叫小玫拔出腰穿针，再通过硬膜外穿刺针，置入硬膜外导管。小玫拿起导管就想往里送，毛医生告诉她："你先看看导管上的刻度，10厘米、15厘米的标识刻度分别在哪个位置，必须看清楚。"小玫看了看后回答："看到了。"毛医生告诉小玫："可以置管了，动作要轻柔，遇阻力就旋转导管。"毛医生盯紧了小玫的每一个动作，当硬膜外导管快到15厘米的深度时，立刻喊住小玫："停下，可以退出硬膜外针了。"小玫试了两次都没让毛医生满意，于是毛医生亲自上前操作，并叫小玫看好了，自己给病人拔出了硬膜外穿刺针。

置入硬膜外导管，粘贴好胶布后，麻醉操作算是结束了。病人躺平后，小玫遵照毛医生的指示，预防性地给了病人静脉注射了麻黄碱6毫克，而后便问毛医生："毛哥，腰麻给药1毫升后，为什么要回抽一次?"毛医生听后回答："硬膜外针内针的方法，时常发生麻药给完后病人却没有被麻醉的情况。”

病人听到后，很紧张地询问：“这个麻醉麻到了吗？”毛医生立刻起身询问病人：“你的脚现在能动吗？要么试着抬抬腿看？”病人使劲地想抬腿，根本抬不动，于是病人看着毛医生说：“我的两条腿都动不了了。”毛医生微笑地对小玫说：“放心吧，麻醉效果很好。”

接着，小玫好奇地问毛医生：“为什么你说有的病人，打了腰麻，还会没有效果呢？”毛医生解释说：“确实存在这种情况，具体什么原因，我也不能肯定。不过我分析，可能与腰穿针进入的深度不够有关，比如腰穿针的针孔正好卡在蛛网膜位置，其中的半孔在蛛网膜内，另外半孔在蛛网膜外，它也能回流至脑脊液，但我们推注麻药时，可能会从蛛网膜外的半孔漏出少许麻药，导致麻药量不够，出现麻醉效果不全的现象。”小玫“哦”了一声，说：“原来还有这种情况，还得小心。”毛医生随后又补了一句：“当然也不能排除还有其他的可能原因。”

外科的李医生进来后，准备给病人做手术，将病人摆了截石位，岔开双腿后，惊讶地说：“老毛，这咋搞得！你看看，这阴茎举得老高，输尿管镜没法进去啊！”毛医生听后，立即起身走近病人。这一看可不得了，此刻的阴茎，粗大得像个柱子，让他感到惊讶不已。这时，小玫也凑过来一瞧，立马羞得她立刻满脸通红，缩回到角落了。

这时，病人两侧的大腿已经完全没有任何知觉了。但医生们的窃窃私语，他还是能听到的，心想怎么回事，大家怎么啦？于是，病人也好奇地抬起头来，往下面看了一眼，这一看发现可不得了了，自己的“小鸡鸡”怎么变得如此大了，还硬邦邦的，当真是羞死人。病人闭上了眼睛，不敢说话了，也不知道说什么好。年轻小伙子，还是很害羞的，当着这么多人的面，尤其是这里面还有年轻的小护士和美女麻醉师在场，真是羞得无地自容，脸已经红得不行了。

毛医生向李医生解释说：“我们先观察半个小时，也许过一会儿可能自然软下去了。”李医生以前从未见过类似情况，深感惊奇，不停地在一旁左顾右盼，开玩笑地问：“谁打的麻醉啊？这么能干的！以后阳痿的病人可以请他去治疗了。”听得小玫恨不得能找个地缝钻进去，尽量不让他们看到为好。

二十分钟过去了，“硬家伙”还是硬挺挺地纹丝不动，大家都坐在边上，干等着，盼望着它能主动软下去。正所谓，‘等人易久’，越是盼着它早点软下去，越是看得它着急。李医生问毛医生：“老毛，还有没有别的什么好方法，能让它早点儿软下去的？总这样耗着，也不是个办法，手术没法做啊！”

毛医生告诉李医生：“以前我也没遇到到这种情况，只是在杂志里看到有文章介绍过这种病例，据说放血疗法可以立刻让它软下去，但是我不敢随意使用，万一病人落个后遗症，举不起啦，该怎么办？”病人听了个真切，立即说话了：“千万不要给我放血，千万别！”毛医生告诉病人：“你放心吧，不熟悉的方法，我们是不会给你采用的。”

李医生有些着急，又问：“还有什么好方法可以采用的？”毛医生回答说：“要么改用全身麻醉吧，只要使用了肌松药，那么应该能软下去的。”李医生听到后，说：“那就改全麻吧，否则手术没法做啊。”于是，毛医生去问病人：“兄弟，要么改全麻，怎么样?”病人虽然眼睛闭着，但耳朵很好使，医生们的对话，他全听了个明白，一听到麻醉医生问自己，立即回答说：“好吧，就改全麻吧，听你们的。”

小玫听说要给病人改全麻，赶紧找来全麻的药物和喉镜等。

毛医生一边和小玫抽着麻药，一边打量着她，见到她的耳根红红的。

跟随毛医生学习了十多天，小玫扣面罩捏气囊的技术，已经很熟练了，能够清楚掌控病人的呼吸和氧合。根据毛医生的指导，小玫轻轻地将喉镜塞入病人的口腔，先是找到会厌，然后保持病人头部后仰，再将喉镜轻轻往上一挑，声门张开了，两条白白的声带清晰可见。于是，小玫轻松地将气管导管在明视下插入了气管。

完成全麻后，李医生和毛医生等手术间的全体医务人员时不时地瞥去一眼，关注着那个“硬家伙”情况。

又过了十几分钟，李医生坐不住了，再次走过去查看后说道：“总算是软下来了。”直到此刻，小玫悬在半空的心，才算是放下了。

十七

这天，小玫像往常一样，把麻醉的各种药物都准备好了，坐等病人的到来。过了一会儿，巡回护士兰晓珍将病人推进来了。小玫一看，便知道是昨天查房访视的那位合并很多基础疾病的八十二岁的老太太。她本以为毛医生会把这个老人家的手术停掉的，没想到毛医生竟然答应给老人做麻醉了。这个老人家刚一看见毛医生，立即笑盈盈地说："大夫你好啊，麻烦你啦！"毛医生也笑着对她说："早上没吃饭吧？"老太太说："你交代了我不要吃饭，我当然没吃饭，水都没喝。"毛医生接着说："那便好。您老先签个字吧。"小玫在一旁看着，老太太虽然年龄大，可是签字时手一点也不颤，而且字还写得很不错。老太太签完字，大家一起扶她躺上了手术床。这会儿，只听得老太太说："你是个好大夫，过去这么久，只有你肯帮我做手术，菩萨会保佑你的，谢谢你了。"小玫在一旁听得真切，当即抿着嘴笑了。

老太太因摔伤致使左侧股骨颈骨折，拟行左侧髋关节置换术。本来只是年龄老些的话，稍微小心点，打个麻醉也是没什么压力的。可这个老人家，却合并有二三十年的老慢支、肺气肿、高血压，近几年又多增加了冠心病、心律失常、心房纤颤等疾病。看到这样的病人，大家能躲则躲，说不定倒霉的事，就找上门了。

毛医生准备出去给家属签字，而小玫给病人做好心电监护后也跟在了后面，她边走边问："毛哥，我还以为你会把这老人家的手术停掉呢！"毛医生侧脸对她说："这样的高龄病人，如果再不给她做手术，就意味着在家里等死。病人已经被停了两次手术。你也看到了，病人精神状态挺好的，而且病人和家属都有强烈的手术意愿，如果再躺久了，万一并发个肺炎，那不是更没机会做了吗？"小玫听后点了点头，说："只是这个病人病情太重，万一发生什么意外，就麻烦了。"毛医生解释说："她都被停过手术，想必家属也已经知道了病情的严重性，即便术中发生了什么不测，相信家属应该也是能理解吧！"

小玫他们签完字回到手术间，巡回护士还在给病人打输液针，看见毛医生回来，不好意思地说："老人家的输液很难打，你们稍等一下。"毛医生赶紧回复说："没关系，你慢慢打，别急！"于是，毛医生看了一下监护仪，就问小玫："你能看懂心房纤颤吗？它有什么特点？"小玫回想了一下当年读书时学习的关于房颤的诊断，回答说："房颤的心电图特点主要是心律绝对不齐、脉搏强弱不等、脉搏短绌，还有就是 P 波消失，代之以小 f 波，频率为每分钟 350 到 600 次。"说完后小玫侧脸盯着毛医生，毛医生听她说着说着就停住了，好像是在背书，就转过头问她："就知道这些吗？我再问你，什么是脉搏短绌？"小玫一听毛医生问这个问题，心想这个我还是回答得了的，于是流利地回答他说："脉搏短绌就是指在同一时间内测定的脉率小于心率。"毛医生接着问："为什么脉率会小于心率？"小玫听后有些傻眼了，不知如何回答了，只能睁大眼看着毛医生。毛医生解释道：“由于心肌收缩力强弱不等，有些心输出量少的搏动只可产生心音，但不能引起周围血管的搏动，所以才会导致脉率低于心率的现象发生。”小玫心悦诚服地点了点头。

接着毛医生又问小玫：“你知道心房纤颤病人术中最应该关注的是什么吗？反过来问，遇到心房纤颤病人，我们手术前最担心的是什么？”小玫想了想，盯着毛医生说：“怕出意外吧。”毛医生呵呵地笑了一下说：“我们遇到心房纤颤病人，第一个要注意的是病人的心室率是多少。这个病人经过心内科会诊、治疗后，现在心室率为每分钟八九十次。我们应该在术中尽量控制房颤病人的心室率在每分钟 100 次以下。第二个我们应该关注的是房颤病人的血压是否稳定。这个病人存在高血压，现在是 175/106 毫米汞柱，应该还行，术中不用担心。第三个我们应该关注是否有心房血栓的可能。因为房颤持续 2 天以上就有发生血栓的可能，血栓脱落将会导致偏瘫、失语、昏迷等栓塞症状。”小玫听后敬佩有加，不由得被眼前的这位大哥哥渊博的学识折服。

护士打好外周静脉后，毛医生叫小玫先给病人打个动脉穿刺，而小玫似乎有些开小差，愣愣地站着不动。毛医生喊了三声后，小玫突然回过神来，“哦哦”了两声，立刻行动起来，赶紧去拿动脉穿刺针。小玫在给病人桡动脉消毒时，毛医生在一旁提醒她：“房颤病人的脉搏，快慢不一、深浅不一，摸准了再扎针。”毛医生同时转过身走近病人，轻轻对她说：“老人家，为了保障手术安全，先给你在手上的血管扎一下针，您老配合一下哦。”老太太立即笑盈盈地回答：“好的，好的，你们扎吧。”

小玫毕竟是护理出身，扎针的技术一点不含糊。老人家皮下脂肪少，血管似滚轴一般，她第一针下去，没扎中，立即轻轻拔除少许，偏移一点角度，再扎一针，就扎中了。毛医生一直站在旁边看着，心想小玫的穿刺技术还是过硬的，她也是个爱动脑筋的人，将来进步一定慢不了。接着小玫接好动脉传感器，校零好，便可以测出有创动脉血压的数值了。

毛医生看到动脉血压显示良好后，心里很踏实地对小玫说："接下来，就由我来给病人打麻醉了，你就帮我扶一下老人家，让她摆好侧卧位。"毛医生接着又对病人说："老人家，你再配合一下，侧个身，亮出背部，让我在你的背上给你打个麻醉，好不好?"病人很是理解地说："好，好。怎么侧?"然后，毛医生和小玫一起帮病人侧好身子，病人非常配合，没有说任何话。

小玫站在手术床边扶住病人，帮病人维持一个好的体位，以便毛医生能更顺利地进行腰硬联合麻醉操作。病人有点偏瘦，背上的脊梁骨凸显，但毛医生操作时，还是感觉到她的腰椎间隙有明显的骨质增生，使用注射器反复试穿了好几次，针头都有触到骨质的感觉。大约花了十分钟的时间，毛医生把麻醉打好了。麻醉过后，毛医生又让病人转回平卧位，让巡回护士接着给病人实施导尿。

毛医生叫小玫给病人推注麻黄碱 1 毫升，即麻黄碱推注量为 6 毫克。小玫看了看心电监护，看见病人血压仍然很高，163/97 毫米汞柱，就对毛医生说："病人血压很高呢，还要不要给病人加药啊?"毛医生毫不犹豫地告诉她："听我的，给 1 毫升就是了。"于是小玫就向输液管里推了 6 毫克的麻黄碱。

过了七八分钟，小玫发现血压降到 152/86 毫米汞柱了，心想怎么给了麻黄碱，血压不升反降，又不解地询问毛医生。毛医生告诉她：“如果我们打麻醉后，不给麻黄碱，这会儿血压还会更低。你要记住，越是高血压病人，有效血容量的储备越是不足。当我们给病人实施麻醉后，交感神经被抑制，血管一扩张，立即会呈现一个血容量不足的状态。再加上病人禁食禁饮，昨晚到现在已有十三四个小时了吧，血容量肯定是不足的。所以第一瓶平衡液快速滴完是完全没有问题的，麻醉后立即加点麻黄碱也是没有任何问题的。”

手术开始了。毛医生将面罩放在病人的面前，并嘱咐道：“老人家，这是氧气罩，你要好好吸氧，有什么不舒服，要及时告诉我们。”接着，毛医生叫小玫预先给病人推注地塞米松，并告诉她：“这个病人实施髋关节置换，可能会用到骨水泥，为了防止因使用它发生过敏反应，我们必须提前给予一定剂量的激素。”过了一会儿，毛医生又对小玫说：“监护要盯好了，这个老人收缩压基础值是 170 多毫米汞柱，我们术中就让她的血压保持在 140 毫米汞柱以上，如此病人就能安全地渡过手术期。”

术中使用骨水泥前，病人出血量不到 200 毫升，而输入的液体量已有 1000 毫升了。毛医生目不转睛地盯着病人和监护仪，就在给予骨水泥五分钟后，心电监护显示病人的动脉血压突然骤降，收缩压迅速地从 163 毫米汞柱直线降到了 87 毫米汞柱。在血压下降的过程中，毛医生叫小玫给病人推注麻黄素 3 毫升。五分钟后根本看不见有创血压有任何回升，毛医生意识到可能是骨水泥过敏了，立即取出已稀释好的肾上腺素给病人推了 2 毫升，也就是 0.2 毫克。同时，毛医生询问病人有无不适，病人回答只感觉有点头晕、胸闷、全身瘙痒明显。

毛医生拨开病人衣服观察，见到病人的皮肤已经出现了大片皮疹，并告诉手术医生病人确实发生骨水泥过敏了。这时，毛医生看到血压有所回升，但仅在 110 毫米汞柱处波动，于是又继续静脉追加推注肾上腺素 0.2 毫克，再皮下注射注射 0.3 毫克的肾上腺素，并静脉滴注 1 克葡萄糖酸钙、肌内注射 20 毫克苯海拉明，同时加速补液。没过几分钟，血压升高后不久又回落到九十几毫米汞柱，于是，毛医生就再次静脉注射 0.2 毫克肾上腺素，并给病人予持续静脉微泵肾上腺素，将有创动脉血压维持在 130 毫米汞柱以上。整个过程，病人的心率还较稳定，每分钟搏动 120 次。术毕，毛医生与外科医生协商，安全起见，先送病人去重症监护室继续治疗，待病人生命体征平稳后再回病房。

十八

送完骨水泥过敏病人去重症监护室，毛医生重新回到手术室。护士兰晓珍告诉他：“咱们房间要接一台剖宫产，听说有点特殊。”毛医生边走边问道：“有什么特殊的？说来听听。”兰晓珍说：“听说产妇是个精神病病人，不会配合的哦。”小玫听到后，心想，精神病产妇，挺有意思，倒想看看。只听毛医生问：“病人到了吗？”

兰晓珍回答：“刚才我问过护士长了，她说已经通知了，应该很快便会到吧。”毛医生走到电脑旁，准备查找产妇的资料，同时对小玫说：“你去准备一下麻醉的东西。”

约莫五分钟后，兰晓珍从外面进来说：“毛医生，产妇不肯进来，在门口哭着呢。”毛医生听到后惊讶地“啊”了一声，说：“竟有这事?”立即站起身，并向小玫挥了挥手说：“咱们出去瞧瞧。”

只见手术室门口一名男子正在推搡着产妇往里面走，产妇却一个劲儿地想往门外走，口中不住地念叨着：“我不生，我不生孩子。”毛医生走上前指着产妇，问一旁的男子：“这产妇是你什么人?”男子说：“她是我老婆。”毛医生继续问男子：“平常在家里，她最听谁的话啊?”男子说：“平日里，她很听我话的，今天不晓得怎么回事，可能是害怕了吧，我的话她也不听了。”说完，男子继续一边拽着产妇，一边对她说：“快进去!”产妇的两只手紧紧地抓住门框，死活也不肯进去。

毛医生站在一旁看得真切，便对那男家属说：“要么你换上手术室的衣服，领着她一同进手术室吧。”那男子听到后立刻回答说：“好的，好的!”毛医生转身对小玫说：“你去拿一套参观衣和一次性口罩、帽子给他吧。”小玫听到，马上动身离开了。

接着，毛医生拿出麻醉同意书，让男家属签字，并告诉他：“待会儿你带产妇一同进去，你在旁边跟她好好沟通。如果产妇能配合的话，我们就给她打半身麻醉；如果她一直这么嚷着、闹着不能配合麻醉的话，我们就只能给她实施全身麻醉了。”家属盯着毛医生，听完毛医生的讲解后，爽快地说：“好的，我尽量配合你们。”说着，他便在通知书上快速地签了自己的姓名。

等家属穿好手术参观衣，戴好口罩、帽子后，劝说了产妇一番，终于说服了产妇。于是，男子拉着产妇一同跟随着毛医生往手术室里面走去。进了手术间，毛医生指着手术床对家属说：“扶你老婆躺到手术床上去。”家属搀扶产妇躺上手术床。小玫看到进行得挺顺利，脸上露出了欣喜的笑容，心想：“这个产妇还挺听她老公的话，说让她躺上去就好好地躺在上面。”于是，小玫就开始给她绑血压袖带，粘贴心电图，产妇还配合得很好。接着，兰晓珍给产妇打外周静脉输液，家属一直在身边安慰，产妇表情怪异，几次仰起头来要看护士扎针。

输液打完后，毛医生叫家属帮忙，让产妇侧过身子，把腰背亮出来，以便打半身麻醉。家属赶紧帮忙让产妇侧好身子，毛医生便告诉家属：“你就站在她身边，双手扶着你老婆，麻醉很关键的，叫她千万不要动哦!”毛医生对家属特别强调了一遍后，便开始给产妇腰背消毒。一把凉刷子刚落到身上，她立刻扭动着身子几乎要掉到床下，幸亏家属就在一旁，并紧紧抱住她，不停地劝说着。

消毒结束，各项准备均已就绪后，毛医生还是等待了一两分钟，再次跟家属叮嘱，一定要扶好了，扎针时千万不能动。然而就在毛医生的局麻针刚一扎入产妇的皮肤，产妇瞬间从手术床上蹦了起来，任由家属怎么规劝、强行按压，也都按持不住，幸亏小玫眼疾手快，牢牢抓住监护仪，并立刻扯开血压袖带及心电极等，避免监护仪被产妇拽落地上。

一个不留神，产妇立刻朝家属旁边的空隙穿梭出去，手臂上的输液针已被她拔掉，输液架也被拽倒，大家都惊呆了。产妇刚跑出门没几步，先是蹲了下来，一把提起裤子，继续一个劲儿往外奔跑，也管不得上衣是否穿好了，家属紧跟其后追赶着。小玫和毛医生也跟在后面，产妇跑到手术室门口，便停了下来，左顾右盼了一会。当她看到自己的妈妈时，立刻跑过去抱着她妈妈，大声喊了一句："妈，我不生。"产妇的妈妈和其他几个家属看到她突然跑了出来，都吓得呆住了，半晌才缓过神来。产妇的妈妈扶住产妇胳膊，并对她说："女儿啊，你怎么跑出来啦。"产妇一边哭泣着，一边对她妈妈说："我不生，我要回去。"其他一些在外面等候的家属，都齐刷刷围观着，议论纷纷。此时，任由家人怎么劝说，产妇也不肯再进去手术室了。随后，产妇的老公就有些发怒了，大声呵斥她，产妇更是吓得坐到了地上。他越是拽她，她就是越是在地上打滚、哭嚎，再也不肯走进手术室了。

毛医生站在门口，看到那种情形后，无奈地摇了摇头，便对产妇丈夫说："喂，那个家属，你过来一下。"产妇丈夫也是一脸窘态，不知如何是好，听到毛医生叫他，赶忙过去问："医生，有什么好办法？"毛医生平静地对他说："看你老婆都这样子了，再进去也不会配合，我们只能给产妇打全身麻醉了。"说到要打全麻，他立刻回复："好吧。没办法，只能辛苦医生了。"

毛医生跟家属沟通后，转身对小玫说："你马上去房间准备好全麻事宜吧。"接着，毛医生又告诉兰晓珍说："你就到外面再给病人打个输液吧。"兰晓珍听后，二话没说也立刻准备去了。毛医生挥手示意所有家属过来，并告诉他们："既然产妇不肯进去，那我们就只能给病人打全麻了。但是有些风险，我还得事先告诉你们，全麻药会影响胎儿呼吸，严重的话将会导致胎儿缺氧。"一众家属听后顿时有些惊讶，有的家属赶忙询问：“医生，有没有好办法，不让小孩缺氧呢?”毛医生对家属说：“虽然没有绝对把握防止小孩缺氧，但有一种办法可以减少缺氧的风险。”立刻便有家属追问道：“什么方法啊?”毛医生回答：“那就是缩短麻醉与胎儿剖出的时间。”

说完，毛医生立刻掏出手机，拨打产科姚智敏医生的电话，姚医生这时已经进入手术室，她迅速来到手术室门口，向毛医生打招呼说：“老毛，打不了半麻吗?”毛医生用手指指坐在地上的产妇，微笑地对她说：“你瞧，产妇都这样子了，我没法打半麻啊!”姚医生抿着嘴笑了一下说：“那就上全麻吧。”毛医生点了点头对姚医生说：“嗯，只能全麻了。这样吧，你们先让接生护士都就位，洗好手，在房间等待。我们在外面打完针，推点全麻药，待病人一睡着，就立刻推进手术室去。”姚医生听后应了一声“好嘞”，转身便回手术间去了。

毛医生给家属交代了几句后，再回到手术间检查了一遍全麻所需的药物和操作用具，就叫小玫一同来到手术室门口，小玫顺便从里面推来一张手术车床。这时产妇在家属的劝慰下，已经稍微平息了些。

兰晓珍告诉家属，先扶产妇躺到车床上，方便打针。家属一边劝说着一边欲将产妇扶上车床，但无论家属怎么劝说，产妇都不再配合了，赖在地上，死活不肯上床。无奈，兰晓珍叫家属把产妇的手臂抓住，接着，她只好蹲下来，重新把外周静脉输液打上了，并且用胶带多缠绕了几圈。

毛医生告诉兰晓珍：“现在你的任务就是负责输液管道，别让管道脱落。”兰晓珍答道：“好的。”接着毛医生转身对产妇老公说：“你蹲到你老婆后背去，搀扶好你老婆。等到我把麻药推完，她一睡着，立即把她抬到车床上来。”他立刻应了一句：“好的。”

随着毛医生把麻醉药经输液管道推入静脉内，病人两三分钟后就开始昏昏欲睡，毛医生一声令下，几个家属合力把产妇抬上了手术车床。小玫和兰晓珍在一旁紧紧扶着车床，防止车床的滑动。待到产妇稳稳地睡在车床上后，三人立刻飞快地把产妇推进了手术间。

到了手术室，兰晓珍马上动手给产妇导尿，小玫立刻给产妇面罩吸氧，并重新连接心电监护。而后，外科医生给产妇消毒完后，毛医生再叫小玫追加全麻药，给予气管插管。姚医生毕竟有多年经验，动作麻利，仅七分钟时间，便将胎儿剖出来了。听到婴儿哇哇的啼哭声后，大家才终于如释重负，因为全麻没有影响到婴儿的呼吸。

手术结束后，毛医生一干人等将产妇仍旧放回车床，并把她的手脚全部绑好了，再送到恢复室去。恢复室的医护人员早听说了这个产妇，争相过来看，心想她醒来时，必然会有一番折腾。

半小时过后，小玫特地去看望了一下产妇，此刻她也已经醒了，睁着眼睛，头不停摇来摇去，身子也不停地扭动着。但无论她怎么挣扎，也是跳不起的，因为手脚早就被绑得严严实实了。

又过了半小时，毛医生对小玫说：“你再去看看那个产妇，现在气管导管拔了没？”小玫听后应了一声“好勒”，立刻起身去了。此刻，病人已经拔掉了气管导管，生命体征等监测都还正常。看见有人站在她身边，她就用眼珠子盯着，一动都不动，也不说话，只是死死地盯着。

而后，小玫再跟随着毛医生，又做了一台脚踝外伤的手术，才下班。

第二天早上，病人麻醉好后，毛医生便对小玫说：“你帮我去回访一下昨日我们麻醉的骨科的那位老太太吧。今早我去过ICU，本想去看望一下病人的，谁知她已于昨晚十一点被送回了骨科病房。”小玫正想坐下来写麻醉记录单，听毛医生这么一说，便瞅着他问：“现在就去吗？”毛医生“嗯”了一声，说：“现在就去，麻醉单我自己写。”

小玫去到病房，一眼就看到老太太精神状态良好，安详地半卧在病床上。老太太提及毛医生时，立即千恩万谢地说了一大堆好话。当小玫问及她的病情时，老太太高兴地说：“我现在很好，没有不舒服，皮疹也消失了。”老太太还撸起衣服给小玫看。小玫再看了一下床头的心电监护，显示收缩压为146毫米汞柱，心率为每分钟84次，确实情况很好。回到手术室，小玫把自己的所见所闻，都一一向毛医生汇报后，毛医生心情很舒坦地点了点头。

临下班前，毛医生带着小玫查对完第二天的手术后，正要离开。小玫突然鼓起勇气说：“毛哥，今晚我请你吃个饭？”毛医生听后转头盯着她说：“怎么想起要请我吃饭呢？”小玫顿时有些害羞地说：“感谢你这么多天耐心指导我，难道不可以请你吃个饭吗？”毛医生笑了笑，回答得很干脆：“谢谢啦，今天我已经答应了与我太太一同吃晚饭的。改天我请你吧，拜拜。”

小玫听他这么一回答，顿时呆住了，接连说了好几个词：“啊！哦！好吧！”等到毛医生走得人影都看不到了，小玫才慢慢回过神来，然后自嘲地笑了笑，默默地离开了手术室。

十九

周末，轮到毛医生值班，小玫自然也跟着来上班了。他们上午八点到达手术室，先是到护士站与护士们闲聊了几分钟。领班护士张岩告诉毛医生：“毛医生，刚收到两个会诊。”说完，张岩就走上前来，将会诊单递给了毛医生。毛医生接过来，看了看便对小玫说：“既然暂时没有急诊手术，那我们就先去会诊吧。”小玫笑着答道：“好啊，做一样少一样。”

出了手术室，小玫先跟毛医生乘电梯去了十五楼的耳鼻喉科。刚到他们科室，当班的万医生就问毛医生说：“是来会诊的吧?”毛医生边走边问：“病人怎么回事?”万医生说：“昨天一个鼻息肉的病人，手术后似醒非醒的，昨晚就开始闹腾了，后来给病人打了针安定，才算让病人睡下了。今早，这个病人行为更是不对劲，一直嚷着要出去买菜，女儿劝阻也不听，甚至连几个女儿的名字都全记错了。”

小玫头一次听说有这种新鲜事，甚感好奇。毛医生先找来病历，一页一页地查看，并上网查找了术前的各项检查结果。接着问万医生：“这个手术是你做的?”万医生回答说：“是啊，以前从未发生这种事情，怕出意外，没办法，只得请你们来会诊了。”毛医生问：“你们术中给这个病人采用了控制性低血压，是吧？”万医生答道：“是啊，鼻息肉手术不是常规采用控制性低血压的吗？”毛医生回答道：“我们先去看看病人。”

于是，小玫跟着毛医生及万医生，去了一趟病房。病人是一位七十二岁的老太太，此时正在床边来回走动，口里不停地咕哝，听不清她在说些什么。万医生一进病房，就跟毛医生介绍说：“看到了吧，这情形我直怕生出什么意外来，于是叫她几个家属紧紧看住她。”

家属们看到医生进来，立即围了过去，询问道：“我妈为什么会变成这个样子？连我们几个的名字都分辨不清了，刚才都误把老三的名字叫成老大的名字，把媳妇当成儿子。我妈还不停地唠叨要去买菜，有几次还往阳台外面走，我们都吓坏了，生怕她会跳下去。”

看过病人后，小玫同他们回到医生办公室。急切地想知道毛医生会给万医生一个怎样的答复，这也是她想知道的答案。

毛医生再次翻看了病历和麻醉记录单，过了一会儿，毛医生终于说话了。他对万医生说：“你先开医嘱，给病人吊上输液，平衡液或生理盐水都行，慢慢静滴维持。”万医生疑惑地问：“为什么要给她静滴盐水，而不加其他药物？”毛医生继续说：“输液静滴要尽量打在脚上，并安慰病人和家属，让她躺上床，再告诉她们做了手术，需要给病人静滴盐水，病情会好得快些。”万医生更是满脸狐疑地问：“为什么还要把输液针打在脚上？”毛医生笑了笑解释说：“输液针打在脚上，病人就不会再乱跑啊！”万医生立即意识到他的用意了，竖着大拇指说："这办法好，立刻照办。"毛医生跟着再补充了一句："记住，一定要多做安慰工作，让家属和病人尽量配合才行。"

万医生与护士交代一番后，重新回到办公室，问毛医生："你还没说，是什么原因造成的这种症状呢？好歹得有个会诊诊断啊？"听到万医生这么问，小玫在一旁听得真切，轻轻抬起头，盯着毛医生，她也早就想问问毛医生的诊断结果呢。毛医生对万医生说："其实这种症状我也从未见过，但我根据杂志上许多相关论文的描述，考虑应该是术后认知功能障碍。"

万医生头一次听到术后认知功能障碍的诊断，心里充满疑惑地问："你根据什么可以得出这样的诊断？"毛医生翻开病历，指着体温单里面的血压记录，告诉万医生说："这个老太太平素有高血压病史，你看看，就在手术当前清晨都是173/102毫米汞柱的血压。"万医生接着问："经常遇到血压高的病人啊，怎么这个病人就会发生认知功能障碍呢？"毛医生解释说："仅仅是高血压，也不一定会发生认知功能障碍。但是，在手术中，为了减少出血，术中采用了控制性降压，维持了近三个小时，你看这个麻醉单，术中血压一直控制在100/50毫米汞柱左右，与术前病人的基础血压值偏差太大了，有可能是这个因素诱发病人产生认知功能障碍。"

万医生还是有些不解地问："我还是很难理解。做CT能查出原因吗？"毛医生回答说："可以考虑排除缺血性脑梗死。"毛医生坐在电脑前，敲着键盘，写着会诊记录。小玫在一旁急切地问了一句："什么是认知功能障碍啊？"毛医生慢慢地说："认知功能障碍是手术后出现的一种中枢神经系统并发症，常常发生于老年病人，表现为精神错乱、焦虑、人格及记忆的改变。”万医生听后随口问道：“有没有文献描述什么原因导致这种情况发生呢?”毛医生摇了摇头回答：“没有，很遗憾地说，具体的发生机制，目前还没有确切的答案。”

小玫若有所思地问：“毛哥，你刚才不是说，病人术中控制降压后，才导致产生了认知障碍吗？怎么又说发生机制不明确呢?”毛医生停下手来，对小玫说：“这是我对该病症的推测。我问问你，给大脑供血的大血管有哪几根?”小玫嘟嘟嘴巴说：“好像是两侧的颈内动脉和椎动脉吧。”毛医生“嗯”了一声，继续解释：“这个老太太，长期患高血压，大脑已经习惯了高压的灌注，而在手术中，维持近三个小时的控制性低压脑灌注，你想想其适应能力会如何呢?”小玫笑笑回答：“老年病人的血管弹性较差，调节能力低下，术中血压发生改变了，脑供血会不足。”毛医生接着说：“虽不能说一定是血管的因素，综合分析这个病人的情况，血管因素应该是最重要的诱发因素，术中低血压引起了脑分水岭脑组织缺血缺氧，造成脑功能的一系列变化，术后认知功能障碍也只是其中的一个表现罢了。”万医生听后觉得毛医生分析得非常有道理，接着问：“除了静滴生理盐水，不需用别的药吗?”毛医生回答：“我也不知道有没有特效药。但可以用点营养神经的药物，先对症处理，慢慢观察吧。”

二十

小玫跟随毛医生回到手术室，张岩立即告诉她们："毛医生，刚才妇产科来电话了，说是有一个卵巢蒂扭转的急诊，问我们什么时候能送病人来。"毛医生回答说："叫她们现在把病人送过来吧。"小玫听后，立即问："毛哥，准备在哪个房间做？什么麻醉方式？"毛医生说："腹腔镜手术当然要全麻啦，就到九房吧。"小玫答了一句："好的。"转身就去准备了。

小玫刚把全麻药物一一准备好，病人就进到手术间了。小玫顺手从麻醉柜里拿麻醉同意书，给病人签字，毛医生看到后就说："病人已经在门口签过字了。"病人躺上手术床后，小玫就给病人连接心电监护。

麻醉前，小玫照例常规地询问了一下病人："你以前有没有患过什么疾病？有没有做过手术啊？"病人回答说："好久都没进过医院了，从没有做过手术。"于是，毛医生就对小玫说："我马上开始推药了。"就在这时，病人突然说："医生，我以前有过哮喘，是在二十岁左右，现在都十多年没有发作过了，没问题吧？"毛医生立刻问病人："以前有过哮喘，在医院看过吗？"病人回答："在我读高中的时候，有一次春季出游就哮喘发作了，被同学们送去医院治疗，医生说我患了哮喘，是花粉引起的过敏性哮喘。”毛医生又问：“后来还发过病吗?”病人说：“后来还发过好几次，有时一年发作两三次，连续发过好几年。但大学毕业后，我就没再哮喘了。”

小玫用充满疑惑的眼神看着毛医生，心想着这都已经有十多年没发生过哮喘，应该不大要紧吧。她看到毛医生没有多说什么，只是默默将事先准备好的两支地塞米松和半支长托宁分别经外周静脉输液滴进去。而后，毛医生拿起一排准备好的麻醉药注射器仔细看了一遍，接着对小玫说：“这个罗库溴铵不能用了，换用顺式阿曲库铵吧，那个肌松药过敏发生率最低。”小玫听后，立即动身去药品间找来顺式阿曲库铵，用新的注射器把药物抽好了。

接着毛医生再用听诊器给病人听诊了双肺，同时叫病人大口深呼吸，左右肺上下一一对比听诊后，毛医生说了句：“目前双肺呼吸还行。”看到毛医生如此谨慎，小玫好奇地问：“毛哥，病人说十多年都没再发生哮喘了，我看你还是好紧张哦。”毛医生说：“宁可信其有，不可信其无啊。医学，关乎人的生命，大意不得。”

小玫听到毛医生如此解释，接着就问：“那我们还应该做哪些准备呢?”毛医生说：“没什么特别的准备，我们只需做点预防的工作就行了。”小玫又问：“万一哮喘真的发作了，该怎么办?”毛医生赶紧说道：“乌鸦嘴，别乱说。”小玫听后暗自憋笑，接着又听到毛医生补了一句：“万一发生了，只能对症治疗，使用氨茶碱了。”小玫听后点点说：“哦。”

又过了几分钟，毛医生扫视了病人一眼后，对小玫说：“我们开始麻醉吧，你就扣好面罩。”于是小玫立即坐好，待到毛医生把麻醉诱导的药物给完了，小玫就开始捏气囊了。没捏两分钟，小玫就感觉捏气囊的阻力越来越大，毛医生在一旁看得真切，立刻叫她站到旁边，自己亲自给病人捏气囊，病人头后仰都非常好，捏气囊的压力仍然是很大，毛医生一边使劲捏，一边说："看来真是哮喘发作了。"他又转过头说："张岩，去找两支氨茶碱来。"三分钟后，毛医生给病人行气管插管，插管还算顺利，一次就搞定了，导管固定到距下门齿 21 厘米深度。确定双肺起伏对称后，毛医生接上麻醉机，行机控通气，频率为每分钟 15 次，潮气量设定为 400 毫升，气道压仍然是 32 毫米汞柱。小玫也拿起听诊器听了双肺，听到双肺叽咕叽咕的声音。

张岩拿来一盒氨茶碱后，毛医生便对小玫说："你拿瓶 250 毫升的 5% 的葡萄糖过来。"毛医生拿出两支氨茶碱，并示意给小玫看："一支氨茶碱为 250 毫克，我从里面抽半支，用葡萄糖稀释成 20 毫升，你给病人经静脉输液缓慢推进去吧。"小玫立刻就按照毛医生说的方法执行了。

然后，毛医生又将一支半的氨茶碱注入 250 毫升的葡萄糖里面，并告诉小玫："你将这瓶葡萄糖给病人慢慢静脉滴注吧。"小玫照着毛医生的医嘱，将加有氨茶碱的葡萄糖给病人静滴上了。

这时，妇科蔡医生也进到手术间了，当她得知病人发生哮喘了，立刻惊讶地问毛医生："毛医生，这个病人哮喘都发作了，还能做手术吗?"毛医生回答："麻醉都打好了，当然要做手术了。"说完，毛医生便用手指着监护仪说："这个气道压不算太高，再说氧饱和度也很好，应该没问题的。手术照做，我们细心观察、对症处理便是了。"

手术开始后，小玫快速写完麻醉记录单，再看麻醉机的显示器，气道压已经逐渐降下来了，现在只是22毫米汞柱的气道压力了。小玫心想，氨茶碱真是治疗哮喘的神药啊，还没一会儿的工夫，气道压就降下来了。今天算是长见识了。

小玫接着问毛医生："毛哥，真想不到，遇到哮喘发作，只需要氨茶碱一种药，就搞定了。"毛医生哈哈地笑了，说："当然不是啦。"小玫听到毛医生的回答后，愣了一下，心想到目前为止，她也只是看到毛哥用氨茶碱啊，也没发现他使用别的什么药啊，于是疑惑地问："那你还用了什么啊？"毛医生回答说："麻醉前，我不是已经给了地塞米松吗？"小玫摸着脑袋说："那也算啊？"毛医生笑着说："当然算啦，地塞米松本来就是治疗哮喘的良药，只是它的起效时间有些慢，所以我才要临时追加氨茶碱来快速治疗哮喘的发作。"小玫咧着嘴说："原来是这样啊，我都不知道呢，原来毛哥已经做在前面啦。"毛医生怡然自得地说："那是必须的。既要减少哮喘发作的诱因，也要做好哮喘发作的治疗。"

小玫略加思索地说："刚才毛哥换掉了罗库溴铵，罗库溴铵会诱发哮喘发作吗？"毛医生告诉她说："几乎所有的肌松药都会导致体内组胺释放，但是顺式阿曲库铵释放组胺最少，组胺入血后容易诱使哮喘发作的。"小玫听后"哦"了一声，立刻从口袋里掏出本子来，一边记录着，一边继续问："还有哪些麻醉药会导致组胺释放吗？"毛医生说："当然有啦！比如琥珀胆碱啊，还有吗啡、杜冷丁啊。另外就是β受体阻滞剂不能用，会加重支气管痉挛，比如美托洛尔、艾司洛尔等，其他的如阿司匹林，我们在手术中是用不到的，但也要知道，它们都会诱发或加重支气管哮喘。"

小玫记录完后，接着问毛医生：“万一我们用了氨茶碱，哮喘还得不到很好的缓解，那该怎么办呢？”毛医生听后给小玫做了一个鬼脸，说：“就你想法多，我每次用氨茶碱都能很好地把哮喘控制住。当然啦，如果实在是哮喘持续发作，那我们也只有出狠招啦。”说完毛医生不自觉地哈哈笑了。小玫也跟着抿着嘴笑了。毛医生继续说：“哮喘严重时，可以联合用药量，使用β2受体激动剂，如沙丁胺醇。从气管导管内滴进去，具有良好的支气管扩张作用。有时遇到哮喘严重合并生命体征不稳定，当发现血压下降时，我们就要联合使用肾上腺素，肾上腺素也有支气管扩张作用，对哮喘发作也有一定的治疗作用。还可以使用速效糖皮质激素，比如甲强龙，控制气道炎症反应。”

小玫听完毛医生的解释，觉得很有见地，不住地点头，待到毛医生讲完后，她又问：“对于哮喘，我们选用麻醉药，有什么偏重吗？”毛医生说：“吸入麻醉药，比如七氟醚就是很好的支气管扩张剂，我们可以优先采用吸入麻醉。”

两个小时后，手术做完了。妇科蔡医生就问：“毛医生，这个哮喘的病人，手术后需要注意什么吗？”毛医生回答说：“哮喘已经控制了，病人清醒后，不用做什么特别处理，你们只需上好心电监护和给病人吸氧就行了。”接着，他们一同把病人抬到车床上，并把两侧扶栏竖起，以确保病人安全。蔡医生离开手术室前，还是不放心地再叮嘱了一句：“毛医生，麻烦你们等病人醒过来再送回病房吧。”毛医生说：“这个你放心，我们一定让她完全清醒再送回的。”

蔡医生走后，小玫问毛医生：“毛哥，能教我怎么进行气管拔管吗?”毛医生立即回答:“当然可以啦。”小玫非常感激地说了声:“谢谢毛哥，你真好。”张岩在一旁听到后，半开玩笑地说:“毛哥当然好了，尤其是对年轻靓女。”毛医生哈哈地笑了。

毛医生立即叫小玫给病人气管内吸一次痰。小玫一边准备一边疑惑地问:“病人还没醒呢，就吸痰吗?”毛医生回答说:“就是要在病人没醒时，麻醉状态下，进行吸痰，这样对病人的刺激最小。”

小玫戴好手套，准备好吸痰管，一瓶生理盐水。毛医生说:“小玫，你把吸引器插进气管导管内去，先吸一下气管，把气管内的分泌物吸干净，再吸一下生理盐水，用来洗吸引导管，再吸口腔里面，遇到痰液多的时候，稍微停住片刻。”小玫按照毛医生说的，照例做了一遍。吸完后，毛医生就告诉她:“小玫，待会儿病人醒来，你只需吸引口腔就可以了，不要再去刺激气管啦。”小玫立刻答道:“好的。”

二十几分钟过后，病人就醒过来了。毛医生告诉小玫:“病人清醒后，吸痰时，往往会呛咳，所以在给病人吸痰前，必须先安慰一下病人，告诉他，吸痰时，有点儿不舒服，并叫病人尽量不要对抗，把气管导管拔出来后，一切不舒服都会解除了。”于是，毛医生轻轻地拍了一下病人，病人立刻睁眼看着毛医生，毛医生告诉病人:“手术已经做完了，我们马上就会给你吸痰，你配合一下，不要乱动哦。”病人听后点了点头。

吸完痰后，毛医生告诉小玫:“让病人平静呼吸五到十分钟，这个时候，我们只需观察病人的呼吸运动的潮气量和呼吸频率。像这个病人呼吸的潮气量要达到 350 毫升以上，呼吸要均匀、不急促，每分钟20次以内。”毛医生再指着心电监护给小玫看：“你再看看血压、心率和血氧饱和度。”小玫转过头瞧着监护仪，毛医生继续说：“必须确定病人在清醒自主呼吸下，生命体征的监测结果满意，我们才可以拔除气管导管。”

大约又过了五分钟，毛医生叫病人睁眼，并深吸气，病人均能完全配合。毛医生提醒小玫说：“拔管前还可以观察病人的眼神，如果眼睛很有神，说明已经完全清醒，此时拔管是安全的。没完全清醒的人，目光呆滞，眼神是混沌的，不够明亮，也没有神采。这个要注意啦。”小玫“嗯”了一声。毛医生又解释道：“最后，拔管前还可以跟病人握握手，判断一下病人肌肉力量有没有完全恢复。”小玫就看着毛医生跟病人握手，毛医生也让病人用劲回握，随后毛医生点点头说：“很好，可以拔管了。”

毛医生告诉小玫，气管导管拔除后，继续给病人面罩吸氧十五分钟。待到血氧平稳，生命体征各项指标均稳定后，便可以将病人送回病房了。

十五分钟过去了，毛医生起身，移除面罩，询问病人：“现在你的头还晕不晕啊？”病人回答说：“不晕。”毛医生再问：“大口呼吸一下看看，累不累？”病人试着使劲吸了一口，回答说：“不累。”毛医生又问：“还有没有其他地方不舒服？”病人回答说：“没有不舒服。”毛医生便对小玫说：“可以送回病房了。”小玫听后二话不说，立刻拆了病人身上的监护，并把输液瓶挂到车床的夹子上来。临出手术室时，毛医生再交代她一句：“回病房后，记住提醒护士给病人继续吸氧和心电监护。”小玫应了一声“哦”，就领着家属一同推着病人回病房去了。

次日下班后，小玫好奇地随访了那个被诊断为术后认知功能障碍和哮喘的两个病人。那位哮喘的病人，术后已无大碍，询问病人，她说各方面都很好，没什么特殊的。于是，小玫就很好奇地去看那个老太太，走到病房，老太太仍然坐在病床上，脚上挂着一瓶输液，嘴里不停地叽里咕噜，也听不懂她在说些啥。小玫一看到这个情形，心里不自觉地笑了，心想毛哥真有办法，输液针扎在脚上，就让病人乖乖地坐在那儿不动了。只是不知道，什么时候老太太的神智才能真正恢复正常，她也不知道结果，只是在内心祈求，希望老太太早点好起来。

又过了两天，小玫突然想起那位老太太，下班后，她又去病房看望老太太了。小玫刚一进病房，家属就迎上来，喜笑颜开地对她说："我妈妈昨天就好了。"小玫微笑着说："那好，我们放心了。"再看老太太，已没再挂输液瓶，坐在病床上非常慈祥。老太太看到小玫进来了，也是立刻面带笑容地说："辛苦医生啦。"老人家终于认知正常，记忆恢复如初，不会再认错人了。

二十一

这日，手术室临时送来了一位急诊病人，四十二岁，男性，车祸致脑外伤，准备做开颅脑血肿清除术。病人送进手术室后，一直躁动不安，左右翻转，几次险些就滚到床下了。护士们都按不住他，呼唤毛医生赶紧把病人麻醉了。于是，毛医生让小玫去外面找家属签名。自己在里面做麻醉准备。

毛医生准备好插管用具后，就叫巡回护士刘丽玲往输液管道里推注麻药。毛医生一边扣面罩，一边指示护士推药，按先后顺序说出麻药名称，哪种麻药推注多少剂量，都交代得清清楚楚。一两分钟后，病人就安静下来了。刘丽玲看到病人不动了，高兴地说："还是老毛厉害，一下子就把病人放倒了。"毛医生微笑了一下，一边扣着面罩，一边说："帮我把脉搏氧饱和度夹子重新夹好，血压袖带再绑好点，病人刚才躁动得心电监护都没法测量了。"

这会儿，小玫也已让病人家属签好字回来了。毛医生刚想给病人实施气管插管，反复给病人拨开下颌，病人仅能张口至一根筷子的宽度，牙关咬得紧紧地，一点也掰不开了。毛医生心想这下可坏了。

小玫见毛医生神情有些紧张，赶忙问："现在需要我做什么?"毛医生一边继续扣面罩，一边思索着应对之策。很快，毛医生发话了，叫小玫赶紧去准备小号气管导管，七号和六点五号的导管各准备一根，又叫刘丽玲准备好吸引器等，他又叫另外的护士去找口咽通气道，转而又说不用找了，心想病人张不开口，拿来也没用。突然，毛医生很大声地说了句："快拿石蜡油来，我要经鼻插管。"

幸好病人还能面罩通气，否则风险不可估量。毛医生叫小玫先打开七号气管导管，用石蜡油润滑了。毛医生停下扣面罩，将七号导管从病人鼻孔里塞进去，当有落空感后，左手将病人的头保持微微后仰状态，右手轻轻地旋转导管，遇到阻力后，又退回两三厘米，再试着从偏左移一点的角度往前试探，又遇到了阻力，于是退回两三厘米后，再次试着从偏右移一点角度往前试探，能继续往前送入，到达深度26厘米后，往导管套囊里打了几毫升气，立即按压胸部，同时听了一下导管。只听得毛医生说：“到了。”毛医生让护士接上麻醉机，捏了一下气囊，看到胸部起伏明显，大家的心才算放下了。毛医生给病人予机控通气，并检查通气完好后，才松了口气。

毛医生安排小玫给病人扎动脉，给予有创动脉血压监测，自己再去外面跟家属谈话。见到家属后，毛医生第一个问题就是：“病人以前患过什么疾病？”三个家属异口同声地回答：“鼻咽癌。”毛医生听到她们的回答后，微微点了点头说：“怪不得，病人连口都张不开。”接着又问站得最靠前的女家属：“你跟病人是什么关系？”女家属回答说：“我是他老婆。”毛医生又问：“你知道病人得鼻咽癌有多少年了吗？”家属说：“十多年了。”毛医生问：“这十多年里，病人做过哪些治疗？”家属回答：“做过很多次放疗，而且一直在吃药。”毛医生又问：“病人还有什么其他的病吗？”家属回答：“没有。也就这个病。”毛医生问：“今早病人吃过饭吗？”家属答：“没有，是清晨骑摩托买菜时受的伤。”毛医生说：“好的，那先这样，你们在外面等着。”

毛医生回到手术间，对护士们说：“今天这个病人有十多年的鼻咽癌病史，怪不得没法张开口。幸亏能从鼻子插入气管导管，否则麻烦可大啦，不幸中的万幸啊。”刘丽玲马上赞道：“归根到底还是毛医生你技术高超，忙中不慌乱。倒是把我吓到了，因为是我催你打的麻醉。”毛医生笑着说：“今天是我大意了，没有充分评估病人情况，失职啊。以后必须要注意，值得反思。”

小玫打好动脉穿刺后，问毛医生：“为什么鼻咽癌病人的嘴巴张不开呢?”毛医生回答说：“鼻咽癌这个病，本身不会引起牙关僵硬，是因为这类病人隔三岔五就需要进行放射治疗，放疗后咽喉部的肌肉萎缩变形，导致下颌关节僵硬，最终没法张口了。”

小玫听到毛医生的解释后，轻轻地点了点头说：“原来如此啊。要是当真插不到气管导管，那我们该怎么办啊?”毛医生这时已然全无刚才的紧张，轻松地说：“办法还是有的，如果实在插不到，就用最粗大的针头从气管环甲膜那个位置扎下去，给病人临时通气。”小玫不理解怎么扎个针，还能通气，于是接着问：“如何从环甲膜扎针通气呢？你可要教教我呀。”毛医生一边接着比画，一边慢慢地给小玫讲解：“就是先用 50 毫升的注射器针头，或者硬膜外穿刺针也行，从环甲膜扎进入后，再在针尾连接 5 毫升注射器，拔除活塞，将七号气管导管的接头连接 5 毫升注射器，这样就可以临时给病人进行机控通气了。”小玫听后，指着注射器针头，感慨地说：“原来是这样子啊，只是那个穿刺针，与气管导管相比，也太细了吧。”毛医生解释说：“嗯，潮气量是小了些，但可以增加频率来弥补分钟通气量，这只是临时的通气办法，应急一下还是可以的嘛。我们可以尽早请耳鼻喉或神经外科医生下来，给病人做气管切开啊。”

小玫说：“毛哥刚才辛苦了，能否让我来帮忙打个深静脉呢?”毛医生这会儿也是心情很好，那么大的惊险都已经过去了，再说小玫刚才也是出了不少的力，现在又提出了这么个不大的要求，心想就让她试试吧。

不一会儿工夫，小玫已将麻醉车推到病人的床头，并把穿刺包也摊开了。毛医生问："小玫，你知道怎么打颈内静脉吗？"小玫回答说："我都看过你操作很多次了，你不每次都这么一扎，就中了嘛。"毛医生又问："你看过别人怎么扎颈内静脉的吗？"小玫眯眯眼，笑着说："也看过啊。下班后，有时我也会留下来看看别人是怎么麻醉的，只是感觉和你给病人扎颈内静脉的方法有些不同。你的动作更流畅，而且很准确，一扎即中。"毛医生听到小玫说的，心里有些忐忑，心想自己可是反复地摸索，默默地比对颈部的不同特点，才达到今天不用特意给病人垫肩，也不用偏头的操作水平。

小玫已经开始给病人的颈部消毒了。毛医生站在一旁看着，心想扎颈内静脉也无妨，随她扎吧。小玫试着用小注射器反复在颈部扎了好几下，看她的进针点，像极了毛医生自己的进针点，但都没能扎中颈内静脉。毛医生看在眼里，急在心里，于是就提醒了一下："针尾压低一点往里扎。"小玫按照他的提醒压低针尾往里一送，注射器还真冒出血来了。可惜，是鲜血冒出来了。毛医生站在一旁立即提醒："扎到动脉了，赶紧拔出穿刺针，持续按压十分钟。"

小玫按压着病人的颈部，一动都不敢动，表情很是无奈。毛医生慢声细语地告诉她："要想打好颈内静脉，不仅要熟练掌握颈部解剖，而且要从常规的定位穿刺方法开始。"小玫听后疑惑地问："什么样的定位方法才算是常规的？"毛医生告诉她："你不是看过其他人扎深静脉吗，头先侧向另一边，后仰，并垫肩，针尖对乳头，而且麻醉手册上有参考图的。"小玫听后有些惭愧地说："我今天这些都没有做。”毛医生告诉她：“你以前都从来没有打过颈内静脉，也没有事先摸一下颈总动脉，就去扎颈内静脉，这次即便你扎中了，也免不了会失败。”小玫听后很无奈地说：“这不是学你的方法嘛，我看到你每次就是这样扎的啊。”毛医生笑了笑说：“我是按照书本上的常规方法扎了好几年后，才总结出了自己的一套独特穿刺方法，这是需要解剖基础和多年的穿刺经验结合。你一下子学不来的。”

约莫十分钟后，毛医生自己戴上手套，并叫小玫在一旁看好了。毛医生一边打一边说：“病人在正位不偏头的情况下，接近生理姿势，颈内静脉是最充盈的，血管既不紧张，也不会弯折，同时，颈部在正位时，颈内静脉与颈总动脉几乎是平行的，相对于颈总动脉，颈内静脉在解剖学上卧位时偏上且偏外。于是，我们可以根据颈部的特点，大概估计颈内静脉的走行位置，然后再顺势一扎，穿刺针同时回抽，立即就见到回血了。”接着毛医生送入导丝，退出穿刺针后，扩皮，然后立即用纱布按住针孔半分钟，以防针孔冒血，再置入深静脉导管，缝扎后才算结束了。

穿刺结束后，小玫问：“毛哥，我看到别的麻醉医生有的还要使用导管夹子夹住导管，但从没看到你使用。”毛医生回答说：“我觉得那个夹子是多余的，我只要把这个导管缝合捆绑好了，就不会轻易脱落，除非有外力使劲拽它。我们应该尽量减少病人身上的异物，你想想，仅在颈部贴一块薄膜，都显得累赘不适，更何况是一根导管，再增多一个夹子，不是让病人更加不舒适吗？所以能少则少，尽量减少病人的痛苦。”小玫听后觉得很有道理，心想这才是作为医者该有的人文关怀精神。

手术正在进行中，写完麻醉记录单后，闲来无事，小玫向毛医生询问："毛哥，打颈内静脉穿刺需要掌握哪些体表定位?"毛医生想了想，先拿出一张纸，伏在麻醉车上，画完了一个颈部的草图，再告诉她："第一个是颈内静脉三角，就是给病人去枕平卧，头偏向对侧，肩背部垫一薄枕，触摸胸锁乳突肌的胸骨头和锁骨头及与锁骨所形成的三角。你只要从这个三角的顶点进针，方向指向同侧乳头便可。"小玫静静地听着，并且边听边试着用手指摸自己的颈部进行定位。毛医生看后笑了笑说："你这样很难弄明白的，需要让病人躺在床上，才方便直观地了解定位。"小玫听后不好意思地放下了手。毛医生接着说："第二个是'三点一线'，是基于右颈内静脉的体表投影，位于下颌角和锁骨头内侧缘的连线中点上。此处动脉易触及，动静脉位置最表浅，动脉浅容易规避，静脉浅易于穿刺，且位置相对稍高不易引起气胸，比较适合初学者和紧急穿刺时使用。第三个是颈总动脉，以颈总动脉为标志，在它的外侧扎针，上、中、下入路都可采用，但要考虑好扎针的角度和深度，有时过深或角度偏斜也会伤到动脉。"小玫听后若有所思地问："你现在所讲的穿刺方法，似乎与你每天操作的不太一样。"毛医生回答说："嗯，是不一样，因为我对颈内静脉穿刺操作的熟练程度，已经跳出了书本的条条框框。"小玫接着追问："其实你自己的穿刺经验，才是我最想听的。"毛医生听后瞪大了眼睛说："这样啊。"小玫笑眯眯地盯着他说："当然啦，我每次看你穿刺颈内静脉时，既没垫肩，也没偏头，有时不用摸动脉也能一针扎中，所以我更想听你的经验体会。"毛医生接着说："其实，我的操作类似意象派。穿刺前，我会先仔细观察病人的颈部，将病人的颈部特点，即长短粗细的不同，在自己脑中形成空间立体印象，而后将下针点、深度、角度等均在大脑中思考好，所以才能达到如此高的准确率。这是需要分析总结的，你一下子很难学会的，还是从基本功开始吧。”

小玫听完毛医生的讲解后，点了点头，接着问：“嗯，你说得有道理。我也看到有的麻醉老师打锁骨下静脉，误穿动脉导致颈部打肿了，可否改穿锁骨下静脉呢?”毛医生答道：“当然可以啦！但你要记住，无论你穿刺颈内静脉、锁骨下静脉还是股静脉，都会有它们各自的风险和优缺点。”

小玫惊讶地问：“各有什么优缺点呀？能不能再细讲一下给我听啊?”说完，小玫用期盼的眼神紧紧地盯着毛医生。毛医生扫视了一下病人及监护仪，转而微笑地对小玫说：“其实啊，我个人是最喜欢打颈内静脉的，为什么呢？因为即便误扎了动脉，也方便按压，不会造成很大的副反应。锁骨下静脉就不一样了，虽然很好定位，成功率似乎比扎颈内静脉更高，但一旦误扎了动脉，就不那么好按压了，万一动脉血往胸腔里面流，我们就没辙了。”小玫听到后，立刻感叹地说：“好怕哦，如果动脉血往胸腔内流的话，我们该怎么办啊?”毛医生沉思了片刻，回答道：“首先还是尽力按压，如果实在按压不住，那就只能请胸外科来帮忙了。”

小玫盯着毛医生，仔细地倾听着他说的每一个细节，突然问道：“如果动脉出血按不住，要做手术吗?”毛医生回答：“不好说，前两年就发生过这么一例，不到一小时的工夫，出血一千多毫升，后来只好开胸止血了。”小玫微微地点着头说：“看来还是扎颈内静脉安全些。”

毛医生接着说：“嗯，锁骨下静脉穿刺还有一个缺点，就是那些需要抗凝的病人，比如安装支架或做心脏手术的病人，不易止血，除非不得已，我是不会扎锁骨下静脉的。”小玫轻轻点头，表示赞同，但她的大脑仍在飞速转动，忽然又想到一个疑问，于是就指着病人会阴部说：“毛哥，你刚才说还可以扎股静脉的，那个位置应该风险会小很多吧。”

毛医生顺着小玫的手指瞟了一眼说：“做股静脉穿刺是可以，但不好护理，容易发生感染。另外，老年病人血运不好，留置股静脉导管时间长了，也容易形成血栓。”小玫听后恍然大悟，俏皮地对毛医生说：“原来如此，看来还是扎颈内静脉好。”毛医生点点头，说：“所以嘛，病人没有特殊的原因，我都扎颈内静脉了。”

手术开始后，小玫正在写记录，突然毛医生问她：“今晚有没什么事？”小玫抬起头来回答道：“没有。”毛医生接着说：“那好，今晚同我们一起吃饭去。”小玫心想毛哥不是已经有嫂子了吗，怎么还要约我？但小玫又不好直接拒绝，沉思了片刻后问道：“还会有其他人去吗？”毛医生笑着说：“当然有了，都是帅哥，说不定有你喜欢的，也可能有喜欢你的。”小玫听到毛医生这样说，脸瞬间红了，有些不好意思地说：“毛哥，少拿我来说笑啦。”毛医生说：“我已订好包间了，今晚六点在‘烟雨楼’二〇八房见。”小玫轻轻地点着头：“好的，谢谢。”毛医生站起身来，围着手术台转了一圈，而后走到小玫身边又随口说道：“什么年龄做什么事，谈婚论嫁的年龄，就该勇敢地行动，用不着害羞的。”小玫尽管一直低着头，心里却美滋滋的，早竖起了耳朵，仔细地听着呢。

二十二

小玫下班后，先回到宿舍，洗了洗脸；之后，走到镜子前面不住地打量着镜中的自己；然后，重新回到桌子前坐下，心想时间还早，才刚过五点，用不着这么急的，再说烟雨楼又很近，就在医院前面转个弯就到了。

临近六点，小玫按时前往烟雨楼赴约。走到二〇八房门口，她突然又停住了脚步，心想万一毛哥还没到，不在里面，面对一帮不认识的人，那将是多么尴尬啊。于是，小玫在门外静静地听了一下，顿时欣喜地听到有熟悉的毛哥的声音，来医院后，这是再熟悉不过的声音啦。

于是，小玫轻轻推开门，见到毛医生面对着门而坐，他旁边还有一个女的，女的旁边有一个空位。毛医生看到小玫后，立即站起身来，招手叫她过去，并对她说："小玫，快过来，给你留好了位置。"小玫低着头往毛医生指定的位置走过去。小玫坐下后，毛医生就开始讲话了："今天啊，大家放开喝，随便聊。"对面的医生迫不及待地说道："美女来了，要先介绍一下啊。"毛医生立即笑了，对他说道："又是你，这么积极，都有女朋友的人啦，看到美女还是这么按捺不住。"

接着，毛医生站起身来说：“现在向各位帅哥隆重介绍，这位美女，名叫吴小玫，湖南人，是刚来我们医院的麻醉护士，目前跟着我学习麻醉。”还没等毛医生说完，对面的医生又插话了：“怎么又讲起你的麻醉来了，快讲正题吧。”大家立刻哄堂一笑，毛医生继续说：“正是因为我带教小玫，所以我才最清楚的啦，小玫没有男朋友的哦。”说完，毛医生停住几秒，再说：“这是不是一个振奋人心的好消息啊？”对面的医生又插话了：“太好啦！”其他在座的也相继笑了起来。毛医生接着说：“你好什么，你就看着咽口水吧。这朵鲜花还是该留给我们在座的单身帅哥嘛，你们说对不对呀？”一瞬间，几个帅哥都争着说：“是哦，太对了。”

介绍完小玫，毛医生接着先向小玫介绍在她旁边就座的女士：“这是我太太，郭医生，也在咱们医院，心内科的。”听到毛医生介绍后，小玫赶忙侧身向着郭医生微笑地问候了一声：“嫂子好！”郭医生看着她，点点头夸奖她说：“你长得真俊俏哦。”小玫听后不好意思地低下头，没再说什么，但心里还是美滋滋的。接着毛医生向小玫介绍在座的各位帅哥：坐在小玫身边的是毛医生的校友，肝胆外科的曹俊飞医生，未婚，单身；曹俊飞旁边是神经外科的段晓东医生，未婚；对面的是呼吸内科的林涛医生。之后介绍的几个都是已婚人士。尽管小玫没作声，但还是默默地记住每个帅哥的姓名，包括自己总共也就八个人，心想毛哥待她真不错，是真心为她来牵线的。

毛医生向小玫一一介绍完后，接着举起杯子说：“现在大家举杯开席吧。”大家连喝三杯后，毛医生说：“接下来，大家自由组合，帅哥们要主动点，想私聊的，就留好美女的联系方式吧。”

过了一会儿，突然听到手机响了，小玫赶紧瞅了一下自己的手机，不是自己的，只见嫂子拿起手机，接通了电话。过后，嫂子跟毛医生说：“我就猜今晚备班不平静，这不，饭还没吃完，电话就来了。”接着，嫂子转过头，对小玫说：“你们慢慢吃，我要回去加班了。”小玫惊讶地说道：“你们科里真忙，就要走了啊？”嫂子说：“本来我没打算来的，刚才你毛哥硬要拉我来的，他说怕你一个女孩子，在这儿和一群大男人吃饭不好意思啊。”小玫听完赶忙说：“谢谢，谢谢嫂子了。”

小玫不胜酒力，自然不敢多喝，帅哥来敬酒了，她只是站起身来勉强抿一小口。小玫一边吃着菜，偶尔喝点水；同时，她也在偷偷打量着在座的几位帅哥，心想紧挨着她坐的曹医生，应该是个不错的小伙子，人看上去既帅气又儒雅。她心想，今晚我们俩坐在一起，难道是毛哥有意这么安排的？当她再次转过视线去看曹医生时，正好曹医生也正在打量着自己，弄得她立刻涨红了脸，不敢再侧过头去了。小玫低下头心中窃喜，心想认识这么几个帅哥也挺好的，反正联系方式也已经留给对方了，只待对方主动来联系了。

酒足饭饱后，毛医生对曹医生说：“你送靓女回去啊！”曹医生听后，先是看了一下在场的那帮兄弟，而后回答说：“科里还有事，今晚我实在没空，不好意思了。”小玫站在一旁，也是看得很真切，于是就对毛医生说：“不用了，很近的，我一个人回去就行啦。”这时，其他人有的搭着肩膀闲聊着，有的起哄说：“要去送小玫。”

小玫看他们酒后好不正经，于是，就对曹医生说：“不用了，我自己回去可以的。”毛医生听后，便对小玫说：“今天你也喝了不少酒，还是我送送你吧。”小玫盯着毛医生，此刻她眼前的大哥哥，帅气、宽容、大度，让她有些情难自已。毛医生看她没动，就又对她说了句：“走吧。”小玫“哦”了一声，看见其他的帅哥都走远了，才回过神来问毛医生：“去哪？”毛医生对她说：“送你回宿舍啊！”小玫翘着嘴说：“毛哥，你看我的脸，是不是好红？”毛医生转过头瞅了她一眼，微笑着说：“嗯，有点。”小玫双手捂着脸，深情地看着毛医生说：“能不能陪我去江边走走，我想去散散酒气？”毛医生说：“好吧，原本我也是想送完你，再去江边散步的。”

他们在江边慢慢地走着，享受着迎面而来的柔和温润的晚风，感到无比舒适。突然，小玫对毛医生说：“毛哥，我想对你说句话。”毛医生听后就停下脚步：“说吧！”小玫凑上前去，猛然地朝他脸上亲了一下：“谢谢你，毛哥。”

毛医生压根儿没想到小玫竟然会亲吻他，惊讶得快要冒出冷汗来了。毛医生不自觉地往后退了一步，瞥了一眼小玫说：“这样的感谢，也太隆重了吧。”只见小玫一动不动地站在那儿，含情脉脉地盯着他，并轻言细语地说：“你对我那么好，难道受不起我的一个吻吗？”

毛医生听后内心五味杂陈，一时不知道说些什么好，只是稍微平复了下心情，轻轻地对小玫说：“今晚你也看到了我的太太，而我今晚也在给你介绍对象。”小玫还站在原处，摇摇头说：“我今晚不想说其他的，只想表达对你的感激。你能抱我一下吗？”毛医生没有作声，只是双手伏在水泥护栏上，看着波动的水面，还有远方的夜色。过了几分钟，小玫又说：“来到这个城市后，我只是一个单身少女。参加工作这一两个月来，我感觉你是真心对我好，给我最无私的帮助。因此，今晚，我只是想用我认为最真诚的方式，表达一下对你的感激，可以吗？”

毛医生说：“别说感激的话了，我送你回去吧。”小玫说：“你抱我一下吧，抱完我就走。”毛医生看着她那双坚定的眼神，充满了执着，于是，他只好凑上前，轻轻地伸出双臂拥抱着她。小玫立刻紧紧地回抱了毛医生说：“我喜欢你。”毛医生抱着她，看着远方的夜色，没有作声。过了许久，毛医生似乎感觉到小玫在抽泣，只听到小玫在轻声细语：“你拥抱过我，我也拥抱过你；你的生命中有过我，我的生命中也有过你。这一刻很短，但非常美好，我将永远不会忘记。”

二十三

这日清晨，小玫刚一到手术室，就赶紧准备并抽吸好当天的麻醉药物。毛医生也早早地到了，他问小玫：“你知道今天的前置胎盘剖宫产手术，我们要做哪些准备吗？”小玫一边抽吸阿托品、麻黄碱和肾上腺素，一边笑着对毛医生说：“听说前置胎盘的剖宫手术，很容易出血的，我这不是正在抽抢救药嘛。”毛医生接着问：“抢救药是必须抽的，另外还要做哪些操作呢？”小玫回答说：“给病人打腰硬联合麻醉啊，难道要打全身麻醉不成。”小玫说完带着疑惑的眼神盯着毛医生。

毛医生看到小玫似乎有些不解其意，便给她解释道：“昨天你不是查过病历吗，这是一个高龄产妇，有妊高征，前置胎盘且有胎盘植入，这种情况术中极易发生大出血。我们不仅要做好物品方面的准备，也要做好心理方面的准备。”小玫狐疑地问：“什么心理准备?”毛医生告诉她：“就是要做好大出血抢救的准备。另外，麻醉方式上当然首先还是选择腰硬联合麻醉，万一病人病情危重，还是要改为全身麻醉的。这也是我们必须想到的。”小玫“哦”了一声，问：“那岂不是还要抽好全麻药?”毛医生回答：“抽药就不必了，但必须备好，放在我们身边，随时改全麻，随时抽药，来得及。”

小玫接着又问：“除了麻醉方面的准备外，还有哪些方面需要准备?”毛医生回答：“当然有啦，对于这种病人，一旦大出血，血压必然波动，有时出血迅猛，无创袖带都测不出血压来。”小玫插话说：“那我们可以给病人打动脉穿刺啊。”毛医生引导她说：“你说动脉穿刺是术前做还是术中出血时再做好呢?”小玫迟疑了会，接着说：“宜早不宜迟，还是术前先给病人扎上，这样稳妥些。”毛医生满意地夸赞她：“对了。”小玫抿着嘴微微笑了一下，又问：“还有呢? 还需做哪些方面的准备?”说着，小玫表情凝重地看着毛医生。毛医生看到小玫貌似充满渴望的眼神，忍不住笑着说：“有，那就是深静脉穿刺啊。”小玫听后“哦”了一声，点了点头。毛医生继续说：“你想想，如果病人大出血了，势必要加快补液，还要输血，单凭一根外周输液通道够吗?”小玫顺着毛医生的解说，心想有道理，不由自主地点起头来。毛医生说着说着，突然话锋一转："不聊了，我们去交班吧。"

办公室除了少数几个人，大部分医生都到场了。先是夜班麻醉医生汇报了昨夜的工作和特殊病人的处理情况。然后，临床副主任陈主任点评特殊病人。接着各组麻醉医生汇报当日有特殊情况的病例，并讨论相关处理预案。毛医生也汇报了他即将实施的前置胎盘剖宫产病例，小玫静静地坐在一旁听着。

最后，王主任说话了。小玫立即伸长脖子，盯着王主任，竖着耳朵仔细地听。只听王主任说："现在麻醉护士来咱们科也有些时日了，想必各位都对科里的环境熟悉了，再过些时日，试着让高年资麻醉医生带着麻醉护士看护两个房。"陈主任试探着问道："这样会不会有些快?"王主任说："不快啦，下个月开始吧，两间房的手术，可以安排另一间做小点的手术嘛，打好麻醉后，让麻醉护士看着监护就行了。"

交班结束后，大家窃窃私语，各自回到自己的手术间去了。小玫跟着毛医生，在后面走着。她有些不解地问："毛哥，王主任说的高年资医生带麻醉护士看两个房的手术，是不是以后让我单独负责一个房的麻醉啊?"毛医生微微地笑了下说："是哦，好比我带着你，我负责一台大手术，另一个房间就做小点的，比如做手啊、脚啊之类的小手术，就让你负责了。"小玫听后惊讶不已，"我可不敢单独打麻醉的。"毛医生一时也答不上话来，此刻他内心也存在一些疑惑，难不成王主任真要让零基础的麻醉护士单独负责一台小手术的麻醉？万一出事怎么办，谁负责？毛医生顾不上想太多这个问题，此刻他的心思全在今天的这个剖宫产手术上。

回到手术间，产妇已经躺在手术床上了。巡回护士齐敏已经给病人打好外周静脉输液了。毛医生拿出麻醉同意书给病人签字时，问："有没有吃饭啊，有没喝水啊，今天早上的血压多少？"病人回答完一连串的问题后，毛医生对小玫说："我们去给家属签字吧。"突然产妇说："我想做个术后镇痛，医生能否帮我做一个？"毛医生回答："可以啊，你要再签字。"于是，小玫迅速从麻醉车抽屉里，拿出一张镇痛知情同意书给产妇签字。签完后，小玫跟着毛医生一同走出手术间。

毛医生和小玫来到谈话室，叫家属进来，一会儿三四个家属进来了。毛医生问家属："你们知道产妇有前置胎盘吗？"他们异口同声地回答："知道。"毛医生告诉他们："这是高龄产妇，前置胎盘手术中极易出现大出血的，风险很大。"家属们连连恳求："拜托医生了，全靠医生了。"毛医生安抚说："我们会尽力的。"毛医生问："你们当中，谁作为责任人签字？"其中一个男家属走近说："我是产妇老公，我签。"毛医生告诉他："我们先给病人打半身麻醉，万一术中出血多，可能就要改全身麻醉。如果你同意的话，就在这儿签字吧。"毛医生一边解释一边手指着签字的位置。家属签完名后，接着问："医生帮我老婆做个镇痛吧。"毛医生告诉他："你老婆已经签了镇痛同意书。"家属回答："那就好。"毛医生再问家属："你们有没有曾经献过血的？"家属回答说："昨天产科医生给他签了输血同意书。"毛医生问："我是问你们有没有献过血？如果你们没有献过血，万一病人大出血了，血库可能拿不出那么多血给病人的。"家属听后有些疑惑，接着问："如果我献血了，那么血库就会多给吗？"毛医生微笑着说："如果家属有献血的，一般会尽量满足病人的需要。多给，也很正常啊。”家属立即问：“去哪儿献血，我马上去！”毛医生告诉他：“去血站吧，离这儿不远的。”家属爽快地说：“我这就去。”毛医生交代其他的家属说：“你们就在外面守着，我们给病人麻醉去了。”家属们齐声说道：“好的，拜托你了，医生。”

再次回到手术间，毛医生嘱咐齐敏：“加快输液进度，先输完1000 毫升，做好容量预充，再慢慢维持。”同时，他也告诉病人：“在给你打麻醉前，我们要先做些准备工作，在你颈部和手腕处各扎一针。”病人早已知道自己病情的特殊，没有任何疑虑地说：“你们扎吧，我会配合的。”

毛医生告诉小玫：“我们分工合作，你做动脉穿刺，我做深静脉。”小玫疑惑地问：“不先打麻醉吗?”毛医生回答说：“对于剖宫产，麻醉要后打，要尽量缩短麻醉起效与胎儿剖出的时间，这样对胎儿会更加安全。”小玫听后爽快地回答：“好嘞。”于是他们便各司其职，大约十分钟的工夫，动静脉穿刺都做好了。毛医生告诉齐敏：“给中心静脉也接一瓶输液吧，慢慢维持便可。”小玫连接好有创动脉监测，见到波形完美。

毛医生再告诉病人：“现在开始给你打麻醉了，摆个侧卧位吧。”产妇是二胎，第一胎也是剖宫产的。问及病人生第一胎是什么时候，她回答说：“大儿子已经十岁了。”毛医生“哦”了一声说：“有十来年了啊。”接着问病人：“你还记得上次麻醉的时间吗?”产妇回答：“记不得了。”毛医生轻轻拍了一下产妇肩膀对她说：“你要摆好姿势，有任何不舒服，你可以说话，但不要动。我在你的背上打麻醉了。”产妇说：“你打吧，我不动。”

毛医生在病人后背先定好穿刺的位置，顺便告诉小玫："这个手术可能时间有点长，为了方便手术需要，我将给她在第一、第二腰椎间隙穿刺放置硬膜外导管，然后在第三、第四腰椎穿刺打腰麻。"小玫看着病人肥胖的身体，不由自主地说着："背上好胖，很难摸清楚吧。"毛医生一边掐印定位，一边告诉小玫："孕妇没几个瘦的，这个孕妇还不算特别胖，稍微使点劲，就能触及棘突。"

毛医生一边操作一边对小玫说："你站在边上，好好看着，说不定你以后还要自己操作的。"小玫虽然口里说着"好怕哦"，但却聚精会神地看着毛医生的操作。只见他先用注射器给第一、第二腰椎间隙打3毫升的局麻，先在皮下扎个皮丘，然后顺势往下扎，边深入边注药，直到注射针全部进入皮肤，接着退出少许，先往头侧再往尾侧试穿了一下。又用大注射器针尖扎了一下刚才小注射器的针孔，并告诉小玫说："使用硬膜外穿刺前先用大针破一下皮，免得穿刺针不好进入。"小玫看到毛医生将硬膜外穿刺针足足扎入六格，才听到毛医生说："到了。"接着他置入硬膜外导管，退出穿刺针，完成这个操作。

然后，毛医生再在刚才定好的另一个点，用注射器先打局麻，并对小玫说："这是第三、第四腰椎间隙，在这打腰麻。"局麻打好后，他直接用腰穿针从刚才注射器那个小点扎进入，左手抓住针干，右手持住针尾，左手掌握方向，右手用大拇指推送。当腰穿针进到差不多深度时，小玫见毛医生拔除针芯，侧着头看了看腰穿针的针尾，见到没什么变化，毛医生又将针芯放进腰穿针，继续往里扎深了一点点，再拔除针芯，侧头再看针尾。只听得毛医生说：

“出来了。”小玫凑近头一看，发现针尾出水了，就问：“是脑脊液吗？”毛医生回答：“当然是啦。”然后，毛医生就将准备好的腰麻药，沿着针尾将麻药慢慢注入孕妇的体内。拔除腰穿针后，毛医生问孕妇：“你觉得大腿有发热的感觉吗？”病人说：“有，下面的腿更明显。”毛医生说：“那就好。麻醉打完了，现在躺平吧。”

小玫遵照毛医生的习惯，预先给孕妇用了1毫升的麻黄碱。毛医生告诉她：“地塞米松也给孕妇用两支。”小玫给完药后，略有疑虑地问：“毛哥，我看那根腰穿针比你打局麻的注射器针头更细，为什么还要局麻啊？”毛医生向小玫解释说：“前几天我不是给你讲过吗？打局麻时，不仅仅是打局麻，同时也是探查方向的过程。再说，局麻后，韧带也会松弛，方便腰穿针的进入。”小玫把氧气面罩放在孕妇头边，并叫孕妇好好吸氧、放松心情。孕妇就问她：“医生，请把我左边的腿放平吧。”小玫看了一下孕妇的双下肢，已经摆得直直的，于是就告诉孕妇说：“你的腿已经放平了。”孕妇接着问：“我怎么感觉左边的腿还是曲着的呢？”这时，毛医生也听到了孕妇的询问，立刻走到床头对孕妇说：“你放心吧，你的腿已经放平了。”说完，毛医生转而问小玫：“你知道为什么孕妇会有这种感觉吗？”小玫摇了摇头说：“不知道。”接着，毛医生给她解释说：“因为我们给孕妇打完半身麻醉后，孕妇双下肢完全没有知觉，而上身是有感知的，当我们让孕妇转回平卧位后，孕妇双腿的感觉仍然停滞在麻醉前侧卧位的时刻，所以她才会有下肢特别是左边腿没有放平的感觉。”小玫听后点了点头：“哦，原来是这么回事。”

小玫接着又问：“毛哥，刚才看到你给孕妇腰麻药，为什么你先问孕妇腿有没有发热的感觉，而不是问她腿有没有感觉麻木呢?”毛医生听到小玫如此发问，不禁夸奖她说：“你听得还真仔细。你要知道，我们给孕妇做完半身麻醉后，她最先是温觉发生改变，然后是痛觉，最后是运动觉发生改变。只要孕妇说下肢有暖暖的感觉，我们便可判定麻醉起效了。”小玫听到毛医生的解释后，微笑地回答道：“这次我总算明白了。”

小玫写完麻醉记录单后，拿来术后镇痛泵问：“毛哥，这个镇痛，怎么配?”毛医生回答说：“就配硬膜外的镇痛吧。拿两支罗哌卡因150毫克，半支吗啡5毫克，和两支昂丹司琼8毫克，再与生理盐水一共加至100毫升便可以了。”小玫一边配备镇痛泵，一边问毛医生：“毛哥，通常哪些孕妇会做术后镇痛泵?”毛医生回答说：“术后镇痛泵主要用于比较大的手术，如开胸食道、肺叶切除手术，开腹胃肠手术或子宫手术等；也有些孕妇怕痛，小手术也强烈要求术后镇痛的。”孕妇听后问：“医生，镇痛泵能保我几天不痛啊?”毛医生告诉她：“两天。”孕妇问：“两天后还能给我加药吗？我很怕痛的。”毛医生向孕妇解释说：“手术后第一天是最痛的，两天后就不怎么痛了。”孕妇听后欣慰地说：“那就好。”毛医生安慰她说：“你现在的任务就是好好吸氧，等医生把小孩剖出来。”孕妇说：“好的。”

小玫提着镇痛泵问毛医生：“毛哥，做术后镇痛，除了让病人不痛外，有没有其他什么好处?”毛医生回答说：“当然有了，比如用了镇痛泵，病人术后不感觉疼痛，便可以提早下床活动，增加胃肠道蠕动，加快病人康复；再比如开胸的食道手术，用了镇痛泵，病人就不会害怕疼痛而敢于正常呼吸，既减少了肺炎的发生，也减少肺不张的可能。”

小玫听到毛医生的解释，点了点头。但是她心中还有些疑惑，心想这个镇痛泵里面装的都是麻醉药，让病人带回病房，没有麻醉医生的监护，会不会出什么意外呢？带着这个疑问，小玫又问毛医生：“那么镇痛泵有没有风险呢？”毛医生告诉她：“镇痛泵里面的麻醉用药量，相比于术中麻醉的用量要小得多，至多只能达到让病人感觉下肢麻木，不至于让病人的腿麻得都动不了。”小玫听后“哦”了一声道：“原来如此啊，这下我明白了。”

手术正式开始了。毛医生告诉小玫：“你看到了吧，现在的收缩压是135 毫米汞柱左右，看好这个值。”接着毛医生再问主刀顾主任：“你们给这个孕妇备好了多少血啊？”顾主任回答：“3 个单位的红细胞和500 毫升的血浆，还可以吧。”毛医生笑着答道：“很重视嘛，不错。”顾主任一边手术一边说：“这个孕妇不仅有前置胎盘，还有胎盘植入，很容易出血的。老毛，你要帮我们看好了。”毛医生回答：“那是肯定的，你看我们都已经把深静脉打好了。”顾主任说了声“谢谢”后没再多说，一心做手术了。

不到十分钟，胎儿就从子宫里剖出来了。顾主任将婴儿倒立，把口里的羊水排出后，把婴儿给接产护士。接产护士接过婴儿后，笑着说了声：“又是个男孩。”除了手术医生和毛医生紧张地关注着手术进展和心电监护，其他人都带着好奇的心情去看新生命了。对于产科医生来说，剖出婴儿容易，但要完好地剥除胎盘有时可是一个风险工程。特别是前置胎盘，或有植入的胎盘，一着不慎，可能酿出大出血。

只见子宫内鲜血涌动，助手几次将血吸去，没过几分钟鲜血又把视野盖住了。毛医生没作声，只是默默地盯着，并加快输液，增加胶体液的输注。毛医生看到血压已经降了下来，立即推注了10毫克的麻黄碱，并叫小玫备好去甲肾上腺素，用50毫升的注射器进行微量静脉泵注，尽可能维持血压稳定。

时间一分一秒地过去，鲜血仍不停地往外冒。尽管外周静脉输液和中心静脉输液两根通道是全速灌注的，仍然稳不住血压。小玫在一旁看得发慌，问毛医生怎么处理。毛医生镇定地说："拿血来吧！先把3个单位的红细胞和500毫升的血浆拿出来，给孕妇输了。"他心想，照这样的出血速度，少说也有1000毫升以上了。再看孕妇，面色已经转白，显然没有了刚才的红润。此刻的孕妇，用微弱的声音说着话："医生，我胸闷、头晕。"毛医生赶忙上前安慰道："不要说话，好好吸氧。"接着，毛医生把面罩完完整整地盖在孕妇的鼻子上了。

时间又过去十多分钟了，红细胞已经拿来了。毛医生说："核对完，立即滴上去"。再过十分钟，血浆也拿来了，毛医生指示护士齐敏："从外周静脉输注血浆。"毛医生看了一下监护仪，血压勉强维持在100毫米汞柱附近波动，心率却已经升高至每分钟130次以上了。正在此时，小玫在一旁问他："毛哥，要不要再备血?"小玫是看着有点害怕，灌那么多液体和血，而且还在用去甲肾上腺素，血压都稳不住。毛医生转头看了小玫一眼，没说什么，心里思索着到底要不要再给病人追加备血。就在此时，顾主任告诉他："老毛，出血止住了。"毛医生赶紧凑近看看，子宫里已不再冒血了。心想，那就先把拿来的红细胞和血浆滴完，再做计划吧。

红细胞和血浆都陆续滴完了，血压也升到了130毫米汞柱，毛医生的第一反应就是减少去甲肾上腺素的用量。叫小玫将去甲肾上腺素泵入速度降到原先的二分之一。同时，叫小玫找来血气分析仪，从动脉导管里抽出 1 毫升动脉血来，进行床边血气分析。两分钟过后，血气结果显示血红蛋白为每升 63 克，钙离子偏低。毛医生指示小玫拿一支钙来，给孕妇静滴了。同时，他告诉顾主任："血气分析的结果已出，贫血比较严重，我准备给孕妇再备血。"顾主任回答说："该用就用吧，我支持你。"

毛医生重新备了 3 个单位红细胞和 500 毫升的血浆，先取了两个单位细胞和 300 毫升血浆。手术临近结束时，红细胞和血浆也已经滴得七七八八了。毛医生叫小玫把去甲肾上腺素泵彻底关掉。此时，血压仍然能够稳定在 110 毫米汞柱以上，心率降至每分钟 100 次左右。毛医生提示小玫说："滴完血和血浆后，输液慢慢滴便可以了。"然后毛医生指引小玫再观察了一下孕妇："你看看她的面色，比刚才有明显好转。"

手术结束，小玫把术后镇痛泵连接好硬膜外导管，并用薄膜粘贴加强了。毛医生对小玫说："你再给孕妇做一次血气分析吧。"小玫"啊"了一声，说："我做吗？"毛医生笑着说："别担心。你刚才不是看我操作了一遍吗。你照着我的方法重复一下，不懂的地方，我给你指点一下便是了。"不久，结果就出来了，显示血红蛋白为每升 82 克，钙离子也有所升高，接近正常值水平。小玫看了血气结果后，问毛医生："还需要再输血吗？"毛医生回答说："不用了。"接着毛医生又取下孕妇面罩问："现在你感觉怎么样？好些了吗？"孕妇盯着毛医生说："还行，比刚才那会儿好多了。"于是，毛医生告诉小玫，先让孕妇在恢复室吸氧，观察半小时，没什么问题了再送回病房。

二十四

接下来，小玫的手术间送来了一位胆囊结石的病人，拟行腹腔镜胆囊切除术，病人三十七岁，男性。小玫看到病人是坐着轮椅被推进来的，鼻子里插着一根胃管，再看病人神态，耷拉个脑袋，完全不像朝气蓬勃的壮年男子，深感蹊跷。这会儿，毛医生临时有事处理，让小玫先拿出麻醉同意书给病人签名，病人低着头，按她的指示把名字给签了。接着，小玫又去找家属签名。

病人躺上手术床后，巡回护士齐敏立即给他打针，开通外周静脉输液。几分钟过后，毛医生走进来了，翻看一下病历，接着就问病人："你是要做胆囊手术吗?"病人"嗯"了一声。那个声音总让人觉得怪怪的。于是，毛医生接着又问病人："你早上吃饭了吗? 喝水了吗?"病人用沙哑的声音回答："没有。"毛医生再问："以前有没有做过手术?"病人回答："没有。"毛医生又问："有没有过敏?"病人还是回答："没有。"毛医生也似乎听出来有什么不对劲，左瞧右看的，一时没发现异常。然后毛医生又叫病人仰起头，让他发出"啊"的声音。病人也照做了，只是声音有些不够洪亮。毛医生观察到病人神志清晰，对答很好，深吸气时双肺起伏还好，没什么问题，也就不多说什么了。小玫若有所思地盯着毛医生，想从毛医生口里得到答案，本来有几次想问问毛医生她心中的疑虑，但都欲言又止了。

毛医生问小玫："全麻药都准备好了吧？"小玫答道："都准备其全了，就等你插管呢。"毛医生就对小玫说："那好，你去给病人扣面罩，我来推药。"病人个头大，加上鼻子里还插着一根胃管，小玫单手扣面罩总是漏气，捏气囊一两下，气囊就瘪了。毛医生看到后，就叫小玫双手扣面罩，他上前将麻醉机调整为机控通气。四分钟过后，毛医生就让小玫试着先给病人气管插管。

小玫将喉镜伸进病人口腔后，接着右手扶后脑勺让病人保持头后仰状态，然后再轻轻将喉镜往上一挑，往里瞧时，小玫简直不相信自己的眼睛。小玫即刻心里发出惊叹："哎呀，太意外了，那是胃管吗，不可能啊。"接着，她瞅着毛医生说："毛哥，你来看看，我，我没法插管。"毛医生看小玫大惊小怪的，也好奇地挑着喉镜往口里一看，大感意外，说道："怎么胃管插进气管里了?!"毛医生立即拔除胃管，然后将气管导管插入气管内。接上麻醉机后，进行机控通气。毛医生一边操作，一边说着："清醒时插胃管，怎么能插进气管里呢，还能耐受，这种情况太罕见了。"

小玫也在一旁惊叹地叙述道："从病人一进来，我就感觉有点儿不对劲，可是又找不出什么原因，现在总算解开了我的疑惑。"毛医生听到小玫这么说，就问她："你插管前感觉哪里不对劲了？"小玫说："我昨天看病人时，感觉病人的精神状态挺好的，怎么今天进来与之前的状态如此不符，整个人蔫蔫的。"毛医生说："病人有几个精神饱满的呢，多半都是萎靡不振的。"小玫接着说：

“这个病人仅是要做个胆囊手术，术前没什么其他的病，再说年龄也正当壮年，我看你好像也怀疑病人哪里不对劲吧?”毛医生听后笑了笑，答道：“我也没觉得哪儿不对劲，只是觉得病人说话声音有气无力的，但考虑到病人神志清晰、对答切题，叫他深吸气，也能呼吸的很好，所以就打消我的疑虑了。”小玫说道：“我还以为你也怀疑了呢。”毛医生笑着说：“也许是我看多了，见怪不怪了。只有你才这么机灵，想法多。”小玫听后莞尔一笑。

麻醉结束后，毛医生叫巡回护士：“齐敏，麻烦你重新给病人插上胃管吧。”齐敏也很好奇，百思不得其解，边插胃管边说着：“这胃管插到气管内，病人不会呛咳吗?”小玫也在一旁附和道：“是啊！胃管插那么深在气管内，病人的耐受力真好!”毛医生说：“世界之大，无奇不有，先把麻醉单写了吧。”小玫顺口应了句“好的”，就赶紧趴着麻醉车上，沙沙沙地写起了麻醉单。

毛医生看到小玫写完麻醉单后，便坐在一旁问小玫：“你有没有关注一下术前病人的脉搏血氧饱和度，有没有降低啊?”小玫回答说：“没有啊，吸氧前，血氧98%，扣面罩给氧后，血氧就升到100%了。如果有降低的话，我们就会特别关注，去查找原因的。”毛医生听后，点点头，“嗯”了一声，说：“观察很细致，很好。”

手术结束后，主刀钱医生对毛医生说：“老毛，你们拔除气管导管时，顺便帮我把胃管也一同拔了吧。”毛医生答道：“没问题。”小玫一边拆心电监护，一边问：“这个病人又不是做胃肠手术，干吗也要插胃管?”钱医生说：“插胃管是为了减少术中胃肠胀气，方便手术操作。”小玫听到钱医生的回答后，立刻说了句：“原来是那么回事啊。”她一边说着，却手也没闲，一直在忙着自己的活，大伙正要一起抬病人过到车床时，小玫又问了句：“毛哥，能不能现在就把胃管拔了啊？”毛医生回答说：“当然可以啊。”病人抬上车床后，毛医生便叫巡回护士：“齐敏，要么你现在就把胃管拔了吧？”齐敏应了一声“好的”，便走到病人床头，轻轻地把胃管拔除了。小玫站在一旁，静静地看着，随口说了句：“这样好，不会再受胃管困扰了。”齐敏瞅了小玫一眼，微笑地说：“我也是这么想的。”接着，她们就一起把病人送到恢复室去了。

从恢复室出来，小玫问齐敏：“接下来，我们做什么手术？”齐敏回答：“半小时前，我问过排班的许姐，她说我们房间可能要做急诊，好像是小儿气管异物。”小玫惊讶地问：“气管异物？小儿？”她赶紧到手术室门口，想看看患儿有没到来。她走到门口一瞅，没见到有病人，只是看到许姐仍在坐在门口的桌子前，正看着长长的手术排班表。于是小玫走过去问：“许姐，十房接台做什么手术？”许姐转过头瞥了她一眼说：“做小儿气管异物，已经叫了病人，病人很快就会来了。”小玫接着问：“几岁的小朋友？”许姐说：“一岁九个月。”

小玫赶紧回到手术间，看见齐敏正在准备手术用物，毛医生此刻正在上网查看小儿的检查结果。她走近毛医生问：“毛哥，小儿气管异物，麻醉有什么特殊准备吗？”听到小玫问他，毛医生便仰起头告诉她：“你准备两根四点五号无套囊的气管导管，另外再拿根螺纹管弯头来，其他的按小儿全麻的准备就行了。”

小玫将小儿全麻药都备齐后，看见毛医生正从外面回来，便对他说：“毛哥，药都抽好了，你检查一下，看看有没有漏什么。”毛医生听后便走到麻醉车旁，仔细看了一遍，说：“很好。”接着，毛医生把麻醉机设置为小儿模式，并调整了参数。

这时，齐敏也进到手术间，并对毛医生说：“输液打好了。”毛医生应了一句“好的”，然后提起一支抽好的氯胺酮，便对小玫说：“走，跟我到门口去接病人吧。”

小玫跟随毛医生走到手术室门口，一位中年妇女抱着一个正在哭闹的小男孩，坐在门口的长凳上，毛医生走近问：“再问你一次，小朋友今天有没有吃饭喝水？”妇女答：“没有。”小玫迅速翻看病历，看到病历上已经有家属签名了，于是便走到毛医生旁边，随时听候他的指示。毛医生举起注射器，正要给小孩用药，同时又问了一句：“确定是28斤吗？”妇女答道：“是28斤。”随着毛医生给输液管里注入氯胺酮，片刻之后，小孩便睡着了。

小孩被抱进手术间，放在了手术床上，她们立刻给小孩吸氧并连接心电监护。而后，毛医生对小玫说：“你推药，我来给这个小孩扣面罩插管。”随着小玫将药物推完，毛医生很快便顺利地将导管插入气管了。

小玫一边写麻醉单，一边问：“毛哥，这个小孩不是做气管异物吗？为何也要气管插管，不会挡住手术医生取异物吗？”毛医生回答说：“这个异物在支气管，下呼吸道的位置，需要用纤支镜取异物。”小玫听后好奇地问：“纤支镜怎么取啊？”毛医生瞥了她一眼说：“待会儿你一看就会知道的，就是将纤支镜从气管导管里伸进去取。”小玫皱着眉问：“纤支镜从气管导管里伸进去，不会阻塞通气，导致缺氧吗？”毛医生点点头说：“你说得太对了，确实有缺氧的可能，所以我们麻醉时都尽量选择大一号的气管导管，术中密切监护，观察血氧，万一血氧往下掉，立即叫停手术，拔出纤支镜，待正常通气将血氧提升至99%，才可重新操作。”小玫说：“原来是这样啊，术中风险好大哦。”毛医生抿着嘴“嗯”了一下，没再多说什么。

没多久，内镜科的龙医生带着助手就来了，他一看见毛医生便说：“老毛，你做麻醉啊。”毛医生立刻站起身来，微笑着对他说：“龙医生，好久没见你了。是不是现在的气管异物都不用打麻醉了?”龙医生笑着说：“哪有啊，现在气管异物病人着实是少了。不过今天这个异物，能否取到，还很难说。”毛医生问：“那倒是，都已经过了一个多星期，说不定已经化成渣了。”龙医生回复他：“你问过家属吗?这家属也太不上心了，明明知道小孩子吃葵花籽，呛咳过，后来反复地喘息，仍然在家里拖了一个多星期。”

术中，毛医生将螺纹管弯头接上，龙医生将纤支镜从螺纹管的帽孔中伸了进去。纤支镜在气管内操作了半个多小时，又是吸痰，又是冲洗，总算找出了几个葵花籽的小块。

手术结束后，毛医生将气管导管用牙垫重新粘贴好，再观察了十几分钟的心电监护，待到各项生命指标均已正常，才把患儿送到恢复室去。

在恢复室里，小玫交接完患儿后，特地关注了一下前面麻醉的胆囊病人。她看到此刻的病人已经清醒，气管导管也已拔除，于是小玫走近车床旁，轻轻拍了一下病人肩膀说：“现在呼吸还好吗?”病人盯着她，回答说：“好多了。之前那根胃管可把我折腾坏了，现在拔掉就好了。”听得小玫不禁在心中偷笑，但面上不显，只是安慰病人说：“手术做完了，你好好吸氧吧。”病人感激地说：“好的，谢谢医生。”

二十五

这日，晨会结束后，小玫刚走进手术间，便看见病人已经到了，不过没有过床，仍然是躺在车床上。小玫走上前看，正是昨天去病房访视的胆囊手术病人。病人三十七岁，十二年前因车祸颈椎骨折致高位截瘫，他一看到小玫走过来，立刻笑嘻嘻地说："医生好，辛苦你啦。"小玫安慰他说："放心，我们会尽力做好你的麻醉的。"病人听后欣慰地说："谢谢。"

他们一起把病人抬上手术床后，接着进行麻醉前签字并连上心电监护。准备工作一切就绪，毛医生就对小玫说："这个麻醉还是我来做，你给病人推注全麻药物吧。"接着，毛医生坐在病人的床头，待到小玫推完全麻药，病人晕晕欲睡时，毛医生轻轻地扶着病人的脑袋，接着给病人扣面罩，捏气囊，纯氧给氧。小玫盯着毛医生给氧，并关注着病人胸部的起伏和麻醉机显示屏上的波形。四五分钟后，毛医生停住给氧，拿起喉镜轻轻放入病人口中，接着将气管导管塞入口腔，并让小玫拔除导管内的管芯。插管成功后，接上麻醉机，给予机控通气，气管插管的这个操作算是结束了。

小玫写完麻醉记录单后，就问毛医生："今天的这个麻醉，你怎么如此小心？"毛医生回答说："这个病人以前是有颈椎骨折的，要避免因我们气管插管的动作导致病人颈椎的二次损伤。”小玫幡然醒悟地说：“怪不得你那么谨慎，原来如此啊。”毛医生接着说：“幸好病人是第四、第五颈椎骨折，我们还可以采用常规方法对病人进行气管插管；要是第一、第二颈椎骨折，那就必须采用纤支镜给病人插管，一定要避免像常规气管插管时那样，让病人的头呈后仰姿势。”小玫挠挠后脑勺，惊讶地问：“为什么呀？”毛医生解释说：“第一、第二颈椎尤为重要，这两个椎体形成的关节即寰枢关节，绝对要避免损伤，有研究发现，95%以上的第一、第二颈椎损伤病人有轻重不同的头晕，70%以上原因不明的头晕与寰枢关节不稳密切相关。所以我们不能因为给病人做一次麻醉操作就增加了病人的头晕症状。”小玫频频点头说：“那是那是。”

手术开始后，小玫看监护仪上生命体征还算平稳，没什么特殊情况，仍是疑惑不解地问：“毛哥，这个病人我昨天测试过，高位截瘫后，在胸部双乳头平面以下都没有知觉了，按说胆囊的位置也感觉不到疼痛啊，那我们为什么还需要给病人打全麻呢？”毛医生看着小玫充满好奇的眼神，略加思索地说：“就你这个鬼精灵想法多。我先问你一个问题，植物神经的低级中枢在哪里？”小玫仰着头，眨巴着眼睛，而后笑眯眯地对毛医生说：“我不敢肯定，但我推测，植物神经的低级中枢，应该在脊髓。”毛医生听后嘴角含笑地对小玫说：“粗略地说，可以算你对。”小玫双手环抱于胸前，咧着嘴笑了。

毛医生接着又问小玫：“你再想想，既然说脊髓是低级中枢，那么它就会对刺激发生发射弧，对疼痛刺激发生一个反应。你知道吗，那是什么反应呢？”小玫听后一脸茫然，根本不知道怎么回答，只得摇摇头说："不知道哦。"毛医生解释说："应激反应。植物神经系统分布于内脏、心血管平滑肌和腺体，是由脊髓低级中枢控制，与分布于内脏的迷走神经，共同调节着血压、心跳、消化、呼吸、排尿、出汗等。"小玫听后愕然地问："难道我们不打全麻，手术便会导致病人血压波动、心跳紊乱？"毛医生解释说："虽然大脑无法感知疼痛，但是手术刺激引起的疼痛刺激，很大程度上会发生。而且手术的刺激部位越高，越容易发生应激反应。今天这个胆囊手术，需要腹腔内注充二氧化碳，腹腔内压增高后，势必抬高膈肌，呼吸活动度受限，如果不打麻醉，一连串的应激反应也将随之而来。"

小玫听得是云里雾里，又看了一会儿心电监护，无聊地问毛医生："毛哥，你说胆囊手术会激起应激反应，那么下肢手术，如股骨骨折、胫骨骨折等，这类手术可否不打麻醉呢？"毛医生略微想了一会儿地说："对于刺激小的手术倒是可以不打麻醉的，但需要加强术中监护。如遇到病人有需求的，我们还是可以打麻醉的。"小玫噘着嘴又问："可以打半麻吗？"毛医生说："椎管内麻醉啊，那就没必要啦。"小玫盯着毛医生问："为什么呀？"毛医生爽朗地笑了笑说："这种情况打半麻就是脱掉裤子放屁！知道吗？"小玫表情一凝注，霎时也笑了。

小玫给病人追加了一支阿曲库铵后，回到座位上，接着问毛医生："对于截瘫病人的麻醉，在用药方面有什么特别的讲究吗？"毛医生说："当然有啦，比如肌松药琥珀胆碱，就不能用，是截瘫的禁药，会使截瘫病人的血钾骤然增高，甚至发生猝死。小玫充满疑惑地问："这么严重？琥珀胆碱是什么药来的？我怎么在科里从来没有见过?”毛医生解释说:“这种药现在医院里几乎都没有了。但琥珀胆碱在二三十年前,是普遍使用的一种肌松药。”小玫噘着嘴说:“那么大的风险,还常用啊?”毛医生不假思索地说:“别小瞧了这种药物,它可有个非常好的特点,就是作用非常快,一分钟就起效了,不过现在都已经逐渐被新的肌松药取代了。”小玫笑着说:“停了好,听得都怕怕的。”毛医生“嗯”了一声后说:“那倒是,各领风骚数十年,一种药能风行几十年已经很不错了。”小玫听后点点头问:“现在的麻醉书还会提及它吗?”毛医生说:“有的书也提,只是不做重点内容罢了。”小玫反倒饶有兴趣地说:“看来想详细了解琥珀胆碱这种药,还要查询以前版本的麻醉书了。”毛医生说:“那是当然,旧版本的麻醉书里面,都有这种药物的详细记载。”

小玫刷刷地做完笔记后,又问:“毛哥,截瘫病人在麻醉前,还要关注些什么呢?”毛医生想了想说:“对于长期卧床的病人,要注意术前访视病人,看看有没有褥疮,有没有肺炎,等等。特别要检查有无下肢静脉血栓,注意预防肺栓塞。”小玫接着问:“要是遇到高龄截瘫的病人,又该注意什么呢?”毛医生瞥了小玫一眼,说:“很少遇到高龄截瘫的,动都不能动了,可能还没熬到高龄,就去跟先人团聚了。”小玫有点不信地说:“哪能这么说呢,也许没来医院吧。”毛医生说:“除非新发生截瘫的高龄病人,一般很少有高龄截瘫病人来医院的。老话说,‘久病床前无孝子’。截瘫十几或几十年的,仅是靠着病人的坚强意志,是不够的,还需要强壮的体魄。在病人未老时,体力尚在,还能勉强生存下来;待到年老了,体力不支了,活动随之减少,只要得个肺炎或褥疮等合并症，就是不死，也会拖垮半条命。长此以往，再强大的意志，也将消磨殆尽。”小玫听后，皱着眉头说：“那也是啊，截瘫病人真可怜啊。”

正当小玫撑着脑袋思索着截瘫病人时，洪剑飞医生来到了手术间，他对毛医生说：“毛哥，今天我要请你帮个忙！”说完，洪医生即刻坐到电脑前，拿起鼠标，查找病人。毛医生看他紧张兮兮的样子，赶忙走上前问道：“什么事啊，看你这么紧张的？”而后，洪医生仰头侧着脸，看了一眼毛医生，左手指着电脑对他说：“我马上要做一个神经外科的介入手术，你看看，这个要做手术的病人很危重，七十八岁，既往有高血压、房颤病史，超声心动图提示双房、左室增大并二尖瓣、三尖瓣、主动脉瓣返流，左室舒张功能降低。我担心病人术中万一有个什么事，抢救起来，有个帮手会好很多。所以，想向你借个人。”

毛医生立刻听明白了他的意思，于是很爽快地对洪医生说：“你不就是想借个助手嘛，小玫给你帮忙就是了。没必要特地开电脑给我看的。怕我不答应啊？”洪医生看他回答得如此痛快，立刻握着毛医生的手说：“那太谢谢你啦。”

这会儿，小玫站在一旁也听得清晰，便微笑着对洪医生说：“介入啊，我还从没做过呢，正好去见识见识。”毛医生转头对小玫说：“既然想见识，那就赶紧跟洪医生做准备去吧。”小玫跟随洪医生走出手术间，便问：“洪医生，做介入麻醉，需要准备些什么？”洪医生边走边告诉她：“介入手术是去介入室做的，全麻是在手术室外给病人打的，我们除了需要准备一套全麻药及一次性耗材，还要带全套抢救药过去，以防不测。”

小玫立刻找来一个推车，把全麻所需的耗材及药物都摆在车上，洪医生看了看车上的用物，再找了一个呼吸囊和动脉测压、深静脉穿刺套装等，估摸着东西都准备齐全了，于是带着小玫一同往介入室去了。

小玫推着车，跟随在洪医生后面，不一会儿，他们便到了介入室。小玫立刻扫了一眼，见到介入室中间有一张手术床，在手术床的旁边有一个大大的东西，她猜想着那就是可移动的 X 光机吧。她也知道有了这个 X 光机，手术医生便可以一边做手术，一边透视。再往里看，在手术床的旁边还有麻醉机、监护仪和微量泵。

他们进到介入室后，洪医生立刻对小玫说："你抽药，我检查麻醉机。"洪医生拿走那些麻醉耗材后，小玫便立刻在推车上抽吸着麻醉药。在小玫刚要把全部麻醉药及抢救药抽完时，病人就被推到介入室的门口了。洪医生在门口给家属签名后，便与家属一同把病人抬到手术床上。

洪医生给病人连接心电监护后，立刻便在病人的足背扎了一针，给予持续动脉测压。接着，他带着小玫给病人实施全身麻醉，并给病人连接好微量泵，保持病人术中的镇静、镇痛。而后，洪医生便带小玫进入了另一个小房间。

小玫进到小房间后，马上发现，在这个房间里，隔着一块玻璃，可以直接看到介入室的手术床，里面的麻醉机、监护仪及微泵，它们是否运转正常，都能够看得一目了然。洪医生告诉她："这个房间与介入室之间的墙，有铅板防护，不用怕射线的。"小玫听他这么一提醒，四处张望了一会儿，指着玻璃窗，若有所思地问："这个玻璃也能防射线吗?"洪医生微笑着说："能。这玻璃也是特制的，是能防辐射的铅玻璃。”小玫听后“哦”了一声，轻轻地点了点头。

接着，洪医生指着旁边的桌子，告诉她：“抽屉里有麻醉记录单，你拿一张出来，把麻醉单写了吧。”小玫似乎都有些忘了这事，听到洪医生提醒，她立刻拉开抽屉，一看有些惊讶，里面有麻醉单、签字单及红处方等，心想原来这抽屉里还有这么多储备啊。

写完麻醉单后，小玫往玻璃那边瞅了一会儿，里面的手术医生个个披着铅衣，戴着铅帽，正在如火如荼地忙活着，再看心电监护，病人生命体征的各项指标都还正常。她左瞅瞅右看看，闲来无事，便问洪医生：“这个介入手术，只是打个全麻，似乎也没什么特别的。”洪医生回答说：“介入手术，通常伤害性刺激不是太大，麻醉深度没必要太深，只要达到镇静催眠的效果，但必须保证病人不动，这样就可以了。”小玫打了个哈欠接着问：“那么，介入手术还有别的什么风险吗？”洪医生说：“当然有了。一旦脑血管破了，那么血压将会发生骤变。再说，这是个高龄病人，合并症也多，我们要盯紧监护。”小玫再瞧了一眼监护，回答说：“知道了。”

过了一会儿，小玫又问洪医生：“是不是所有的介入手术都要打全身麻醉啊？”洪医生说：“那不一定，比如心脏介入，通常就不需要打全麻。”小玫追问道：“为什么啊？”洪医生略微思索了一下，回答说：“我也不十分清楚，也许每个部位的手术需求不一样吧。你想啊，无论我们麻醉或不麻醉，心脏总是在不停地跳动着。不过，只要他们有需求，我也会帮他们麻醉。”小玫听后笑了笑说：“那倒也是。”

洪医生接着说：“脑动脉瘤的介入就不一样，它要求病人绝对不动，一旦术中躁动不安，便有动脉破裂的风险。”小玫瞅着他说：“嗯，怪不得你在丙泊酚里还加了肌松药。难道你不担心手术后，病人苏醒延迟吗?”洪医生笑了一下回答：“我一点都不用担心，因为脑外科医生常规要求，他们做完介入手术后的病人，均要送去重症监护室观察一两天，才拔除气管导管的。”

小玫听了洪医生的回答后，用手撑着脑袋，眼睛盯着玻璃那边的监护仪，心里却在默默地对比心脏和脑动脉瘤介入，为什么两种介入对麻醉的要求相差这么大呢。接着小玫又问洪医生：“心脏介入，都不需要我们打麻醉，是不是比脑动脉介入的风险更小呢?”洪医生看着她，笑了一下说：“一个是心脏，一个是脑袋，都是要命的器官，哪个风险不大呢？只是心脏病病人多半神志清晰，能很好地配合手术；而脑血管病病人，像我们做的这个病人已经是神志模糊，根本不可能配合手术操作，那就肯定需要全麻保证病人不动了。另外，这两种手术后的并发症也是不一样的。”小玫盯着他问：“术后并发症有哪些不同呢?”洪医生回答说：“心脏手术介入的结局主要有两种，要么手术成功，病人活过来；要么手术失败，病人很快死亡。而脑动脉瘤的介入的结局却有三种，除了与心脏手术类似的结局外，还有第三种，那就是病人术后半死不活，出现重残或植物人状态。这种结局迁延日久，不仅会给家庭带来沉重负担，也是造成医患纠纷的巨大隐患。”小玫听完心里胆怯得很，噘着嘴说：“但愿这个病人能成功，不会发生什么意外才好啊。”洪医生看着小玫逗人的表情说：“嗯，我们都希望手术成功，病人能顺顺利利地回到病房。”

事情总归还是向着她们想的方向发展，这位老年高危病人，最终平稳地渡过了手术期。术毕，小玫跟随着洪医生一同把病人送回了重症医学病房了。

二十六

临近下午五点，毛医生的手术间终于结束手术了。于是，小玫就清理麻醉柜，把已经抽出没有用完的药物全部扔弃到废料盒去，并把监护仪的连接线也都一一理顺了。小玫看见毛医生正坐在电脑旁，查看第二天将要手术的病人。她便搬了凳子，坐在毛医生的身旁，说道："毛哥，今天能否详细地给我讲解一下，如何评估病人吗?"

毛医生看到小玫过来，就提了个问题让她思考："小玫，你想想，要是你查阅电脑资料评估病人，你会重点看哪些资料信息?"小玫略微思索了一下子，回答说："首先我会了解病人的基本信息，包括年龄、性别、体重、身高、拟行手术方式、既往史、手术史，有无合并症等，然后就是查看实验室和影像学等检查结果，看看有没有贫血，术前有没有备血，以及了解各种异常结果。"说完，小玫侧着头盯着毛医生说："就这些了。"毛医生夸奖了一声说："不错不错，这才来麻醉科不到两个月，你就能说得这么准确，真是很难得，看来你是天生搞麻醉的料。”小玫听到毛医生如此夸她，不由得嘴角露出了小酒窝，心里美滋滋的。毛医生看到她开心的样子，又补充了一句：“只要心态摆正了，学习就快了。记住，你在麻醉科上班，就要时刻把自己当作麻醉医生，去工作、去思考。”

就在小玫沉醉于喜悦之中时，毛医生接着问她：“当你看完病人的资料时，你有没想过给病人拟定一个麻醉方式呢？”小玫听后脱口而出道：“外科医生不是已经在通知单上标注了麻醉方式吗？”毛医生又问：“依你的想法，就是说外科医生标注什么麻醉方式，你就给病人操作什么麻醉方式了？”小玫抿着嘴，若有所思地问：“难不成，我们要改做其他麻醉方式？”毛医生呵呵笑了一下，解释：“很多外科医生预设的麻醉方式，是凭经验写的，不一定符合当下的手术情况。比如外科医生看到我们经常给某类病人实施什么麻醉方式，他们才会写某种麻醉方式。”小玫明白了说：“哦哦，原来是这么回事啊。怪不得，上次我都看到外科医生明明写了臂丛麻醉，我们却给病人实施了全身麻醉。”毛医生说：“你还记得那个病人啊，麻醉方式的选择，不是一成不变的，要根据外科医生的手术特点及病人的病情而定。归根到底，我们要采用对病人最安全的麻醉方式。”

小玫茫然不解地问：“毛哥，能不能再解释清楚一点呢，麻醉方式什么情况根据外科医生标注而定，什么情况依病人而定呢？”毛医生看着小玫期盼的眼神，被她好学的精神深深打动，于是就耐心地给她解答：“举个例吧，有的外科医生做腰椎间盘突出症的髓核摘除手术，一个多小时便能完成了，出血量也才 50 毫升左右；

也有外科医生做同样的手术，却要折腾三四个小时，出血量时常超过500毫升。对照这两种情况，我会对第一种医生的手术病人做半身麻醉；而对第二种医生的手术病人，为了病人的安全，只敢做全身麻醉了。”小玫饶有兴趣地问：“那么，有没有根据麻醉医生定麻醉方式呢？”毛医生解释说：“当然有了，对于同样的手术，不同的麻醉医生对病人的评估看法是不一样的，有的认为打半身麻醉安全，有的则认为全身麻醉更稳妥，无论怎么理解，都是根据麻醉医生自己的理念思考，适合自己的，才算是最好的。当然，有时也是技术问题，比如因半身麻醉穿刺无法完成改为全身麻醉。”

小玫听了若有所悟，问道：“照你这么说，全身麻醉是终极麻醉方式，是适合任何病人的了？”毛医生立即回复道：“那也不尽然，比如剖宫产，我们就要优先选择半身麻醉。”小玫马上问道：“为什么啊？”毛医生回答说：“如果打全身麻醉的话，全麻药会随血液迅速进入胎盘，会抑制胎儿的呼吸、心跳，对胎儿产生不良影响。”小玫“哦”了一声说：“原来是这么回事啊，我算是明白了。”毛医生又接着说道：“其实，也有些特殊病人，我们麻醉医生宁愿给病人做区域神经麻醉，比如合并老慢支、肺心病、房颤等危重症，但又不得不做手术的老年病人，医生们会尽量不采用全身麻醉。”小玫疑惑地问：“这又是为什么呢？”毛医生解释：“这类高危老年病人，如果做全麻气管插管，脱机时间延长，就容易诱发肺炎，死亡率增高，所以能不全麻的，尽量不要全麻为好。”小玫点点头说：“哦，原来是这样啊，我记住了。”

毛医生起身准备离开，告诉小玫：“明天的胃癌手术，你下班后，做一个麻醉的思维导图，明天上班时，交给我看看。”小玫惊慌地问："什么思维导图？我没弄过哦。"毛医生说："就是把胃癌的整个麻醉过程的流程图，从麻醉准备、麻醉插管到病人清醒拔管，一步一步地写出来。"小玫答道："我知道了，谢谢。"

下班后，小玫刚回到宿舍，看到芳兰已经回来了。看到芳兰正在翻看着新书，小玫走近芳兰，随口对她说："乖乖，好认真啊，买那么多书。"芳兰笑着说："准备考试了，提前做点准备。"小玫看到桌子上全是护士资格考试的备考书籍，不由惊讶地说："明年才考呢，你这么早就开始准备了啊。"芳兰说："这不是笨鸟先飞嘛，免得临时搞突击。我可比不得你这高才生，资格证在学校就拿到手了。"

小玫马上转换话题说："吃饭去吧，填饱肚子再说。"小玫十一点就吃午饭了，这会儿直感觉肚子饿得咕咕叫，懒得磨叽，拉着芳兰就往门外走。芳兰拧不过她只好跟着走，出门后芳兰就问小玫："今晚我们吃什么啊？"小玫说："就吃咱家乡菜吧。"芳兰表示赞同地回答："嗯，还是家乡菜味道好，吃不厌。"小玫说："那就赶紧走吧。"芳兰一边走一边说小玫："好像几天没吃饭似的。"小玫笑着说："人是铁，饭是钢，一顿不吃饿得慌。"就这么，俩人说说笑笑地往前走着，十几分钟后，就到"湘味道"菜馆了。

俩人选了个合适的位置坐定后，小玫问："今天你点什么菜？"芳兰说："上次那个农家小炒肉不错，今天再来一次如何？"小玫答："没问题，就点它，还有呢？"芳兰说："你也点个吧"。小玫随便点了菜。俩人喝着麦芽茶，随意闲聊。

小玫问芳兰："你怎么想到这么早就买考试的书呀？"芳兰有些委屈地说："还不是前几天，我去姑姑家玩，她跟我说了一大堆的激励话，只听得我感觉压力山大，觉得当护士好累哦。”小玫仰了仰头，也很认同地说：“谁叫我们干这行了呢，能不累吗？一路大考小考的，简直看不到头。”小玫接着又苦笑了一下，自我安慰地说：“只能想开点，苦中作乐吧。”芳兰看了看小玫，抿了口水说：“我可是乐不起来，不像你，护理师都免考，以后还可以直接考主管，真是羡慕死你啦。”小玫低下头，感慨地说：“现在我都改做麻醉护士了，真是前途茫茫，不知道以后会怎么样”？芳兰说：“别杞人忧天啦，菜都快凉了，快吃吧。”

吃完饭，她们俩也没在外面逗留太久，顺道在附近的购物中心买完自己的所需物品，就回到宿舍了。芳兰拿起刚买来的崭新的备考书，认真地复习着。小玫觉得她这会儿也不能闲着，心想明天还有一台胃癌手术，还得赶紧把麻醉思维导图写好了。她认真翻看桌子上那本才买来不久的临床麻醉手册，将近一个月来自己跟随着毛医生给病人实施全身麻醉时，所看到的、应该准备的、应该想到的内容，以及病人从进入手术间到手术结束出手术间的具体情况，都一一写在纸上，要重要关注的地方还特别用红笔标注了。在心中反复默演几遍后，最终小玫在一张白纸上，画好了一张鱼骨图，主轴线为鱼的脊柱骨，代表着整个麻醉的流程，主轴的上面主要写各时段需要配备的药物及注意事项，主轴的下面主要写着各时段需要配备的耗材用具及注意事项。

小玫反复誊写几遍后，看着自己画完的鱼骨图，感觉还算满意时，时间已经快到晚上十二点了。此刻，芳兰也已经睡觉了，她也没多想其他事，赶紧收拾完，上床休息，以便精神饱满地迎接明天的到来。

二十七

次日清晨，小玫早早来到手术间，并把昨晚的作品，平平整整地放在麻醉车上，心想这样的话，只要毛哥一进到手术间，就能立刻看到。接着她开始做麻醉前的准备工作，突然她转念一想，万一抽药时不小心，弄脏了那张纸，那可就坏了。于是，小玫又赶紧把那张纸重新折叠起来，放进了口袋。

就在此刻，毛医生也到了。他看到小玫已在手术间，就面带笑容地说："你真早。"小玫此刻心情激动，本想说那个麻醉思维导图已经完成了，却紧张得有些结巴，瞬间脸都涨得通红，半晌才说了一个字："早。"

还是毛医生先问了导图的事情："昨天交代的麻醉思维导图，你完成得怎么样啦?"小玫赶紧回答："做完了。"随后，她立刻从口袋中拿出那份花了好几个小时才完成的作品递给毛医生。

毛医生接过那张纸一看，顿觉眼前一亮，心想小玫怎么会写得那么好，昨天他只是随意说说，根本没指望小玫能写出什么花样来。毛医生想不到她如此认真，导图做得如此富有创意。毛医生一边看着那张纸，一边时不时瞟小玫一眼，不仅欣赏着她那清秀、富有创意的文字，也体会着她那一颗做事执着的心。

小玫坐在麻醉车旁，抽吸着麻醉药物，偶尔抬头看一眼毛医生，只见他正仔细瞧看着。小玫忐忑不解地问：“毛哥，写得怎么样？”毛医生一边看着，一边点点头说：“很好，太好啦，完全出乎我的意料。”小玫听到毛医生如此表扬自己，内心也欣慰了许多，轻声说：“谢谢你的指点。”毛医生感慨地对小玫说：“你昨天一定花很多的工夫，才完成了这个作品吧。正像我以前读过的一篇文章里说的，好的作品要先能说服作者自己，然后才能说服读者。你的这篇鱼骨图完全打动了我。不过，还有一点点疏漏。”

小玫坐在凳子上，正抽吸着全身麻醉的药物，突然听到毛医生说还是有几处写漏了，立刻站起来，走上前问：“漏写什么了，毛哥。”毛医生连忙笑了笑说：“其实，没什么大问题，待会儿你就照着这张导图写的流程给病人做一遍全麻，自然就会发现的。”小玫只得“哦”了一声，回到凳子上继续抽吸着药物。毛医生告诉她：“就当一次考试吧。”小玫咧咧嘴说：“那好啊。你就当考官吧，看看我能拿多少分。”毛医生“嗯”了一声，说：“我们先去参加早会，回来再说。”

晨会交班结束，小玫和毛医生一同回到手术间。病人已经静静地躺在手术床上了，正是昨天查房的那个要做胃癌手术的五十二岁男病人。小玫二话没说，立即走上前，给病人连接心电监护。然后从麻醉车中拿出麻醉知情同意书，先让病人在同意书上签名，同时询问病人近期有无感冒、发烧、手术史、疾病史等，早上有没有吃饭、喝水之类的，接着与毛医生一同去谈话室，让家属签名。等他们回到手术间，巡回护士罗芳已经给病人扎好了静脉输液。毛医生告诉小玫：“你可以开始给病人麻醉了。”

小玫“嗯”了一声，说：“麻醉前我们先看一眼监护仪，了解病人生命体征的基础值。同时，叫病人张口，并令其头后仰，既能观察病人有无假牙，又能判断病人是否存在气管插管困难。接着，叫病人大口深吸几口气，观察病人胸廓起伏，判断呼吸一时双侧胸廓是否对称。推注麻药前，再检查麻醉机螺纹管道是否密闭，有无泄漏。”毛医生听后点点头，说：“很好，全身麻醉的插管用具都准备齐全了吗?”小玫重新清点了一下，确认全麻所需的喉镜、气管导管、牙垫、注射器及胶带都在。她也突然想到是漏写了注射器和胶带，并告诉了毛医生。毛医生说道：“好，那我们开始麻醉吧。”

小玫扣面罩，毛医生从静脉给病人推注全麻药。随着病人意识消失，小玫开始捏气囊了，只见病人双侧胸部起伏有序。随着一个多月的摸索体会，小玫对面罩给氧及麻醉插管的手法日渐成熟，再加上她自己也勤奋好学、常常思考。当然啦，这与毛医生的悉心指导也是分不开的。

扣氧五分钟后，小玫给病人从口腔进行气管插管，她左手轻轻地将喉镜放进口腔，然后右手托住病人后脑勺，让其脑袋缓缓地后仰，左手将喉镜慢慢往口腔深部滑入，先找到会厌，然后轻轻往上一挑，立即看到喉口了，双侧白白的声带清晰可见，心里十分确定这是气管无疑。然后左手固定喉镜，右手将气管导管从喉镜的右边伸入口腔，对准喉口将导管插入气管中。小玫拔除喉镜，固定气管导管深度在距离门齿 24 厘米位置，并用注射器给气管导管套囊打满气，再接上麻醉机给病人进行机控通气。而后，将牙垫塞入牙齿之间，用胶带将气管导管和牙垫捆绑在一起，固定导管于口腔中。

就在此时，小玫突然有些疑惑地说：“毛哥，我们现在插的是钢丝加强型气管导管，感觉不用牙垫也没什么问题吧。”说完，小玫盯着毛医生，等待着他的答复。

毛医生指着气管导管说：“你想想，一根气管导管插入气管后，最怕发生什么意外？”小玫侧着脑袋，眼睛滴溜溜地转了一下，答道：“最怕通不了气。”毛医生接着问：“哪些情况，会导致气管导管通不了气？”小玫略微思索片刻后，回答：“导管弯折了，或被痰液堵死了，或是被牙齿咬瘪了。”说完，小玫便盯着毛医生，等待着他的评判。毛医生“嗯”了一声，说：“答得不错。那么牙垫有什么作用呢？你知道吗？”小玫回答：“使用牙垫，我想应该是防止病人牙齿咬瘪气管导管吧。但现在使用了钢丝加强型导管，导管的抗压能力强了，可否不用呢？”毛医生回答：“钢丝加强型导管虽有一定的抗压作用，但遇到初醒、躁动，牙关紧闭的病人，就不能保证导管不被咬瘪啦。有了牙垫做支撑，才是万无一失。”小玫笑着说：“嗯，双管齐下，油多不坏菜。”毛医生听后哈哈笑了，接着说：“其实，牙垫还有一个作用，能够固定导管，保持气管导管的固定深度，防止气管导管因外力而深入口腔，不进入口腔，胶带便不会渗水失去黏附作用。”小玫立即领悟了：“原来还有这么个好处啊。”毛医生说：“当然啦，别小看这小小的牙垫。”小玫点点头说：“好的，我知道了。”

而后，毛医生又指着气囊对小玫说：“你看看这个气囊，你打的气也太满了吧，如果长时间压迫气管内壁，会导致气管内黏膜缺血的。”小玫听了惊讶地“啊”了一声，说：“竟还会有这种事，那打气打到什么程度，才合适呢？”说完，小玫满脸疑惑地看着毛医生。

毛医生告诉小玫："书本上有文章说，套囊压力可以设置是在15到25毫米汞柱，但我们通常没有这个测定压力的仪表。"小玫问："那我们该如何确定气囊的压力呢?"毛医生继续给小玫解释说："你要知道，这个导管尾端的小气囊和气管前端的套囊是相通的，这个小气囊的压力有多大，前端的套囊压力就有多大。只要这个小气囊不瘪，那么气管内的套囊也就不会瘪。至于如何给它设置一个合适的气压，我有一个小小的经验。"说完，毛医生拿起一根5毫升的塑料注射器，说道："用这个注射器顶住小气囊的打气口，然后放开注射器的活塞，气囊压力够大时，自然会推动活塞往外送，直到推不动为止。"小玫站在一旁仔细地看着毛医生的演示。毛医生继续说："这时，你再轻轻捏一下这个小气囊，就没有那么满了，但也不会瘪，这时的套囊压力可以说是合适的。"小玫也伸出手指，去捏了捏小气囊，还真是那么回事。但小玫还是想知道，万一小气囊压力过大，会产生怎么样的气管黏膜损伤。于是，她又问了毛医生。毛医生回答说："气管导管引起的黏膜缺血损伤甚至坏死，主要与套囊的压力过高、使用时间过长有关，所以遇到长时间手术，我们可以每隔两到三小时放松一次气囊，减少气管内黏膜的损伤。"小玫接着问："要是我们没想到这些，病人会有什么症状吗?"毛医生回答说："就如签字单里面写明的，全麻插管的病人，术后轻者会出现咽痛、咳嗽、血丝痰等症状，严重者还会出现气管、支气管炎症。"小玫听后惊讶地问："听得我有些怕怕的。如果真有咽喉部症状，多长时间会好呢?"毛医生回答说："这个症状多半两三天就会好的。其症状的轻重也跟病人的抵抗力有关。"

接着毛医生对小玫说:“今天你给病人扎个颈内静脉,让我看看。”小玫也不含糊,说干就干,立即摆开架势。她先给病人头底下垫一块手术单,然后把病人的头往侧转动,直到她自己认为是一个比较合适的位置时便停下来,并随口说了一声:“颈部就摆成这样吧。”说完,小玫转头盯着毛医生,像是在等待毛医生的评判。毛医生说:“就这样吧,可以的。”

然后,小玫把麻醉车台面上的东西清理干净,推到手术床头,打开中心静脉穿刺包。巡回护士罗芳帮她倒好消毒液和生理盐水。她先用注射器抽点生理盐水给深静脉双腔导管用分别冲洗了一下,之后给导管注充液体。侧导管的尾端用肝素帽封住,主导管的尾端敞开,同时向毛医生解释:“待会儿穿刺时,导丝从主导管经过,不需封住。”毛医生说:“很好,继续。”

小玫给病人的颈部消毒两遍后,就敷上消毒孔巾,透过那个孔,正好能看到消毒过的颈部。小玫用干纱布抹干净消毒液,先是左手轻轻地摸了一下胸骨上窝,然后再轻轻地探摸右侧颈总动脉的位置。当她摸到动脉后,右手持注射器先试着穿刺了一定深度,回抽没血;拔除后再改变角度重新穿刺一定的深度,还没回血;做第三次穿刺时,见到回血了,暗红色的,是静脉血无疑。她换上穿刺针顺着刚才的进针点,同方向角度地往里慢慢扎入,一边往里扎,一边回抽,争取一遇到颈内静脉,便能立刻回抽出血来。随着穿刺针往里深入,小玫也是高度紧张,全身的精力都集中于那一点上了。刚一见血,她就停住了,再回抽一下,见到有回血。接着左手固定穿刺针,右手拿起导丝往穿刺针的侧孔里送,送到一定深度后,却又推不动导丝了,于是拔出一些,再送,还是送不进去。毛医生此刻一点也不敢分心地看着，告诉小玫说：“把针尾压低，针尖往上轻轻翘一点点。”小玫照着他的提示，将穿刺针往上轻轻抬了一点儿，然后再往里送导丝，针终于进去血管了。退出穿刺针后，接着用扩皮针顺着导丝往里送了少许，再将深静脉导管顺着导丝送入了12厘米深度，之后退出导丝，小玫用注射器抽吸了一下导管，回血通畅。然后就模仿着毛医生的手法，将深静脉导管固定在颈部。粘好敷膜，接上静脉输液，中心静脉穿刺算是结束了。

小玫收拾完中心静脉穿刺的用物后，问毛医生：“毛哥，刚才导丝送不进去静脉时，你怎么就知道抬高一点点针尖就能进入呢?”毛医生解释说：“静脉血管稍微遇到压力便会瘪下去，我看你在扎针时，直到见血也没有回过针，想必是穿刺针太靠近血管内壁了，所以导丝顶在血管内壁上，既转不了弯，也前进不了。这时只需要轻轻抬高一丁点针尖，静脉血管就充盈了，你也就可以把导丝送进血管去了。”小玫听到毛医生的解释后，非常敬佩地说：“毛哥，你真是太厉害了。我一点点细微的动作，你都能看出来，并分析得如此到位。”毛医生笑着说：“那没什么，只需要多琢磨、多思考，以后你也能做到的。”小玫边听边思考着，突然她又问：“毛哥，既然你说血管是被穿刺针的力量压瘪了，为什么你没有叫我退针?”毛医生告诉她：“以前我也想过退针的方法，但是根据从实践操作中得出的总结，退针有时会有退出血管外的可能，所以我还是认为抬高针尖的方法，更可靠些。”小玫点了点头说：“哦哦，原来是这样啊。”

毛医生转而改变了话题说：“接下来，你该给病人扎动脉了，那是你的强项，我就不多看，你做好便行了。”小玫抿了抿嘴说：

“好的，没问题。”起身，就去给病人扎动脉去了。

待到小玫完成所有的操作，毛医生说了句：“今天的考试，你觉得如何？”小玫说：“很有挑战性呢。只是感觉时间过得好快，一下子就结束了。”毛医生呵呵地笑着说：“现在你觉得这场考试下来，给自己打分的话，能得多少分？”小玫抿着嘴说：“八九十分，应该能拿到吧？”说完，笑嘻嘻地看着毛医生。毛医生看着她，也笑了，说：“应该能拿到九十分的。”小玫听后，心里乐滋滋的，没再说什么了。只是默默地把丙泊酚和瑞芬太尼连接好输液管道，赶紧泵上，以防病人醒过来。

二十八

手术医生到达后，毛医生告诉小玫：“手术消毒前，你就应该给病人追加麻醉用药了。”小玫问：“只加肌松药和芬太尼吗？”毛医生答道：“当然啦，各加一支药的量，丙泊酚和瑞芬太尼微泵的速度稍微加快一点便可。”毛医生静静地看着外科医生消完毒、铺完手术单，正要动刀时，又叫小玫加一次芬太尼，并交代她根据血压、心率的变化，调节微泵麻药的泵注速度，接下来只需每间隔四十分钟以上追加肌松药便可以了。

小玫给病人加了麻药后，就趴在麻醉车上快速地记录麻醉单。

没一会儿的工夫，就填写完了。毛医生说：“你现在再对照一下昨天写的思维导图，你觉得还有什么要补充的吗？”小玫拿起自己写的鱼骨图仔细看了看说：“似乎除了之前说的漏写胶带、注射器之类的，好像也没什么了吧？”毛医生耐心地告诉她：“你写的只是常规情况下实施全身麻醉的思维导图，而没有写出万一操作失败时的应急处理方案。”

小玫听后，恍然大悟，心想应急预案啊应该怎么写呢？随后小玫一脸茫然地盯着毛医生，似乎在等待他的答案。毛医生看到她一脸惆怅的样子，就指着她写的思维导图告诉她：“比如你扣面罩时，遇到舌后坠的病人，扣不进氧气时，我们就必须配备口咽通气道；万一遇到困难气道的病人，我们还要设想采用其他的气管插管方法，如可视喉镜、纤支镜、逆行气管插管等方法。又比如你在做右侧颈内静脉穿刺时，不小心扎入了动脉，血液冒出在皮下鼓起一个大包后，无法再行右侧深静脉穿刺时，就必须改行锁骨下静脉穿刺，或左侧颈内静脉穿刺，或股静脉穿刺的办法补救。再比如，你给病人扎左侧桡动脉，没扎中，反而扎后鼓囊囊的，也必须改行其他如右侧桡动脉、肱动脉，或足背动脉穿刺等方法。”小玫听后略感惭愧地说：“看来我考虑得还是不够周全，还要多多向毛哥学习。”毛医生说：“麻醉关乎病人的生命，绝不能唯一种方法行之。而且，我还要提醒你一下，我们做麻醉，始终要考虑的是病人的生命。万一哪天，我们俩反复操作几次，都不能给病人顺利完成气管插管，那就必须考虑请人来帮忙。绝不能说因为叫别人帮忙了，感觉自己面子就受损了，而要想到，一旦病人的生命没了，我们什么面子都没了。”小玫极为赞同毛医生的话，频频点头称是。

过了许久，小玫问：“毛哥，我可以考麻醉专业的研究生吗？”毛医生听后惊讶地说：“你是本科毕业，当然可以考啦。”小玫听后说：“那就好。”过了一会儿，毛医生问她：“为什么你想到要考麻醉专业的研究生？”小玫开心地说：“我觉得搞麻醉还是蛮有意思的。”毛医生接着说：“觉得蛮有意思，你就要考它，是吧？”小玫听到毛医生如此回答，一脸不解地问：“难道没有考的必要吗？”毛医生解释道：“你考了研究生，无非就是当个麻醉医生，还能怎么样？”小玫咧咧嘴，说：“总比麻醉护士好听吧。”毛医生笑了，沉思了一会儿说：“我觉得没必要。”小玫盯着毛医生：“为什么？能否说说你的看法？”毛医生回答：“我觉得当麻醉护士也挺好的，一个新型的行业。你正规本科毕业，将来当个麻醉护士长也是很有可能的啊。”小玫做了个鬼脸，说：“麻醉护士就这么几号人，还能当护士长啊？”毛医生告诉她：“你以为麻醉科就你们三个新来的是麻醉护士吗？”小玫大惑不解地问：“难道还有其他的麻醉护士？”毛医生解释道：“恢复室的那帮护士，还有每天给房间添补耗材、管理麻醉药品的护士，等等，不也都属于麻醉护士吗？”小玫感叹道：“原来那些也属于麻醉护士啊！”毛医生告诉她：“当然啦，明后年再招一些麻醉护士，队伍还会更加壮大。”小玫略感惭愧地说：“看来我还是不太懂，还需要毛哥多多指教啊。”毛医生语重心长地说：“你当麻醉护士还是很有前途的，好好干吧。”小玫既感动又惭愧地说：“谢谢。”

手术还在进行中，总务护士玉姐来到手术间，她告诉毛医生：“毛医生，刚才肿瘤内科打电话来，要请你去他们科打深静脉。”毛医生惊讶地回答：“今天不是我的外出会诊班啊？”玉姐说：“那我就不清楚了，反正人家点了你的名。”毛医生心想前几天刚去肿瘤内科打过深静脉穿刺的，难不成那个病人出了什么事故？于是，毛医生叫小玫看好病人的心电监护，自己转身去护士站，打电话给肿瘤内科问问，了解一下到底是怎么回事。

前后不到五分钟的工夫，毛医生又回到了手术间。只见他略微摇了摇头，苦笑着说：“前几天去肿瘤内科给病人扎个深静脉，隔壁床的家属觉得我扎静脉的动作很靠谱，这次隔壁床的病人也需要扎深静脉，于是家属强烈要求管床医生请我去会诊。”小玫立刻笑着说：“那是家属信任你呗。”毛医生抬了抬眉毛，瞥了小玫一眼：“待会儿你陪我去。”小玫赶忙说：“好啊好啊，正好我也想去看看，在病房里扎深静脉是什么样子的。”

毛医生坐定后，告诉小玫：“在病房扎深静脉可没有你想象的那么简单。”小玫好奇地问：“在病房打深静脉，有何不一样？”毛医生告诉她：“你想想啊，手术室里的这些病人都是已经被全身麻醉了，任由你摆弄他的颈部，也不会有任何抵触，也没家属在边上围观。”小玫听后，眼睛瞪得圆圆的，盯着毛医生说：“是啊，一大堆家属围在边上，想想都有无形的压力。”毛医生接着说：“给清醒的病人扎深静脉，存在许多不便：一是病人可能配合不好，二是怕误伤动脉，三是怕扎出气胸来，四是要防止空气栓塞。”小玫充满疑惑地问：“前三个风险，我都想到过，只是没想到还有空气栓塞的风险啊。”毛医生说：“记得读书时，在麻醉论坛上看到过这样一个帖子，记录的是一位高龄慢性病的病人，麻醉医生在给她做穿刺时，刚置入深静脉导管后，病人就突然剧烈咳嗽几声，后来病情急剧恶化，没多久就去世了。”小玫迫切地想知道原因，追问道："咳嗽几声，就会让病人没救了吗？"

毛医生沉思了片刻，就问小玫："你想想，人在咳嗽时，是不是要先深吸一口气，才能咳得出来？"小玫还真逗，听到毛医生的解释，立刻试着做了咳嗽动作。几个咳嗽动作过后，小玫告诉毛医生："呼气后是咳嗽不出的，满满的吸气后再用力咳嗽，声音才是最响亮的。"毛医生说："那就对啦。你想想，你在咳嗽前，最多能够吸进多少空气？"小玫回答："少说也有两三百毫升吧。"毛医生顺着小玫的回答，继续问："如果一根深静脉导管的尾端没有被封住，吸气时，空气会不会随着导管直接进入心脏呢？"小玫猛然醒悟，说："是啊，那根深静脉导管的前端正好开口于上腔静脉，靠近右心房的入口位置，那么多空气顺着导管一股脑地进入心脏，那还不死定啦。"毛医生说："其实只要病人在穿刺时不咳嗽，这种情况也不一定会发生，再就是可能还跟那个麻醉医生的穿刺习惯有关。"小玫刨根究底地问："与什么习惯有关？"毛医生答道："说来还是细节问题。比如习惯性地用肝素帽封住导管末端的开口，不让导管敞开，就不会发生这种情况啦。"小玫"嗯"了一声，说："那倒是。"

过了一会儿，小玫又突发奇想地问："毛哥，为什么打了全身麻醉的病人扎深静脉不用担心发生空气栓塞？"毛医生转过身回答："其实，是否发生空气栓塞，与中心静脉压的压力有关。因为全麻状态下，机控通气时正压给氧，胸腔内压力增高，心包腔内压力增高，中心静脉压力都是呈现比正常值偏高状态，是不容易发生空气栓塞的。而自主呼吸状态下，一次深吸气，会导致胸腔内压力呈现负值，势必影响到心包腔内压、中心静脉压力也急剧下降，逼近零点。因此，在这种情况下，如果深静脉导管敞开与外界相通，那就会容易发生空气栓塞。”

小玫听到毛医生的解释后，继续询问：“毛哥，你说刚才举的这个例子是在网上看到的，网上有很多这样的病例吗?”毛医生仰头看了一下监护，然后转过身来对小玫说：“网上这样的病例当然多了。全国大小医院的医生都在里面讨论，而且不同医院，设备不同；不同的医生，见识不同，对同一个病例的处理分析、思维角度也是不尽相同的。作为一名医生，要想拓宽专业视野，增长见识，仅靠自家医院的条件和自己的临床实践，是远远不够的，还可以通过网络资讯和网上论坛来增长自己的见识。”

小玫追问：“毛哥，那么你最常上什么网站呢?”毛医生对她说：“我每天都会上麻醉论坛逛逛，那个网站搞得很好，专业知识更新得非常迅速。不仅有临床疑难病例的大讨论，还有个案病例分析，并且经常会有国内知名专家教授的开坛讲座，国内重大会议的跟踪报道及网络公开课的专业视频。”小玫吃惊地盯着毛医生：“原来网上还有那么多可以学习的东西啊?”毛医生说：“当然啦，只要是在临床工作中遇到的、听到的、想到的、稍有疑惑不解的，我都会立刻上网搜索，有时下载几篇文献，或下载几个视频，有时搜索论坛帖子，看看别人是怎么思考、怎么处理的。时间久了，自己的水平自然而然就增长了。”小玫点了点头说：“怪不得你每次遇到问题总是那么的从容淡定，而且分析问题也是头头是道、有理有据的。这下我算明白了。”毛医生“嗯”了一声，接着说：“我们只有对知识、对技术、对病情掌握得越多，才能为病人考虑得越全面，才能为病人做出更理想的临床决策。”

二十九

下午四点时，手术结束了。小玫拿好一个深静脉穿刺包和一支利多卡因，就准备与毛医生一同去肿瘤内科。毛医生在手术服外面套上一件白大褂，看着很是帅气。小玫也赶紧在手术室找了一件白大褂穿上。毛医生看后，不自觉地抿着嘴笑了。小玫看他笑了，就问道："是不是我穿上白大褂后显得很奇怪?"毛医生就问她："你自己的白大褂还没去领吗?"小玫说："听田护士长说，过一阵子才能发下来。"毛医生说："哦，这件白大褂有些旧了，也不太合身。"小玫打趣地回答："没什么关系的，我只是跟在毛哥你后面'打酱油'的，关键是要能突显你高大的形象。"毛医生听了，不禁哈哈地笑了起来。

来到肿瘤内科，办公室里一位年轻男医生看到他们后，立即起身道："毛医生，辛苦你啦。我姓陆，是我的病人要扎深静脉。"毛医生点点头："陆医生，你好。先给我看看病人的病历吧。"陆医生立即找来病历给毛医生，同时说："本来我们不想打扰毛医生的，可是这家属偏要指名找你来扎深静脉，他们说前几日看到你给隔壁床的病人扎得非常好。"毛医生仔细翻看着病历记录，听到陆医生的话后笑着说："既然你都相信了他们的'鬼话'，那我只好勉为其难啦。”陆医生也笑着说：“麻烦你啦。”毛医生说：“这是位乳腺癌晚期的病人，还合并有老慢支、冠心病?”陆医生回答说：“是啊，老人家，一身病，天天扎外周静脉，现在护士们都很怕给她扎了，根本找不到血管，所以才请你们帮忙啊。”

毛医生说：“我们这就去看看病人吧。”陆医生领他俩进入病房。家属看到医护人员过来了，立刻起身迎了过来，与他们一同走到病床前。陆医生指着病人对毛医生说：“就是这位老太太需要扎深静脉。”病人半坐卧位，蜷着身子，偏向左侧，鼻孔里还插着一根鼻导管，正吸着氧气，床头的输液架上还挂着一瓶满满的药水，输液管道也是垂挂在半空，却没有给病人点滴，小玫猜想可能是扎不到静脉血管吧。

毛医生仔细打量了病人，转过身来问家属：“老太太能不能平躺?”陆医生插了句“这是老太太的女儿。”站在一旁的家属走近一步回答说：“我妈平躺就会咳嗽，这样子就不会。”毛医生感慨地说：“这样子啊!”家属不好意思地说：“这个确实有些难度。我就是那天看到你给隔壁床的阿姨扎针，手法很是熟练，我才想到让陆医生请你来帮我妈扎针，真的麻烦你啦。”小玫在一旁听后，心里有些想笑，但又不敢，只是默默地听着看着。

毛医生走近病人，伸手摸了摸病人的颈部，并对病人说：“我给你扎针，你能坚持在十分钟内不动吗?”病人半晌喘了口气，发出微弱的声音：“好吧，我尽量。”然后，又对家属说：“你能否找一个踏脚凳给我，我感觉站高点儿，更好扎深静脉。”家属赶紧说：“我们病房里的小凳子可以吗?”毛医生看了看那个床旁的小凳子，心想有点太高了，要是侧倒摆放高度倒是可以。于是就对家属说："找两个同样的小凳子过来。"家属立即搬来了两个小凳子。然后毛医生叫小玫给家属签署深静脉穿刺知情同意书。小玫赶紧拿来病历，拿出同意书，接着告诉家属深静脉穿刺相关的风险。家属根本没想听小玫讲解风险，提笔便把自己的姓名签好了，并对小玫说："我信任毛医生能扎好的。"

毛医生接着对陆医生说："你们的消毒车在哪里？"陆医生立刻走出病房推来消毒车。毛医生摆放踏脚凳，并站在上面比画着，看到陆医生主动帮忙，感谢道："你还亲自帮我找来消毒车，谢谢啦。"陆医生回答说："应该的，还需要准备什么？"毛医生看了一下消毒车，台面上什么也没有，于是说："再帮我准备一瓶 100 毫升的生理盐水和一瓶消毒液吧。"没一会儿，陆医生就都帮他拿来了。

毛医生站好后，把中心静脉穿刺包放在消毒车的台面上，打开穿刺包，戴好手套。把穿刺用具一一摆放平顺后，叫小玫打开消毒液，倒在消毒纱布上，然后叫小玫拿着生理盐水瓶，自己用注射器针头扎入盐水瓶，再叫小玫顺着针头，将生理盐水挤进穿刺包的小方盒里。

毛医生先用生理盐水把导管冲洗了，再用镊子夹了一块消毒液纱布给老太太颈部消毒，同时安慰病人："忍着点，消毒水有点凉，不要动了。"病人轻声说："好，我不动。"用两块消毒纱布清洗颈部后，毛医生给她铺上洞巾，重新摸了摸颈部的动脉，并从不同角度看了看病人的颈部后，毛医生便叫小玫拿出利多卡因并打开，他用小注射器抽了 2 毫升的利多卡因，并抽了 2 毫升的生理盐水稀释。然后，毛医生告诉病人："我现在给你在颈部打局麻了，你要忍着点，不要乱动哦。”病人轻轻地应了一声：“你打吧。”

于是，毛医生便往病人的颈部扎了下去，一会儿皮肤就鼓起来一个漂亮的圆形皮丘。紧接着，只见毛医生拿起穿刺针，顺着打了局麻的皮肤区往里轻轻一扎，立刻看见有血顺着穿刺针流出。家属赞叹道：“毛医生就是技术高超。”小玫也在心里默默地喝彩，但没敢作声，怕惊扰毛医生穿刺动作的连贯性。导丝进得很顺畅，拔除穿刺针后，毛医生还特地将导丝回拔了两下，以确定导丝在血管内无疑。接着用扩皮针扎完后，送入深静脉导管。就在这时，毛医生特地提醒小玫好好看着：“双腔静脉导管，侧管尾端已经用肝素帽封住，主管在拔除导丝时，必须立刻用左手指按住尾端。这个细节很重要，不能脱节，尽量减少主管尾端敞开于空气中的时间。”他用注射器抽取三四毫升生理盐水，将主管里的空气排除干净后，用肝素帽封住主管尾端。最后，他用缝线把静脉导管牢牢地固定稳妥，此时，深静脉的穿刺过程才算完美结束。看完所有过程，陆医生不禁赞叹道：“毛医生的业务水平真的没话说！今天你的操作，让我耳目一新了。”毛医生立刻笑着说：“隔行如隔山，你可别这么夸我，让我感觉后背发凉。”接着，小玫清理着穿刺物件时，感觉像是打了场胜仗后在打扫战场，心里充满了无比的喜悦之情。

三十

这天，轮到毛医生做心脏手术麻醉，他比平常来到手术室的时间早了点。他刚一走进房间，便看见小玫已经在抽药了。毛医生立刻笑着对小玫说："想不到你来得更早啊。"小玫仍在专心地抽吸着药物，随意瞅了他一眼："做心脏手术，我敢怠慢吗?"毛医生咧咧嘴说："那倒也是。心脏手术风险大，我们不能大意。"小玫接着问："我在抽小儿全麻的药，是不是确定先做那个一岁半的小儿?"毛医生回答说："是的。室间隔缺损封堵术，经胸小切口做，时间不会太长，通常是先做的。"

毛医生正在检查麻醉机，小玫便问他："室间隔缺损，多大的缺口才需要做手术啊?"毛医生一边做着自己的事，一边回答道："通常大于3毫米，便做可手术。今天这个小儿缺口有5毫米。当然啦，是否做手术，还要结合患儿的症状来决定。"小玫接着问："室间隔缺损，一般会有些什么样的症状?"毛医生略微思索了片刻，说："胸闷、气促、呼吸困难，也可能有出汗，有的还会出现嘴唇发绀等。昨天我看病人时，小孩的妈妈告诉我，小孩经常在玩耍时，会突然发生呼吸急促、出汗等现象。"

晨会结束后，小玫跟着毛医生去手术室门口接病人。小儿坐在家属怀里，两眼不停地张望着过往的行人。小玫俯身蹲下，提着病历给家属签字。毛医生站在一旁问道：“小孩早上有没吃饭、喝水？”家属一边签字，一边答道：“没有，什么都没吃。”家属签完字后，毛医生举起氯胺酮注射器准备给小儿推药，同时追问了家属：“孩子体重多少？”家属回答：“进院时称过，8 公斤，现在可能瘦了些。”毛医生听家属说完后，应了声“知道了”，便往输液管里注入了 16 毫克的氯胺酮。不一会儿，小儿便睡着了。

小儿被抱上手术床后，小玫立刻给他连接心电监护，接着在毛医生的指导下，给患儿继续追加麻醉药物。毛医生给患儿面罩给氧四五分钟后，便经其鼻孔插入了一根四点五号气管导管。而后，连接麻醉机，进行机控通气。小玫站在一旁帮忙，并随口问道：“为何心脏手术，也要从鼻子进行气管插管？”毛医生调整着呼吸参数，道：“因为术中需要请超声科医生，做食道超声，帮手术医生定位封堵物。你看看小儿嘴巴就这么点大，如果我们从口腔插气管导管，那么食道超声便不容易操作。”小玫听后微微点头，说：“哦，原来是为食道超声腾空间啊。”毛医生接着对小玫说：“闲话不多说，现在考验你的时间到了。你再帮小儿打个动脉穿刺吧。”

小玫听到毛医生的指示，毫不迟疑地开始她的工作了。毛医生此刻也没得闲，毕竟是做心脏手术，术中随时有发生心脏停跳的可能，他要做好各种预防的准备。这时，毛医生也拿来了一个中心静脉穿刺包，正准备给患儿扎颈内静脉呢。

关键时刻，小玫打足了十二分精神，反复试摸了好几遍患儿的桡动脉，才敢动手，全神贯注地把动脉扎上了。毛医生看到小玫扎中了动脉，立刻高兴地说：“很好，给我帮了大忙。”小玫正在连接着动脉传感器，顺便回答他：“今天运气好，这么小的，也扎中了。”这时，毛医生也向小儿颈内置入了深静脉导管，他一边缝着针，一边对小玫说：“小儿动脉细小，很难扎，谁也没绝对的把握，你的基本功很扎实，棒棒的。”

麻醉操作全部做完后，毛医生便告诉小玫：“室间隔缺损的病人，心脏听诊会有明显的杂音。你试着听听吧。”小玫立刻拿来听诊器，刚想上前听，但停住了，不好意思地问：“毛哥，在哪个位置听诊心脏，杂音最明显？”毛医生说：“在胸骨左缘第三至第四肋间，可以听到收缩期杂音。”于是，小玫便将听诊器放到指定的位置反复听了起来，而后毛医生也接过听诊器给小儿心脏听了一会儿。毛医生听诊过后，便对小玫说：“平时很难遇到这么典型的杂音，所以一旦遇到这类病人，要反复听、多听，才能听懂。”

手术开始后，毛医生重新检查了一遍抢救药。小玫坐在麻醉车旁问：“这些抢救药，也不一定会用到。”毛医生说：“不用到，不代表不准备。谁也不能保证，下一秒发生什么。关键是要打有准备的仗。”

过了半小时，主刀医生柳主任便告诉毛医生：“老毛，可以给病人加肝素了。”毛医生立刻回了句：“好的。”随后他站起来拿出一支新的肝素，对小玫说：“手术时给心脏置入封堵物，需要术中抗凝，按每公斤 1 毫克使用肝素便可以了。这支 2 毫升的药里有 100 毫克肝素，你看看怎么从整支肝素里抽 8 毫克。”毛医生一边做着，一边叫小玫看好。只见毛医生先拿出 10 毫升注射器，抽了 8 毫升生理盐水，再抽肝素，将肝素稀释到 10 毫升。然后再拿出 1 毫升的小注射器，从 10 毫升注射器中抽出 0.8 毫升的肝素，便是

8 毫克了。接着，毛医生便将 8 毫克的肝素往输液管里推了进去，并告诉主刀医生："柳主任，肝素已经给了。"

小玫站在手术台的一旁，观察他们是怎么操作的。这时，超声科医生已经将探头从患儿口腔里塞进了食道，屏幕上正显示着心脏的跳动。柳主任一边从胸部的小切口往心脏里面塞封堵物，一边盯着超声屏幕，超声医生在一旁协助。

手术做得还比较顺利，半个多小时的工夫，就听到柳主任告诉台下巡回护士："小甘，可以通知下台手术来了。"巡回护士甘凤兰立刻答道："好的。"听到她们的对话后，毛医生指着台面上的药物，便对小玫说："这些抢救药，都没动过的，可以留给下台手术。我们先把接台手术的全麻药都准备好，等到接台病人来了，你先去等待室帮病人扎好动脉穿刺。"

手术临近结束时，毛医生再给患儿静脉输液管里注入了 6.4 毫克的鱼精蛋白，并告诉小玫："肝素在手术中的作用是抗凝，现在手术做完了，便需要鱼精蛋白来拮抗肝素。通常每 1 毫克鱼精蛋白可拮抗 1 毫克肝素，但由于肝素在体内会降解，现在我们只需肝素八成的用量便可以了。"小玫立刻将毛医生告诉她的，都快速用笔记本记录下来了。

接着，毛医生又对小玫说："你现在去门口看看病人来了没。如果来了，你就先给病人签好字，打好针等候。"小玫立刻应了句"好嘞"，便走出了手术间。

小玫走到等待室，病人已经躺在车床上了，床旁挂着一个六房的牌子。小玫走近病人，拿起车床上的病历看起来，病人为男性，五十七岁，体重 52 公斤，风湿性心脏病、二尖瓣狭窄伴关闭不全二十余年，拟行体外循环下二尖瓣瓣膜置换术。小玫跟病人核对了病情信息后，便让他签了字。接着，小玫便先帮病人扎了外周静脉输液，然后再给病人在桡动脉扎了一针，并接上动脉测压传感装置。

小玫刚想回去六房，只见毛医生一干人等正在将患儿送往恢复室的路上。于是，小玫跟随着毛医生一同来到恢复室。待到毛医生与恢复室交接好后，小玫便问毛医生："毛哥，这个手术也能放恢复室苏醒吗？"毛医生回答："当然可以啦。室间隔封堵术，创伤不大，只要手术做好了，麻醉就没问题，在这儿复苏完全可以的。"接着，毛医生再给恢复室的护士强调了一句："等醒透了，再送回病房吧。"恢复室护士随即应了一句："知道了。"

而后，小玫与毛医生一同把接台病人推进了手术间。这时，陈主任也来了，他正在准备体外循环机。小玫之前听说对二尖瓣置换术的病人，术中为了方便手术操作，需要人为地使心脏停跳，这时就要靠体外循环机维持着病人全身的氧供，这是第一回见体外循环机。

小玫默默地跟随着毛医生，按常规用药方法给病人实施了全身麻醉，接着毛医生再给病人扎了颈内静脉，留置了深静脉导管。据毛医生的解释，对于心脏手术，深静脉导管需要置入三腔的，就是一根导管含有三个腔，均可以输液，他的习惯是分别输注麻醉药、升压药、降压药等。镇静、镇痛、肌松药每样一管注射器，全部用微泵输注，保证病人术中全程无知觉、无身体移动。术毕直接送重症医学科缓慢复苏。

全麻打好后，毛医生一边抽吸着抑肽酶，一边提醒小玫："对于体外心脏手术，需要在手术前给病人缓慢静脉注射抑肽酶，即二三十分钟内将200万单位抑肽酶静注完，体外循环泵中也会加入200万单位抑肽酶。这个负荷剂量用完后，术中再微泵持续每小时静脉输注50单位抑肽酶直至手术结束。”小玫静静听着、看着，若有所思地问：“这个抑肽酶有什么作用?”毛医生说：“抑肽酶有抗纤溶效果，能减少出血及输血，具有血液保护的作用。”

毛医生查看了一遍监护和用药后，再对小玫说：“做心脏手术，麻醉的操作比较多，比较忙，都没时间坐着跟你讲，你就慢慢看吧。”手术准备动刀时，毛医生给病人追加了一次麻醉药，并告诉台上的柳主任：“可以开始了。”接着，毛医生拿来两支肝素，一边抽吸，一边对小玫说：“对于体外的心脏手术，肝素首次用量为每公斤4毫克。肝素化超过两小时，还要追加每公斤1毫克。并注意检查激活全凝血时间，就是ACT的值，术中ACT应保持在七百五十秒以上，如果低于七百五十秒，还要追加肝素，以保证血液的抗凝状态。”

毛医生给病人加完肝素后，便站在手术台旁，静静地看着手术的进行。小玫看他暂时没事，便问道：“毛哥，为何这个手术的肝素用量比上台室间隔封堵术的用量大，而且严格得多?”毛医生听后，指着人工心肺机对她说：“你看到了吧，待会儿病人心跳停后，血液都要引到那台心肺机，在那里运转一圈，将血液中的二氧化碳交换为氧气后，再输回到全身去。你想想，这么大的动作，肝素的用量能不大吗？不然就会发生凝血，后果很严重，这是绝对不能发生的。”

小玫接着问：“心脏是怎么停跳的？需要用什么药吗?”毛医

生笑着告诉她："当然是用药了，难道用手去按住不让心脏跳啊！"小玫听后笑了，但很快又停住了，转而静静地盯着毛医生，等待着他的答案。毛医生看到她殷切期待的眼神，便对她说："待会儿向心脏灌注停跳液，心脏就会停了。"小玫好奇地追问："停跳液中都有些啥啊？"毛医生笑着说："高钾成分。"小玫眼睛咕噜噜地转了一下说："我早该想到是它。"毛医生听她这么一说，有些诧异，接着问她："你怎么想到是钾？"小玫微笑着答道："因为高钾能使心率下降，使心脏跳动停止在舒张期。"毛医生听到小玫如此回答，睁大了眼睛，盯着她，并禁不住地微点头说："你太有才了，这都能想到。"陈主任听到她们的对话，也忍不住说了句："小玫，基础不错，以后可以来心脏科当麻醉助手了。"小玫不好意思地答道："我对心脏不懂的。"陈主任说："不懂可以学啊，你现在跟着小戴，给病人测个血气和 ACT 吧。"每次体外循环，护士小戴都给陈主任当助手，她已经很熟悉体外循环的每一个操作环节。

心脏停跳后，毛医生随即关了麻醉机。小玫再看心电监护，心电图、动脉波形也都变成了一条直线。她有些新奇，于是指着监护仪问毛医生："毛哥，瞧这，都成直线了。"毛医生瞟了一眼，对她说："现在心脏都停了，没有了搏动，当然成直线了。"小玫又指着体外循环机问："靠它，不能产生波形吗？"毛医生摇了摇头说："心肺机是做匀速的转动，产生不了搏动，起不了浪，心电图也就起不了波形。但是，这个直线仍然有一个高度，那个值就是 58 毫米汞柱。"毛医生说着说着，随手便指着监护仪示意给小玫看。

小玫看了看麻醉机，问道："麻醉机也要关掉吗？"毛医生说：

“现在有心肺机给病人供氧，还要麻醉机干啥。这时即便让麻醉机运转，氧合的肺静脉血也到不了心脏，做无用功罢了。”听到毛医生这么解释，小玫不禁笑了，她突然想到一个问题，觉得与病人现在的情况非常相似，于是便对毛医生说：“我觉得这个时候，就像躺在母体里的胎儿，不需要呼吸，只需通过脐带接受母体的供血供氧便可以了。”听到小玫这么个联想，陈主任也立刻来了兴趣，仰起头对她说：“你这个比喻太恰当了，就这么回事。”毛医生听到这，也跟着笑了。

此刻，台下的人工心肺机在正常运转着，台上手术医生也在聚精会神地做着手术，小玫和毛医生却闲下来了。小玫看了一会儿体外循环后，起身走到手术台边，她看到此刻的病人，胸骨已被正中剖开了，心脏也被按了暂停键似的停止了跳动，并且被切开了一个大口子。小玫想：要是没有体外循环，这个心脏手术根本不可能做下去，只要做下去，那病人便会毫无悬念地死亡；要是没有麻醉医生的保驾护航，外科医生也没法充分发挥他们的精湛技术，而麻醉医生们只能是在幕后默默地奉献着。

约两个小时后，经过医生们的共同努力，病人的心脏又重新恢复自主心跳。毛医生这时也调整了用药和用量，并增加了一些血管活性药，比如多巴酚丁胺持续微泵输注。他同时向小玫解释，该药可以增强心肌收缩力，保障瓣膜置换后心脏的正常跳动和有效做功。

小玫只能站在边上默默看着，此刻的她是一脸懵懂，根本不知道要干些啥，更谈不上能帮什么忙。关胸前，毛医生似乎也像上一台室缺封堵手术那样，使用了鱼精蛋白拮抗肝素，并且多次复查动脉血气和 ACT，直到他们认为各项指标达到合适的水平。

直到下午五点半，手术方告结束。小玫跟随着毛医生及外科医生等将病人转送去了重症医学科，继续监护治疗。毛医生告诉小玫，这类心脏手术创伤太大，需要平稳过渡、缓慢复苏，切不可操之过急，否则极容易导致前功尽弃，得不偿失。

三十一

清晨早会，夜班麻醉医生洪剑飞黑着眼圈，小跑着进入办公室，汇报说："昨晚先是接手完成了 2 台白天择期收尾的手术麻醉，然后又做了 11 台急诊手术麻醉，其中急腹症 3 台、剖宫产 3 台、肋骨骨折 1 台、开颅血肿清除 2 台、骨科四肢外伤 2 台，现在还正在做着 1 台剖宫产，刚已经剖出胎儿。两名备班麻醉人员都来帮忙了，一直做到凌晨三点多。"听得同事们都啧啧惊叹。

夜班交班完，几个麻醉医生相继汇报了当日的危重病人，陈主任接着点评病人并交代麻醉医生应该重点关注的注意事项。然后，王主任开始讲话了："目前手术日益增多，不论是白天还是晚上，工作压力都急剧增大，看来不得不想办法了，这样吧……"王主任顿了顿手指轻轻示意了一下陈主任，陈主任点点头，转头四下打量着，扫了一眼小玫、狄燕、永娥三个麻醉护士，说道："麻醉护士现在来科里已经两个多月了，相信你们几个也都熟悉了麻醉的工作，下一步就该让麻醉医生带着你们负责两个手术间，你们几个的重点任务就是协助麻醉医生做点辅助工作并看护好病人。”小玫瞪大了眼睛，竖起耳朵听着。

小玫跟随毛医生刚进入手术间，没几分钟，陈主任随后就进来了。他对毛医生说：“昨天的副班晚上都加班了，今天缺人，你带着小玫把隔壁手术间的病人也麻醉吧。”毛医生转头告诉陈主任说：“今天我这个房间可是做开胸食道手术哦，隔壁什么手术啊？”陈主任说：“是腹腔镜胆囊手术，你先给病人打完全麻，让小玫看着监护就是了，应该没问题的。”小玫听完内心有些惴惴不安。毛医生还是有点不放心地说：“风险好大哦。”陈主任告诉他：“谁的压力都大，打完麻醉后，术中你可以两边走动走动，待到手术结束时，你就过去帮她收个尾，把病人送去恢复室。”

看到陈主任都说到这个份上了，毛医生已经没理由再推辞了，只好领命照办。小玫赶紧再重抽一套全身麻醉药物，包括急救药和术前用药。毛医生给胸科病人签完字后，转身到隔壁房间去让胆囊手术的病人也把字签了。待到毛医生重新回到手术间，小玫已经把药物抽完了，就问毛医生：“毛哥，我们先麻醉哪个？”毛医生略微想了一下说：“还是先给隔壁的胆囊手术病人麻醉吧。”

然后，小玫提着一盒全麻药物，跟着毛医生走进隔壁手术间。手术台上躺着一个四十六岁的男病人，小玫一边给他连接心电监护，一边询问他的基本情况，系统地问下来，病人一一回答，没什么特殊。小玫问完后，正要给病人扣面罩，又听到病人补充了一句：“我家就我一个劳动力哦，还要供两个小孩上学，你们要好好帮我做手术，谢谢你们了。”

小玫听得心里发怵，手都有些颤抖了，眼睛直直地盯着毛医生。毛医生也听到了病人说的话，随口回了一声：“你放心吧，我们会尽力帮你做好的。”接着，毛医生轻轻摆动了手指，示意着小玫：“可以开始了。”接着，小玫便把面罩放在病人的口鼻之上，并叫病人深吸一口气。病人很配合地深吸了一下，呼吸很好，双侧对称。毛医生在一旁看着小玫做完准备工作后，就说：“开始用药了。”

给病人面罩给氧几分钟后，小玫就给病人插上气管导管了。再接上麻醉机，给予机控通气，毛医生看到各个指标都在正常范围后，就告诉小玫：“你还可以给病人扎个动脉。记住，你在做任何操作时，必须时刻留意心电监护，尤其还要看好麻醉机的通气屏幕，千万别脱管了。如有不懂的，就赶紧来隔壁问我。”小玫一边准备给病人扎动脉，一边回答：“好的。”

毛医生走后，小玫心里还是有点怕，每做一个操作，都要抬头看一眼监护仪，同时看麻醉机的呼吸波形还是好的，才放心地做下一个操作。她小心翼翼地给病人扎完动脉后，接上传感器，校零后，显示器走出动脉波形，整个操作便完成了。接着，小玫把丙泊酚和瑞芬太尼微泵连接好后，又重新把气管导管、螺纹管等的接头都摁了摁，生怕哪个接头一不小心碰一下就脱落了。

小玫站在监护仪前，静静地盯着，听着监护仪“嗒、嗒、嗒”地一直响着，心想一时半会儿也没什么变化。于是，她就转身伏在麻醉车上，书写着麻醉记录单。

又十几分钟过去了，手术医生丁文涛进来了，小玫立刻起身。

丁文涛看到没有麻醉医生，就随口问了一句："今天麻醉师是哪个啊？"巡回护士晓琳说："是毛医生。"小玫也应了一句："毛哥在隔壁麻醉食管癌的病人。"丁文涛听后惊讶地说："毛医生给隔壁做麻醉，哪里有空来看这个病人啊。"小玫听后沉默不语，晓琳听到后赶紧上前解围："是毛医生带着小玫做这两个房间的麻醉，刚才毛医生麻醉完了这个病人，就让小玫留在这儿专门盯着这个病人，有什么事，我们可以马上叫他过来的。"丁文涛说："只是一个护士在这儿看着麻醉，不就是个稻草人，摆了个障眼法嘛。"

正说着，毛医生进来了。丁文涛看到毛医生进来，马上问他："你同时麻醉两个病人，怎么看得过来？"毛医生回答说："这不是有小玫在专门看着监护吗？她懂得加麻药的。"丁文涛说："你不在这儿，不安全，我也不放心啊。"毛医生答道："小玫看到监护有变化，会马上告诉我的，我也会时不时地过来看看的。"丁文涛还是说："我就是觉得这样不安全。"毛医生说："你觉得不安全，那你去跟我们主任讲吧。"说完，毛医生告诉小玫说："消毒时，记得芬太尼、肌松药各加一支，并把加快泵入维持泵注的麻药速度。"说完，毛医生就转身去隔壁房间去了。

说话间，丁文涛给陈主任打了一个电话。陈主任不一会儿就来到手术间，先瞧了一眼监护仪，接着就对丁文涛说："这病人麻得挺好的，没什么啊。"丁文涛说："只是叫个麻醉护士来这儿帮看监护，我觉得做手术心里不踏实。"陈主任回答说："现在麻醉医生这么少，只能这样了，否则你的病人就要等接台，你愿意接台吗？"丁文涛听后嘀咕了几声，也没再说什么，就默默地洗手去了。

小玫一刻也不敢放松，盯着监护仪，并密切地关注着外科医生的动作，外科医生刚准备消毒，她立刻追加肌松药和芬太尼，并把丙泊酚和瑞芬太尼的微泵速度稍微调快了点。临到外科医生给病人切皮时，她看了看时间，与消毒时间相差不过二十分钟，于是她就只是追加了芬太尼镇痛药的剂量，并再把丙泊酚和瑞芬太尼的微泵速度又调快了些，但没有追加肌松药，因为她已经知道了肌松药阿曲库铵的半衰期是四十五分钟，犯不着这么早就用上去。

手术进展得很顺利，不到一个小时，手术就要结束了。她牢记着毛医生的教诲，只是在手术期间追加过一次肌松药，在手术刚开始那会儿她也打开过吸入麻醉泵，但不久，随着血压、心率回落，她又关掉了麻醉泵，只是使用静脉泵维持病人的全麻状态。输液也只是在术中静滴完1000毫升的液体，至手术结束时才换上第三瓶平衡液，生命体征非常稳定。

术中，毛医生也过来看过几次，检查了麻醉记录单并签了名。手术缝皮时，小玫就按照毛医生事先教她的方法，关掉丙泊酚，并追加半支镇痛药，至手术结束再关掉瑞芬太尼。术毕过床后，手捏呼吸气囊，将病人安全地送到恢复室。

在恢复室里，小玫刚给病人接上麻醉机，病人的眼睛就已经睁开了。但她没敢贸然停机，还是继续给病人机控通气，以确保病人完全清醒再停机。这时，恢复室的护士迅速给病人连接好心电监护，小玫看到生命体征各项指标都还平稳后，才放心地离开了恢复室。

三十二

小玫回到毛医生的手术间，看到他正盯着监护仪，这会儿血压有点低，可能手术中出了点血。小玫告诉他说：“毛哥，隔壁的手术做完了，已送到恢复室去了。”毛医生转身对她说：“很好，你去隔壁看看，接下来要做什么手术。”说完毛医生继续关注着病人的生命体征、麻醉用药和输液等。小玫也没迟疑，赶紧去隔壁房了。

小玫进到手术间后，看到病人还没来，巡回护士晓琳正在忙活着整理房间。小玫就上前问她：“晓琳，接下来，我们这个房做什么手术啊?”晓琳回答说：“我刚问过田护士长啦，她说要安排一台膝关节镜的手术来这儿。”小玫听后心想，膝关节镜手术该打什么麻醉呢？半身麻醉？迟疑了一下，转而又肯定了自己的想法，一定是腰硬联合麻醉了，没错，一定是。她马上到手术间的壁柜里拿出一个穿刺包来，然后到药品间找来半身麻醉所需的利多卡因一盒和布比卡因一支，以及 10% 的葡萄糖一袋。接着，重新收拾好麻醉车及台面上的药品，把急救药都摆好了，把那些上台手术的病人全麻剩下的麻药全部都扔进了废料盒。

十分钟不到，病人就跟随着晓琳走进了手术间。小玫抬头瞟了一眼，是个小伙子。她立即起身，接过病历，翻看了一下记录，里面写着“病人，27 岁，身高 172 厘米，体重 63 公斤，左侧膝关节半月板损伤及侧副韧带损伤”。然后，她从麻醉车里拿出麻醉同意书给病人签名，同时，询问了病人有无禁食、过敏等麻醉相关的注意事项，病人均回复没有什么特殊。病人躺上手术床后，她随即给病人接连好心电监护，监护数据显示生命体征还好，各个数据均在正常范围。小玫转而又用电脑查看病人的检验检查结果，均没有特别的异常。小玫心想万事俱备只欠东风，接下来就是等待毛哥给病人打麻醉啦。

等小玫走到毛医生的手术间时，看到输液架上正挂着一袋血滴着，有创动脉血压也仅是在 100 毫米汞柱左右波动着，心率已经升到每分钟 120 次以上了。再看微泵，麻醉药泵入速度已调到极小，同时多了一个泵，正在输注着去甲肾上腺素。小玫没敢吱声，只是站在毛医生边上静静地看着。过了一会儿，毛医生问她：“隔壁的病人来了吗?”小玫立即把自己准备好了工作向他汇报了一遍。毛医生听后很满意地点点头说：“你做得很好，这儿血压还不稳定，你那边的手术，你先做好准备，消好毒，试着去打个半身麻醉，扎第三、第四腰椎间隙就可以了，腰麻药就用布比卡因 2.5 毫升吧。”小玫听到毛医生叫自己独自打腰硬联合麻醉，不禁心里有点慌乱地说：“我一个人不太敢哦。”毛医生听到小玫这么回答，心里也不是很放心她独自操作，转眼瞧了一下监护仪，这儿的血压情况也让人很不放心。毛医生又对小玫说：“我不是带你打过好几次腰硬麻吗，怎么轮到你一个人就不敢呢？你先去做准备工作，帮病人消好毒！这边情况稳定了，我马上过去！”小玫听后应了一声：

“那好吧。”于是，小玫转身便离开了。

小玫回到手术间，轻轻地给晓琳说了声：“毛哥那边病人出血多，血压不稳定，让我来做准备工作，你帮我一下。”晓琳很爽快地答道：“没问题，你的药都准备好了吗？”小玫指着麻醉车上的那几支麻药说：“都在那儿摆好了呢。”小玫让病人摆好侧卧体位，并用毛哥教她的两种方法确定好了第三、第四腰椎间隙，并在穿刺点深深地摁下了一个十字架样的指甲印。接着，小玫打开穿刺包，戴好无菌手套，按照毛哥一贯的方法摆放，装消毒液的手术盘距离最远，穿刺针和导管什么的，也是一层层地按顺序摆放好了。晓琳给穿刺包中的几个手术盘里分别倒了少许碘酊和酒精后，小玫立即用消毒刷子先蘸了碘酊，然后在病人背上轻轻地消毒，从指甲印的中心点开始，由内向外逐渐延伸直至直径 30 厘米左右。刷完碘酊后，小玫并不急着用酒精给病人消毒，而是先抽麻药，这时晓琳也已经把利多卡因、布比卡因和葡萄糖拿了过来。小玫先是用 5 毫升玻璃注射器把利多卡因抽出来，注入中间靠近自己的一个手术盘里，接着再用腰麻专用的 3 毫升注射器先抽葡萄糖 1 毫升，再抽布比卡因 2 毫升，混匀后，摆好在盒子上。抽完药后，小玫拿起一把新刷子蘸了酒精，给病人消毒，此刻刚才消毒的碘酊已经干了，毛哥曾告诉她，碘酊晾干后的消毒效果是最好的，所以她也牢牢地记下了。用酒精再给皮肤消毒两遍后，消毒也就完成了。

接着，小玫把穿刺孔巾敷在病人的后背上，孔的中央正对穿刺点。这时，晓琳也已经把一定量的生理盐水倒在了离小玫最近的一个手术盘里了。小玫拿起玻璃注射器抽了 5 毫升生理盐水，注到利多卡因的手术盘里，这样就把利多卡因 1∶1 地稀释到 1% 的浓度了。而后，小玫抽了4毫升利多卡因，给病人在穿刺点进针注射局麻药，先垂直进针并推注少许局麻药，然后拔出少许往头侧进针，再拔出少许往尾侧进针，试探穿刺点的位置是否为正中点。确定好位置后，用大针头破皮，再用硬膜外穿刺针先扎入两三厘米，接着再用抽了1毫升水并带少许空气的注射器进行硬膜外穿刺，一边往里送穿刺针，一边用注射器在后面试探，当穿刺针大约伸入4.5厘米的深度时，注射器里面的水和空气全被吸了进去，小玫心里顿时喜滋滋的，心想肯定是到硬膜外了。然后就将腰穿针从硬膜外针里面送进入，但腰穿针送到底后，感觉碰到骨质，而没有流出脑脊液来。正在小玫疑惑不解时，毛医生进来了，仔细看了她的穿刺针后，说有点偏，并叫小玫退到边上看着。于是，毛医生马上戴上无菌手套，先拔出腰穿针放回穿刺包，再拔出硬膜外穿刺针，重新调整方向扎了进去，没多久，穿刺针就到硬膜外了，腰穿针一放进去，脑脊液立马往外流，毛医生给完2.5毫升布比卡因后，迅速置入了硬膜外导管。粘贴好敷膜，让病人平躺后。毛医生嘱咐小玫给病人用1毫升麻黄碱，就回隔壁手术间去了。

小玫一边给病人使用麻黄碱，一边问病人："现在感觉两边大腿麻了吗?" 病人回答："麻了，只是感觉左边麻得更厉害些。" 小玫给他解释："正常的，打麻醉时，左腿在下，会先麻的，现在躺平了，慢慢地两边都会一样麻的。" 病人听了说："知道了，谢谢医生。" 小玫接着又告诉病人："现在你就好好地吸氧，面罩摆在你的头部，有任何不舒服的，你就告诉我们吧。"

小玫伏在麻醉车上写着麻醉记录单。晓琳给病人换第二瓶平衡液时，看到病人的手颤抖得很厉害，于是就问病人："怎么你的手抖得这么厉害?”病人回答说:“我也不知道为什么,只是感觉全身都抖得厉害。”小玫听到后,赶紧问病人:“除了抖,还有什么不舒服吗?”病人回答道:“没什么不舒服,只是抖得厉害,忍不住。”

小玫看了一下监护仪,生命体征都还好。于是,她就起身去隔壁找毛哥问问原因。小玫进到手术间,看到这时病人的生命体征比之前平稳许多,血压心率也不像此前那样波动的厉害,再看微泵麻药的泵入速度也快了许多,心想病人的出血应该已经稳住了。毛医生看到小玫进来了,就问她:“隔壁的病人怎么样啦?”小玫说:“我正是来向你汇报的,隔壁的病人抖得很厉害,怎么处理啊?”毛医生马上转身往隔壁房间去,小玫紧跟其后。毛医生走近病人身边,看到病人还在不住地抖动着,就问病人:“你害怕吗?”病人回答说:“不怕。”毛医生接着问:“除了发抖,还有别的什么吗?”病人看着毛医生说:“没什么别的,只是抖得不行。”毛医生听后微微点了点头,对小玫说:“你找一支曲马多来,给他静脉推注半支,给50毫克吧。”

小玫立刻从药品间找来一支曲马多,边走边看曲马多玻璃瓶上的剂量,默念着上面的字“一支100毫克”。回到手术间后,立刻用注射器抽了半支曲马多,给病人用上了。接着小玫告诉病人:“好好吸氧,过会儿就不会再抖了。”用完药后,小玫继续把麻醉记录单填写完。又过了十几分钟,小玫起身询问病人:“还抖不抖?”病人回答:“比刚才好多了。”小玫很欣慰地说:“那就好。”心想这个曲马多还真管用,真是寒战的特效药啊。只是不明白,为什么病人打了麻醉后会发生寒战。

手术开始后，小玫看了一会儿监护仪，病人生命体征都比较平稳。于是，她带着这个疑问去隔壁手术间向毛医生咨询了。毛医生告诉她："椎管内阻滞后发生寒战的因素很多，病人紧张是其中一个因素，另外，手术室的温度低、碘酒酒精消毒带走很多热量、输入没加温的液体、麻醉后交感神经受到抑制、周围血管扩张、散热增加等也是造成寒战的原因。"小玫接着问："照你这么说，是不是所有的病人麻醉后都会发生寒战现象？"毛医生回答说："那倒不是，大概60%的病人会吧。"小玫又问："这个寒战会不会对病人造成身体危害呢？"毛医生略微思索了一下，说："术后寒战是一种体温调节现象，是身体防御性的生理反应，我们只要及时发现，尽早纠正，消除原因，就不会造成什么危害的。"小玫听后"嗯嗯"地点着头，问道："除了用刚才的曲马多，还有什么预防方法呢？"毛医生瘪了一下嘴，吐嘈道："就是你这个鬼精灵想法多。说到预防，如盖被子保温啊，输入温液体啊，均不失为是好方法，但有时并不能有效防止寒战的发生。通常等到术后寒战发生了，我们都只能使用药物去抑制病人的寒战了。"小玫笑着问："除了曲马多，还有什么药物可以止住寒战呢？"毛医生说："其实，很多药物都可以消除寒战的。我就再告诉你一种药吧，那就是杜冷丁，它用在术后寒战的效果比曲马多更灵。如果你想更深入地了解的话，可以上网搜索一下。快去隔壁看好病人吧。"小玫对他眨了眨眼，就转身离开了。

三十三

小玫回到手术间，看见外科医生正低着头给病人做手术。她默不作声地走近病人手术床头前，看了一会儿监护仪，小伙子体质好，生命体征一直都很平稳，看着看着似乎有点枯燥。于是，她就坐下，把麻醉车推到自己面前，从抽屉里拿出一张纸来，画了五个腰椎，接在腰椎后面画了大大的三角形骶骨。她画完后，就双手撑住腮帮，眼睛盯着腰椎间隙发呆。

突然，毛医生走进手术间来，先是扫视了一眼房间及监护仪，再看到麻醉车上放着一张画了一排椎骨的图片，甚为新奇。他顺手拿起来看了看，说："不错，是你画的吗？"说完他转头看着小玫。小玫笑了一下，疑惑不解地说："为什么我会打偏了呢？明明我是从正中点扎的。"

毛医生听后呵呵地笑了："没什么啊，打偏了很正常的啊，没必要那么纠结的，以前我也会打偏的，只需及时纠正就是了。"小玫嘟嘟嘴说："是吗？那你传授我一点经验吧。"毛医生就坐下来，从麻醉柜里再拿出一张纸，在上面画了一张腰椎横截面图，并告诉小玫："临床上将硬膜外腔分为前间隙、后间隙及侧间隙。后间隙是我们行硬膜外穿刺置管注入药物的腔隙，位于黄韧带、椎骨膜与脊神经后根、脊髓膜后面之间。”毛医生一边比画着一边仔细地给小玫讲解：“由于硬膜外间隙穿刺目前尚不能做到直视下进行，而且硬膜外间隙较小，要想穿刺成功，减少神经损伤，不仅要熟练掌握解剖结构，而且要娴熟的临床操作技术。”

小玫接着问：“记得前两次你让我置入硬膜外导管都是捻转不进去，那也需要很多技巧吗?”毛医生解释：“硬膜外导管的置入也是存在着不确定性，在操作时导管的方向和置管的力度，都具有很大的灵活性和多样性。我曾做了体外硬膜外置管试验，发现当我们垂直背面行硬膜外穿刺时，导管自穿刺针前端送入硬膜外腔后，将与硬膜形成约70度角。此时，穿刺针前端距离脊髓膜越近，导管触击脊髓膜的力量将越大，而且也不利于导管置入硬膜外腔。”小玫听后立即问：“那么怎么样才能降低导管对脊髓膜的触击力呢?”毛医生一边在白纸上画图，一边告诉小玫：“我们在实际操作中，比如说在腰第二、第三间隙穿刺时，进针点可以靠近后中轴线第三腰椎棘突上极，针尖方向偏斜向上靠近第二腰椎棘突下极方向，如此穿刺针进入硬膜外腔后，既减少了导管与脊髓膜的成角角度，也方便硬膜外导管的置入。”小玫听后“哦”了一声：“还有这么多窍门啊。”毛医生点点头说：“不急，你慢慢就会熟悉的。”说完转身出去了。小玫继续看护着病人。

中午，小玫在手术室的饭堂打快餐吃。饭堂阿姨接过小玫递过来的一张加盖医院公章的快餐券后，拿起了一个托盘，问她：“两荤两素，你要哪几样？”小玫快速扫视了一眼，就用手指指着菜说：“要辣子鸡、鱼块、芽白菜和莲藕。”小玫接过打好饭菜的托盘后，顺手拿了一碗西红柿蛋汤，找了空位坐下。

她吃了一会儿，突然想起已经过去一上午了，忙得还没看过手机呢。于是，她就马上从口袋里掏出手机，其实，她也没想过会看到什么重要的信息，只是习惯性地浏览一下，要是别人有紧急的事情找她，或许早就给她打电话了。她一条条翻看着信息，还真发现有一条让她心花怒放的消息，那就是曹医生给她发的短信，“今晚有空吗？一起吃个饭？晚上六点在‘冰火烤鱼’”见吧。接着，她再翻看 QQ 信息，也有一条，是曹医生发来的，内容也是一样。于是，她立刻回了 QQ：“刚收到，好的，晚上见。”过了一会儿，她用相同的文字回复了手机短信。吃完午饭，小玫哼着小曲，回到她的手术间。

三个小时后，手术终于做完了。小玫叫外科医生帮忙把病人摆成侧卧位，接着她给病人把背上的硬膜外导管轻轻地拔了出来，并提到眼前默默地数了一下导管刻度，确定没有断损、完好地拔除无疑后，再重新给病人粘好敷膜。帮忙摆病人的那个外科医生得意地说：“其实这个手术可以不置管。”小玫回答说：“毛医生给病人打麻醉时说过，留置硬膜外导管，是万全之策。万一，你们拖个四五个小时做不完，那该怎么办，难不成要给病人改全麻？”另一个外科医生笑着说：“置管好，置管好，我们也放心，做手术也踏实。”病人躺平后，小玫告诉病人说：“背后的那块敷膜，明天晚上可以叫家人帮你撕掉，免得贴太久。”病人听后说：“好的。医生，手术后我还要注意什么？”小玫刚想说话，就有一个外科医生说：“去枕平卧六小时”。接着小玫学着毛医生每次给病人交代的说：“今天你就躺在床上，明天才可以起床的。”病人又问了：“我什么时候可以吃东西啊？”小玫说：“今晚等你双腿都能动了，可以吃一点点，但不要太多，明天才可以正常吃东西。”

对于叫病人去枕平卧六小时，小玫倒没有听毛医生给病人提起过。将病人送去恢复室后，小玫立即去找毛医生问个究竟。毛医生告诉她：“以前的教材中都是说要让病人去枕平卧六小时，这是因为担心腰穿后，头下垫枕头，会导致脑脊液从蛛网膜穿刺针孔渗漏。其实，现在的观念已经改变了，很多病人是不需要去枕平卧的。你想想，你在手术中给病人打完腰硬联合麻醉了，还不是一直给病人枕着枕头吗？”小玫立即惊醒地说：“对哦，头下一直都有一个枕头。”毛医生接着对小玫说：“腰硬麻醉后，关键是让病人平卧，特意地去枕就不必要了。你想想，对于老年病人、长期高枕睡卧的病人，如果突然去枕平卧，反而会使其肌肉得不到放松，增加不适。对于椎管内麻醉的病人，可以在术后给其一个合适高度的枕头。只有让病人感到舒适，才能使其全身得到放松，也才不至于增加颅内压力，更有利于防止蛛网膜穿刺针孔的渗漏。”小玫听后，觉得甚是有理，赶紧笔录下来了。

三十四

接着，小玫又做完 1 台剖宫产麻醉才下班。离开手术室前，她先到护士站查看了一下第二天将要做的手术，她和毛医生的两间房间共安排了5台手术。接着她立刻返回手术间上网浏览了这几个病人的检验和检查结果。其中有一个患宫颈癌的四十七岁病人，一般情况都还好，血常规显示轻度贫血，血红蛋白每升102克。她仔细查看，突然发现这个病人的血型竟是Rh阴性，就是人们常说的“熊猫血”；再查术前备血情况，仅仅备了2个单位血红细胞。于是，小玫马上将此情况汇报给毛医生，毛医生认真地看了病人的资料，确定病人是Rh阴性血型后，就给主刀的葛医生打了个电话，与其沟通病人的情况。小玫在一旁静静地听着，只听到电话里面葛医生不太清楚的声音。似乎葛医生对这个病人也很谨慎，已经等了好几天，才向中心血站要到了这2个单位的红细胞，接着她们就安排明天手术了。她们说自己术中尽量做得精细些，争取少出血，再说“熊猫血”一旦从血站发出了，就不能再退回了，就必须给病人输注。然后毛医生对着电话说：“既然是这样，那么明天就做吧。”

小玫对“熊猫血”早有耳闻，只是明天自己要亲历这个病人的手术，内心不由有些许担心，万一手术中大出血了，2个单位的红细胞是远远不够的。于是，小玫便将自己担忧告诉了毛医生：“毛哥，万一术中大出血……”毛医生立刻打断她：“乌鸦嘴，别多想了。葛主任她们平常做这个手术，出血也不会太多的。”小玫只好轻轻应了一声“哦”。不过，毛医生还是慎重地说：“遇到这种‘熊猫血’的病人，若是真的出血多，我们是该想想应对之策的。”

小玫充满好奇地问：“那你有什么好的应对之策呢？”毛医生略微思索了一下说：“办法还是有的，比如术中自体血液回收。”

小玫立刻拍着巴掌说：“好啊，这个方法好。”毛医生突然又微微摇了摇头说：“不行，这个病人恐怕不行。”小玫皱着眉头伸着脖子问：“为什么不行呢？”毛医生答道：“这是个宫颈癌病人啊！回收她的血，那不是把癌细胞又输回病人体内了吗？”小玫听后骨碌碌地转着眼睛说：“是哦，我怎么没想这个。那还有什么方法吗？”毛医生说：“方法倒是有，只是病人已经确定明天做了，来不及了。”小玫迫不及待地问：“那是什么方法，为什么来不及？”毛医生解释道：“就像献血那样，先从病人自己身上抽出300毫升血，速冻存放，数周后再行手术，就可以将存放的自体血在术中回输了。因为献血后，骨髓造血需要好几周的时间，才能将红细胞及血浆等血液成分全部恢复正常的。”小玫“哦”了一声：“这样啊，可惜啦。还有什么补救措施吗？”毛医生仰着头，沉思了片刻说：“既然这样子，那明天手术时就再采用一个别的方法了。”小玫立刻追问了一声：“那是什么方法？容易做到吗？”毛医生笑了笑说：“很容易做到的，那就是病人进手术室后，在术前我们预充输注一点液体，比如灌注1000毫升代血浆啊，将全身的血液稀释，术中出血时，单位毫升血中的有效成分就会变少了。”小玫马上回答：“这个我懂了，血液稀释后，每出血1毫升，血红蛋白就会少损失几十毫克。”毛医生竖起大拇指称赞了她一下说：“你真聪明，一下子就理解了。”小玫咧着嘴笑了起来。毛医生扫视了一下手术间，想着没什么事，便对小玫说：“就这样，我们下班吧。”

下班后，小玫回到宿舍，稍微打扮了一下。她一直化着淡妆，觉得这样挺好的，大方得体，也不会伤皮肤。小玫看了一下手机，觉得时间差不多。

走进与曹医生约定的"冰火烤鱼"店，小玫立刻有种耳目一新的感觉。这家店分为上下两层，每一桌周围都是有隔板的独立小空间，客人坐下来后，看不到邻座的环境，有一种到了家里的感觉，特别的温馨。

小玫探着头，准备寻找曹医生。这时，曹医生已经从侧边向她走近，轻轻拍了一下她的肩膀，笑着对她说："你能来，我很开心。来，我们的位置在那头。"曹医生领着小玫往里面走，在一个靠窗的位置坐下。

小玫坐定后，曹医生就问她："你想吃什么鱼？"小玫腼腆地说："随你吧。"曹医生站起来说，翻开菜谱，递给小玫，并对她说："哪能随便呢？难得我第一次请你。"小玫不好意思地浏览了一下几张菜谱的图片，就说："那来一条鲈鱼，怎么样？"

曹医生看她点好鱼，立即应了一声"好嘞"，便接过菜谱，对小玫说："这家店的烤鱼，汤偏酸，你喜欢吗？如果不喜欢吃酸的，我叫服务员不要加了。"小玫赶紧回答："没关系，可以的。"曹医生又问："那你还要什么饮品吗？"小玫略微想了一下，说："来份苹果汁吧。"曹医生立刻在菜单上相应处打了个勾。接着又问："要什么小菜吗？"小玫回答："那就再来个拍黄瓜吧。你也叫几个自己爱吃的吧。"曹医生听后爽快地说："好的，没问题。"

小菜和饮品一会儿就上来了，他们一边吃着，一边闲聊起来。曹医生就问："听毛哥说，你是湖南人，那我们就是老乡哦。"小玫听曹医生说是老乡，立即亲切地问："你是湖南哪里的？"曹医生回答："我老家是衡东的"。小玫说："哦，我是怀化的。"曹医生听后笑了一下，说："湘西妹子。"小玫听了也笑了，喝了一口果汁说：“怀化只能说是湖南西部，不是湘西。”曹医生听她这么一强调，立刻伸了伸脖子，憨笑了一下，然后说：“对对，你说的很对，怀化和湘西是两个不同的地区。”小玫听后，抿着嘴笑了，笑得那么阳光，那么灿烂。曹医生瞧着她美丽动人的样子，有些犯傻似的愣住了。小玫见他看着自己，有些不好意思地低着头说：“不过，我家距离凤凰古城还是很近的。”这一句话点醒了他，让他立刻坐正了身子，“哦”了一声后，笑着说：“那你去过凤凰古城吗？”小玫回答说：“当然去过，而且去过很多次，那里可好玩啦。”曹医生盯着她，拿起一杯饮料，轻轻地喝了一口后，接着对她说：“我相信那儿一定很美。以前我读沈从文的《边城》时，很想去那儿，但一直都没如愿。”

当小玫听到曹医生说没有去过凤凰古城，立刻脱口而出地说：“下次我当导游，带你去啊！”说完小玫的脸颊上露出了两个美美的小酒窝。曹医生的眼中顿时闪烁的喜悦光芒，便蹦出个词来：“好啊。”只见此刻小玫左手撑着脑袋，慢条斯理地说着：“沿着凤凰河边慢慢地散着步，也可随处找一个地方坐下，欣赏着悠悠流淌的沱江水，再看看河道两边的吊脚楼，发发呆，偶尔再联想那《边城》里描述的翠翠和她爷爷划着小船，在河两边来回划渡的情景，着实美不可言……”此刻曹医生专注地看着小玫，听着她的述说。随着烤鱼的热气蒸熏，小玫的脸颊上又增添了一层浅浅的红晕，看得曹医生血液沸腾，也不知道荷尔蒙升高了多少倍。

就这样，他们一边聊着家乡，一边喝着果汁，外加美味的烤鱼，共同组成一种不能忘怀的味道，立即拉近了他们相互间的距离，别说有多么开心了。

三十五

清晨，小玫早早来到手术室，把两个房间的麻醉药准备好。毛医生进来后，小玫就问："毛哥，待会儿，七房、八房，我们先麻醉哪个病人?"毛医生答道："先麻醉妇科的病人吧，那个手术时间长，麻完后，就可以让你一个人盯着，我就可以去麻醉另外一个病人了。"小玫爽快地回答："好嘞。"

交班回来后，她们回到病房，看到八房的宫颈癌病人已经躺在床上了，再去看七房，病人没到。小玫立刻拿出麻醉同意书给八房病人签字，顺便询问了病人禁食等情况。一系列的流程下来，包括给心电监护、麻醉诱导、气管插管，颈内静脉穿刺和动脉穿刺，二十几分钟就把病人麻醉好了。

就在此时，七房巡回护士王丽进来告诉毛医生："老毛，安排在隔壁房间的病人来了，是个急诊小孩，做消化道异物取出的手术。"毛医生立即带着疑惑地问："隔壁不是甲状腺手术吗，怎么突然又换成急诊了?"王丽回答说："甲状腺手术停了，田护士长看到就你的房间这时还空着的，于是就把急诊塞进咱们房间去了。"毛医生"哦"了一声，微微点了点头，说："既然是这样，那就做呗。"毛医生离开八房的时候，特别向小玫交代了一句："你就看好这个病人，有什么疑问可以去隔壁问我。”小玫经过这么几个月的学习，对麻醉的流程及术中用药，基本上都掌握了，很爽快地答道：“你放心，我会看好的。”

毛医生走后，小玫把丙泊酚和瑞芬太尼都一一泵上，把监护仪朝着自己的方向。然后，她就趴在麻醉车上填写了麻醉记录单，哪一行写什么药物，哪一个时间点上用什么药物，也都画得整整齐齐。写完麻醉单后，她就用双手撑住腮帮，闭目养神，回想着自己刚才给病人气管插管时，两次都暴露不出声门，不知是头后仰不够，还是其他的什么原因。她想了一会儿，想不出什么原因，就不想了，静静地听着监护仪的声音。

手术开始后，小玫趴在麻醉车上，盯着监护。突然，她又想到了隔壁的急诊，好像是小孩子取消化道异物的手术？她越想就越好奇，越好奇就越想去看个究竟。小玫刚要离开手术间，又想到自己的任务应该是好好看护这个病人的，不敢走了。过儿一会儿，她又想到毛哥交代她的，有疑问可以去找他，这会儿她有什么疑问呢？于是，小玫就慢慢梳理了一下毛医生平时教她术中监护病人的诀窍，即目标管理策略，就是术中计划将病人的血压、心率稳定在一个什么样的水平，术中怎么维持用药，以静脉麻醉给药为主，吸入麻醉给药为辅，根据病人体重设定一定的静脉麻醉用药量，根据术中血压波动再追加使用或停用吸入麻醉药。这些她都已经懂了，再就是输液，对于这个病人，她该给病人输注多少液体呢？虽然昨天她听毛医生说过，可以在手术前先给病人预充胶体，而现在已经输完两袋液体了。接下来还要不要输胶体，后面的输液是否还需加快点滴速度，她心里还真没底。于是，小玫看了一眼监护仪和麻醉机，都运转正常，她心想自己可以有充分的理由去隔壁了。小玫在离开手术间的时候，跟巡回护士罗芳打了个招呼，说自己去隔壁询问毛医生事情，马上就回来。

小玫来到七房后，立即扫视了一下里面，小孩侧卧位，已经做好全身麻醉，内镜室医生正在往小孩口里塞胃镜管。毛医生看到小玫进来了，立即问她："隔壁病人有什么事吗？"小玫立刻回答："宫颈癌病人的两袋胶体都快滴完了，接下来滴什么液体啊？"毛医生告诉她："接下来滴林格平衡液吧，在十一点滴完便可，第四瓶也滴平衡液，如果出血不多，先慢慢维持。仔细观察吧，如果出血多，再说。"小玫听完后说："好的。"接着，小玫还是忍不住好奇，探头往前看了看，随口问了一下："是什么异物啊？"毛医生指着墙壁阅片灯说："你看那张 X 线光片，胃内横卧着一颗长长的铁钉呢？"小玫立刻走上前去仔细地看了看，惊叹："哇，这么长的钉子啊？才四岁的小孩子哦。"就在这时，内镜医生将一颗带锈色的铁钉牢牢地从胃里面拽出来了，并放在托盘上。大家都跑过来围观，看得个个瞪圆了眼睛。巡回护士王丽特地拿尺子量了一下，足足 6 厘米长，着实不可思议。这时，毛医生对小玫说："钉子已经看到了，你回隔壁吧。"

小玫朝毛医生做了一个鬼脸，转身赶紧回到八房去了。她看到手术医生正在聚精会神地给病人做着手术，于是便在手术床边看了一会儿，也看了看监护仪，并对静脉全麻药的微泵输注量稍微作了点调整。台上葛医生注意到小玫在她身边，一边做着手术，一边对小玫说："这个病人的血型是'熊猫血'，麻醉看得细心些哦。"小玫立刻回答说："知道的，毛医生已经交代了。"

突然，巡回护士罗芳问小玫：“听说隔壁七房是做异物取出，现在取出异物了吗？”小玫立刻回答：“已经取出来了，是一根6厘米的铁钉。”罗芳说：“6厘米长？病人怎么吞下去的啊？”小玫接着说：“我也好奇呢，而且是从四岁小孩子肚子里取出来的。”罗芳瞪大了眼睛：“四岁小孩！”罗芳不敢置信地盯着小玫。在场医护人员一片哗然，惊呼：“那么个小孩子，那么长的铁钉子，怎么吞下去的啊？”小玫打开话匣子，说：“谁说不是啊，可是刚才我亲眼看到内镜医生把那么长的铁钉，硬生生地从小孩子肚里取出来了！”小玫一边说还一边比画着给她们看，大家你一句我一句的各种猜想，但怎么都觉得是难以想象的。

就在罗芳还想问小玫具体的细节时，葛医生告诉小玫：“感觉病人有些肠胀气，是不是肌松不够啊？”小玫听到后，立刻回复：“好，我这就追加肌松药。”于是，小玫给病人追加了一支阿曲库铵，并调整了麻醉药的微泵剂量，将病人的生命体征维持在目标范围内。

站在监护仪前，看了一会儿，她似乎感觉有些倦了，就趴在麻醉车上，在纸上随意涂鸦，划着圈圈。心想着这个Rh阴性的女人，以前是怎么生小孩的呢？是顺产还是剖宫产？生小孩随时可能大出血的，那个时候她有没有备血呢？孩子与她血型一样吗？要是孩子与妈妈血型不一样，会不会发生新生儿溶血呢？

接着，小玫又想到了一个问题，为什么Rh阴性血又称为“熊猫血”呢？她左思右想，也想不明白，就问坐在旁边的罗芳：“你知道Rh阴性血为什么叫‘熊猫血’吗？”罗芳听到她的发问，深感意外，愣了一下：“‘熊猫血’？不知道，没想过这个问题。”小玫看罗芳不知道，索性站起身来，走到监护仪前，看了一下手术，然后问："葛主任，你知道 Rh 阴性血为何被称为'熊猫血'吗？"葛主任一边低着头做着手术，一边说："稀罕呗，跟国宝一样的。"罗芳听到后，仍是不解其意地追问："为什么说它稀罕？"葛主任仍在集中精力低头做着手术，小玫没敢多问，只是站在边上默默地看着他们做手术。过了一会儿，也许是葛主任把关键部位做完了，便放松心情告诉小玫："Rh 阴性血，这种血型的人在中国非常少见，就像大熊猫一样珍贵，是国宝级的。"听完葛主任的解释，小玫这才算真正明白了，与罗芳不约而同地说："哦，哦，原来如此。"

中午十二点左右，葛主任正做着手术，突然对小玫说："把那备好的 2 个单位的血拿来，给病人输了吧。"小玫听到后的第一反应，莫不是出血多了，立即从座位上站了起来，看了一眼监护仪，生命体征都还平稳，没见到什么异常变化。然后小玫就走近手术床头轻声询问："葛主任，出血多吗？"葛主任回答说："不多，200 毫升左右吧。"小玫心想：出这么点血，为什么要取血呢？于是小玫略带疑惑地问葛主任："那还要拿血吗？"葛主任回答得很肯定："当然要拿了，Rh 阴性血，血站出库了，即便不出血，也都要求取出来的。"小玫"哦"了一声："好的。"

于是，小玫立刻写好了一张取血单，告诉罗芳说："把这张取血单拿到七房，找毛医生签字吧。罗芳找毛医生在取血单上签好字后，顺便送到输血科去了。罗芳敲门递上取血单，里面的医生接过一看，念叨着："早就为你们准备好了，这个血尽快输，已经复温好，不要留久了。"然后，罗芳接过一袋 Rh 阴性血，并查看血制品出库单与血袋上的编码，都一一核对无误后，转身回到了手术间。

小玫看到罗芳提着一袋血进来了，立即起身接过，也仔细核对了血袋与出库单的信息，确定无误后，就把血挂到输液架了。于是，小玫便问："葛主任，血已经取来了，什么时候开始滴?"葛主任回答说："现在可以滴。子宫已经切除了，接下来就是止血了。"小玫回答了一声："好的。"她站在手术床头看了一会儿手术，心想今天还挺顺的，这么快就结束了。

宫颈癌手术结束后，手术间又送来了一台宫外孕急诊。小玫让病人签了字，并把心电监护都连接好了，并查看完病人的检查结果，给家属签完名后，顺便就去隔壁七房，告诉毛医生了。

毛医生进到手术间后，立即扫了一眼监护仪，顺口对小玫说："病人的生命体征还比较平稳嘛。"接着，毛医生走近病人，先是叫病人头后仰，并让病人张口"啊"了一声，然后伸手轻轻地按压了病人的腹部后，对小玫说："这个病人宫外孕出血应该不多。"小玫立即告诉毛医生："病人的血常规检查显示血红蛋白为每升 99 毫克。"过了一会儿，毛医生突然板着个脸问："你看过病历，这个病人手术方式是开刀还是做腹腔镜的?"小玫看到他很严肃的表情，顿时心里有点儿发怵："好像是做腹腔镜手术。"小玫不敢肯定地试着翻看病历。当别人很正式地问一个问题，或反复强调问同一个问题时，有时你就会产生怀疑，是不是自己看错了，不得不去重新查看，以纠正这个错误，这种强迫症心理，相信每个从事医疗行业的人都有过。正在一旁准备着仪器的巡回护士罗芳也补充了一句："是做腹腔镜手术，我这也正在准备设备呢。"毛医生说："那好，我们给病人打全麻，小玫准备一下全麻的药物吧。”说完，毛医生就回到隔壁手术间去了。

小玫二话没说，立即找来全麻所需的喉镜、气管导管等用具，接着把麻醉药物一支支地抽好，整整齐齐地摆放在麻醉车上。小玫心想等毛医生一到就可以给病人气管插管了。于是，小玫就去七房把毛医生叫来了。毛医生一边走着一边对小玫说：“我已经看过病人了，你能搞定这个病人的麻醉。”小玫说：“没你在身边，我心里没底啊!”听到小玫这么说，毛医生不自觉地微笑了一下说：“没问题的，你麻醉，我在一旁看着就是了。”小玫听后答道：“好的。”

于是，毛医生就叫罗芳帮小玫推药。小玫一边扣着面罩，一边按顺序让罗芳给病人推注着麻醉药物。推完后，毛医生告诉她：“这个病人的体重也就 100 斤左右，全麻诱导的用药量还可以偏小一点，药物的用量不仅要根据体重，也要看看病人的体质。”小玫应了一声：“好的。”继续捏着气囊。五分钟后，小玫轻松地给病人完成气管插管，连接好麻醉机，设定机控通气参数后，算是麻醉操作结束了，剩下了便是围术期的生命体征监控和呼吸循环功能的调控了。小玫对毛医生传授的那套麻醉理念都已烂熟于心了。

手术结束后，房间就关了。小玫照例到楼上的每个房间整理了一番，并把缺少的耗材都一一补齐了。小玫一边做着，也一边在思考着，其实每天在这十个手术间走上十几二十分钟的，顺便补充点东西，没人会注意到，但是歇上几天不来走走，或许没多久所有的人都会知道了。

三十六

清晨交班，麻醉医生应志文汇报："昨晚夜班先接了白天3台未做完的手术麻醉，再做2台择期手术及7台急诊手术。备一班做到凌晨三点，备二班做到凌晨一点。"听完夜班汇报后，陈主任马上说道："现在夜班每天这么多急诊，而且又有白班遗留下来的做不完的手术，单靠一个夜班是很难完成的，势必要耗掉备班，可不可以考虑一下让麻醉护士和进修实习的医生一起参与夜班，帮助夜班医生监护病人也好啊。"陈主任说完自己的想法，便把目光转向了王主任。王主任听后，轻轻地点了点头，对他说："这个建议不错，你就具体去落实一下吧"。陈主任答道："好的。"而后，王主任扫视了一下在座的人员，接着说："今天的病人，有什么特殊的，都汇报一下吧。"麻醉医生们便各自把当日存在特殊情况的麻醉病人都陆续汇报了，而后陈主任也针对几个病人做了总的处理方案，并提醒麻醉医生工作中要认真仔细，做好充分的预防工作。

接着，王主任再次讲话了，他说："最近的带教还是存在些许问题，老师们也要严格把控住质量，不能放得太宽了，特别是麻醉护士，即便学会操作了，终究是没有资质授权的，所以我们还得再规范一些。"陈主任跟着就问："我们应该从哪里开始落实才好呢?”王主任说:“比如椎管内麻醉和臂丛等神经阻滞操作，以后不要再让麻醉护士上手了。一旦发生纠纷，我们将陷入被动。记得前些日子，一个硬膜外穿刺打穿了，病人都闹腾了几天，若是一个麻醉护士扎穿了硬膜，岂不是闹得更大吗?”小玫坐在一旁，听到这，立刻心里感到有些发抖，因为她都试着扎了好几个病人了。

只听陈主任问:“那么，全麻气管插管还要不要麻醉护士操作呢?”王主任说:“麻醉护士的主要任务还是协助麻醉医生，做些辅助工作，比如看好监护，扎个动脉或深静脉的，偶尔学着插个气管导管，也是可以的。毕竟在麻醉科，需要紧急扣面罩给氧的危急情况，还是时有发生的。这些都是能帮助到麻醉医生的。但是，麻醉护士给病人做气管插管时，麻醉医生必须在场，做到放手不放眼，不要再出现像上个星期那样的情况，一个麻醉护士把导管插到食管里去了，竟然还没发现，等到血氧饱和度掉下来，才发现不对劲。各位必须引以为戒，以后绝不能再发生了。”小玫听到这儿，惊呆了，不禁心中猜测，不知是狄燕还是永娥。

交班结束后，小玫追着毛医生问:“是谁把导管插到食管啦?你知道吗?”毛医生一边走着，一边回答说:“是方永娥。”小玫惊叹了一声说:“是她啊。”毛医生瞥了她一眼，笑着说:“你以后要小心，可别整出这种事来。”小玫听后咧着嘴，眼睛睁得大大地说:“我可不敢那么大意。”毛医生听后笑着说:“那就好。”

回到病房后，巡回护士兰晓珍已经给乳腺癌病人打好了静脉输液。她们立即给这个病人签字，连接心电监护等。一切准备就绪后，毛医生开始给病人推注麻药，小玫一边给病人扣着面罩，一边问毛医生:“毛哥，气管导管误插到食管内会有什么特点，难道发现不了吗？不是有呼吸末二氧化碳监测吗？不出波形立刻便可以发现的啊？”毛医生推完药，对她说：“有些事，当你粗心时，什么都有可能发生。”小玫听后略微点点头：“那倒也是。”毛医生接着告诉小玫：“待会儿，你插管后，按照我以前教给你的判断步骤，每一步确定导管是否在气管内的方法，都可以鉴定出导管不在气管内的。你今天跟我认真地重新判断一次吧。”小玫答道：“好的。”

五分钟后，小玫移开面罩，左手拿起喉镜，轻轻送进口腔，看到会厌后，再稍微将喉镜往上一挑，便可以清晰地看到喉口双侧白色的声带，并能清楚地将导管送入气管内，这是第一个判断方法。接着用注射器给气管导管的套囊注气，再用左手轻轻地按压胸部，听导管尾端，能听到“呼呼”的气流声，这是第二个判断方法。将气管导管接上麻醉机螺纹管后，手捏气囊，看到双侧胸廓，随着捏气囊起伏有序，为第三种判断方法。接着用听诊器，一边捏气囊，一边听诊双肺，能听到双肺清晰的呼吸音，为第四种判断方法。打上机控通气后，接上呼吸末二氧化碳监测，能看到监护仪上黄色的梯形波，并显示出三十到五十的数值，为第五种判断方法。第六种判断方法就是用纤支镜从气管内插入，能看到气管隆突。小玫一边做着，一边解说她判断气管位置的方法，说完后，抿着嘴盯着毛医生。毛医生听完，连连赞赏：“好，非常好。”

小玫继续给病人绑着牙垫，毛医生接着对小玫说：“其实如果按照你说的几个步骤，按流程走下来，一旦误插食管，也不可能发现不了，只能说明她根本就没这么做。”小玫随意应了一句：“嗯，但也有可能永娥不知道怎么判断。”毛医生说：“当然，不排除刘水云没有按流程教她，只教她插管，而没有教她判断的方法。”小玫轻轻地点了点头："都有可能。"

接着，毛医生说："小玫，你就在这儿看护好病人，我去隔壁麻醉另一个病人了。"毛医生走后，小玫先是给病人做了动脉穿刺，然后就坐在麻醉车旁，静静地书写着麻醉记录单。

手术开始后，她照例给病人追加了麻醉药，然后趴在麻醉车上，双手撑着腮帮，盯着监护仪发呆。小玫想到，以前有一个病人的胃管误插到气管内后，病人就变得病恹恹的。要是气管导管误插到食管后，那又是个什么样的状况呢？氧气都冲到胃里面去了，那胃还不鼓囊囊的啊。还有啊，没有氧气和二氧化碳的交换，呼吸末二氧化碳波形也不可能显示的。麻醉机的压力波形又会怎么显示呢？不知经过，那真实原因就不得而知了。

突然，小玫又想起今早王主任说的话，以后不再让她们麻醉护士上手打椎管内麻醉了，小玫越想越感觉心情郁闷，不知如何是好，心想着，难道此前都是白学了吗？浪费时间吗？但她又一次次地说服自己，不，这绝不是浪费时间，这是一种经历，其他护士没有过的经历。

一想起将要开始跟着上夜班，她就有点失落。她倒不是怕值夜班，只是不知道跟着其他的麻醉医生，能否学到更多的知识。毛医生的业务水平，她可是见识过的，太全面了，让她十分仰慕。要是她跟着的其他麻醉医生，只是叫她做事，而没有得到任何知识增长的话，那才是真正浪费光阴啊。

她越是这么想着，越是感觉愁苦万分，不能释怀。过了一会儿，她就站起身来，看到手术正在进行中，病人生命体征还比较稳定。于是，她跟巡回护士兰晓珍打了个招呼，就快速跑到隔壁去了。小玫进到隔壁手术间，看到那边的手术也已经开始，毛医生正坐在麻醉车前，书写着麻醉记录单。于是，她就走近毛医生，把自己的想法告诉了毛医生。

毛医生看到她闷闷不乐，就停下手边的工作，言辞恳切地对她说："古人有云，'三人行必有我师焉，择其善者而从之'。每个人都有他优秀的一面，我们只需学习他们优秀的地方就行了。麻醉科有这么多医生，他们都在这儿工作了许多年，什么病人没有麻醉过呢，我看他们个个都是好样的，也没有因为某些情况，而生出什么医疗事故来。每个人的成长经历不尽相同，因而对待工作、生活，都有他们独特的方式。你要在跟随他们做麻醉的过程中，多向他们学习，广纳众长，拾为己用。只有适合自己的，才算是最好的。就这样了，快去隔壁看好自己的病人吧。"

小玫回到自己的手术间后，站在手术床头先是看了一会儿手术，然后再重新回到麻醉车前。她用手撑着脑袋，斜眼瞟着监护，思考着刚才毛医生告诉她的那些话，觉得他说得非常有道理。每个人对待事物的观点、看法都不一样，多认识一个人，多一个角度看待问题，也是多一次学习嘛。想着想着，她就不自觉地笑了。

突然，手术间的门开了，小玫侧脸看过去，意外地说："哇，是永娥来了。"小玫立刻坐直了身子，笑脸迎上去说："你怎么有空来这儿啊。来来来，坐这儿。"小玫立刻拉来一个圆凳，靠近自己，以便让永娥挨着自己坐。永娥坐定后，对她说："我的手术刚做完，抽空来你这看看。不忙吧？"小玫赶紧回答："还行，不算忙。"永娥说："晚上有空吗？"小玫说："今晚没什么事？有空的。"永娥说："那么一起聚聚如何？"小玫说："好啊。"接着小玫又问：“也叫狄燕了吗？”永娥说：“问过她了，今晚她有约会，就咱俩。”小玫爽快地说：“也行。”永娥说：“那就这么定，待会儿下班我们一同离开吧。”小玫说：“好的。谁早，谁等。”永娥“嗯”了一声，说：“我要回自己房间了，可能病人也要到了。”说完，永娥就起身离开了。

做完这台乳腺癌手术后，小玫又做了两台甲状腺的全麻手术后，她的手术间才关房了。小玫跑去找永娥，看到永娥负责的手术还在进行中，于是就进去跟她打了招呼。然后，小玫就找来一个大推车，推去储备间，装满整整一车的螺纹管、气管导管、面罩、牙垫、人工鼻、电极片，以及麻醉同意书、红白处方等耗材用具，慢慢地往她自己负责的十个手术间推去，挨个儿整理房间并补充着新的耗材。

就在小玫整理到第八间房间时，永娥终于来了。永娥看到小玫还没结束，二话不说，立刻撸起袖子上前帮她。两个人一起干，有说有笑的，很快把十个手术间全部整理好了。

三十七

走出医院后，小玫就问永娥：“今天计划去哪里？”永娥就说：“我们去‘乐美星城’吧。”她们打了个的士，十几分钟就到了。

乐美星城里面人气还挺旺的，两人在里面走了一圈，看到心仪的好位置都已没了。永娥嘟了嘟嘴，似乎有点儿沮丧。小玫看她心情有点不好，打量了四处，指着一个靠角落的位置，安慰她说：“你瞧，那个位置不错，灯光怡人，够温馨的。”说完，小玫就轻轻地拉着永娥往角落里走。

两人坐定后，小玫看永娥心情好起来了，就笑着说：“这地方我没来过，你拍拖来过？”永娥听后很委屈的样子说：“小玫，你就别取笑我啦，我哪有男朋友啊。”接着，小玫继续问：“那你怎么想到来这儿的？”永娥说：“我哪想得到呀，还不是狄燕说的，她说这儿好，我也就想来了。”小玫心想她今天邀她出来吃饭，一定是有什么事。于是，小玫就笑着对她说：“永娥，看你神神秘秘的，今天你肯定是有什么喜事！快告诉我，让我高兴高兴！”永娥嘴巴一撇，挤眉弄眼地说：“你猜猜！”小玫先是轻轻摇了摇头，然后笑着说：“莫不是已经找到男朋友了？”永娥说：“哪有啊，不是不是。”小玫转而又想了想说：“也是，如果有的话，也没空和我在这儿了。”永娥接着说：“正经点，再猜一次。”小玫眨巴眨巴眼睛，看到永娥正凝视着菜单，那整面都是各种式样的蛋糕，立即明白了八九分，就笑眯眯地说：“今天肯定是你的生日！”永娥听到小玫说出了“生日”二字，惊呼道：“你太厉害了，这都能猜到。”小玫接着凑上头，盯着那个蛋糕单，对永娥说：“祝你生日快乐。”永娥笑眯眯地说：“谢谢你！”小玫问：“你想要个什么样蛋糕呢？我请客！”永娥急忙拒绝：“今天是我的生日，我做主，不准你抢着请客！”小玫听后笑了，说：“好，你的生日，你做主。”

她们坐在一起，看了一会儿菜谱后，就点了黑森林蛋糕、零度椰奶小方、糯米酿菠萝蜜、糖不甩及两杯猕猴桃汁。两人点完单后，小玫闲来无事便问永娥："狄燕谈男朋友了吗?"永娥回答说："谈了！她没告诉你吗?"小玫说："我不知道哦。"永娥眼含羡慕地说："好像是个富二代，家里很有钱的。"小玫听后很诧异，"啊"了一声，但没再说什么，只是心想着，这很符合狄燕的性格吧。

不久，服务员就把甜品递过来了，她们一边吃着，一边闲聊，好不快活。突然小玫就问："过完今晚，明天你就多大啦?"永娥正夹着一个糖不甩往嘴里塞，听到小玫问她这个，本想回答但又怕嘴里吃的掉了，吞下去又怕噎着。于是，她就伸出左手向她摆了摆。小玫看到永娥伸出五个手指头，会意地说："哦，二十五岁。"可是，刚等到小玫说完，只见永娥呛咳了一声，吧嗒一声，她口里的那个糖不甩立刻被喷出来，掉落在桌子上。永娥还在摆着手说："不是的！不是的！"小玫惊讶地说："什么不是啊，糖不甩，都已经被你给甩到盘子外面啦。"永娥半晌才缓过气来，说道："你弄错了，我没有二十五岁。"小玫听她这么说，就单手撑着下巴，做了鬼脸，对她说："那你多少岁啊?"永娥略有些委屈地说："人家才刚满二十三岁嘛。"小玫接着问："我瞧你分明伸出了五个指头啊?"永娥说："刚才正想吃糖不甩呢，我只好用手示意让你等等，谁知你却说我二十五岁，真是误会我了。"听到永娥说得这么委屈，小玫赶忙安慰她说："好啦好啦，现在大家都知道你刚满二十三岁啦，是大姑娘啦，就开开心心地再吃一个糖不甩吧。"

过了一会儿，服务员终于把黑森林送来了。小玫赶紧把几个甜品移开，让黑森林摆在方桌的正中位置。永娥一看到蛋糕上面的一行字——“友友们，祝我生日快乐吧”就“嘿嘿”地笑了。小玫也关注到了这一行字，心想花季少女的生日，本该有个更盛大的场面，今晚她却只是邀了自己一个人相陪，怎么得也要让她高兴高兴啊。

永娥目不转睛地盯着那块蛋糕，仿佛快要走进黑森林了，但是有没有遇到白马王子，小玫就不得而知啦。反正，今晚只有她与永娥相伴，她一门心思地想着要当好活跃气氛的角色，于是她说道："Happy birthday to you！亲爱的永娥小姐，今晚就向着这片黑森林，许下你的心愿吧！"

永娥听到小玫的提醒后，立刻双手合十，闭目向着黑森林蛋糕。三分钟过后，小玫嬉皮地笑着说："时间到！"永娥睁开眼睛看了看小玫，也看了看黑森林蛋糕，问小玫："我们可以吃蛋糕了吗？"小玫立刻摆了一个手势，做着鬼脸说："在你的长刀挥向这片'大森林'之前，必须要先向世人至少公布一个你的心愿哦。"永娥听了"啊"了一声，说："就我们两个人，还要说吗？"小玫继续做着鬼脸说："我是代表世人听取你的心愿的，快说吧！"永娥害羞地说："能不能不说啊？"小玫故意皱了皱眉，说："有什么心愿，如实说来。"

看到小玫不依不饶地追问她的愿望，永娥又重新双手合十，面朝蛋糕，轻轻念叨着："希望以后不要再发生错误了，不要再发生错误了……"小玫听到永娥这么说，甚为惊讶，接着就问："以后不想发生什么错误？"永娥仍然双手合十，回答道："上个星期，我不小心把气管导管插到食管里面去了，差一点就酿出大祸，希望以后不要再发生了。”小玫听后甚为好奇地问：“不是有刘医生带着你麻醉吗？怎么会插错位置呢？”永娥答道：“那日我们刚麻醉完三房病人，接着就去四房给病人做全身麻醉，可是那个病人有点胖，气管插管时我也看不太清，不能确定是否进了气管，就在这时，隔壁三房的巡回护士叫刘医生去四房，说手术医生来了，要去追加麻药。当时，可能刘医生也认为我把气管导管插好了，就没仔细再检查一下，就离开了。刘医生离开后，我也没多想，就将导管接上麻醉机，打机控通气了。”

小玫听了后，“哦”了一声，心想原来是这么一回事啊，接着又问永娥：“那后来又是怎么发现导管不在气管，而在食管里的呢？”永娥说：“平常刘医生总是反复交待我，一定要看好心电监护，特别是血压、心率和脉搏血氧饱和度，我也是很注意这个监护。插管后，我就坐在麻醉车旁，书写着麻醉记录单。写我了一会儿，抬头再看一下监护，可不得了啦，血氧饱和度已经降到七十几了。我立刻吓得都快哭了，赶紧跑到隔壁三房去喊刘医生。”

“刘医生听到我的话，根本顾不得问我，转身就往四房奔。我记得，我们再赶到四房时，当时的血氧饱和度可能不到五十，病人的嘴巴都变得青紫了。反正，记得刘医生当时反应很快，立刻把导管拔了，先是面罩给氧，同时叫巡回护士王丽到外面去叫其他闲空的麻醉医生进来帮忙。当时，我都吓傻了，根本不知道要干什么，只是刘医生叫我干啥，我才干啥。”

小玫静静地听着，然后就问永娥：“你有没有注意到，当时病人的心跳多少？”永娥回答说：“我记得当时心率很快，有一百几十次。”小玫轻轻地点着头说：“那还好，心跳没停。”永娥接着说："幸亏抢救过来了，否则我的罪过就大啦。"小玫"嗯"了一声："还算你发现得及时，再晚一两分钟，病人心跳可能就会停了。"永娥说："谁说不是啊，幸亏刘医生经验丰富，我一直等到看到病人的血氧饱和度往上升，我的心才算放下了。"

小玫听着听着，猛然想起，今晚是为庆祝永娥生日来的，总谈这个，似乎跑题跑得远了。于是，小玫立即转换话题说："好啦，好啦，你已经从'吓大'毕业了，现在我们就祝贺一下，开始吃蛋糕吧。"永娥也好像缓过神来似的，赶紧说道："嗯嗯，吃蛋糕，切黑森林。"可是，永娥举起小刀，看到"友友们，祝我生日快乐吧"那一排字，又不忍下手了。

小玫看到永娥盯着黑森林蛋糕在那儿发愣，猜想着她的心思，于是就对她说："得啦，得啦！咱们就每个人，各拿一个叉，你从你那边开挖，我从我这边开挖吧。"永娥听到小玫这么一说，立刻答道："这个主意好，咱们这就开始吧"。

她们俩，就这么你一叉，我一叉，"黑森林"很快就"土崩瓦解"了，接着是一阵欢笑，她们载乐而归。

三十八

几日后，小玫正在手术间看护着一个会厌囊肿的全麻病人，这时狄燕来到了她的房间。狄燕一进来，就念叨着说："你看到新的排班了吗？"小玫一边示意她坐下，一边说："还没空出去，新的排班出来了吗？"狄燕坐下后，就对小玫说："已经排出来啦。我们六天轮值一个夜班。"小玫侧脸对狄燕说："那还行，排得不算太密。只是除了咱们三个，还有哪三个人加入了我们的队伍？"狄燕回答："还能有谁啊，不就是那两个实习生和一个进修生呗。"小玫听后就笑了，回应她说道："前些日子，我也是猜的他们，想不到还真是啊。但我总感觉那两个新来的实习生似乎啥也不会呢。"狄燕立刻说："谁说不是啊，那样也能排班，真亏他们安排啊。"小玫沉思了片刻，慢条斯理地说："也许领导们只是要他们帮着麻醉医生看看监护，抽个药或写个记录单之类的就行了吧。"狄燕听后点点头，盯着小玫说："你说得也有道理，看来以后我们也可以像实习生那样，做点简单的活就好了。"

小玫无心听狄燕的琐碎言语，眼睛不时地瞅着监护仪。狄燕也跟着侧脸瞧了一眼监护仪，转而继续对小玫说："你想想啦，啥都不懂的实习生都能和咱们一样排班做麻醉了，是不是以后咱们就不用做太多操作了啊？"小玫听她这么一说，甚为惊讶，不知狄燕怎么会有这种想法，于是就说："我没懂你的意思。"狄燕说："你想啊，动脉穿刺都不会，也能跟着麻醉医生上班，那么他们只能跟在后面写写记录、看看监护，不是吗？"小玫还是不太明白她说那些话的意思，接着说："那又怎么样？人家实习生毕竟是麻醉专业的，有理论基础，很快也能学会操作的啊。"狄燕说："比如夜班时，麻醉医生带着一个小实习生，看到他们不会操作，自然会快速打完麻醉，然后只是让实习生看着监护。既然麻醉医生可以这样做，那么我们也可以只是帮麻醉医生看看监护啊。”小玫这时完全明白她的意思了，不禁轻轻地摇了摇头说：“原来你是想只跟在麻醉医生后面，写写记录、看看监护啊。”狄燕说：“那当然啦，麻醉风险那么大，做多错多啊。”小玫心里感到很不屑，嘴上仍然轻描淡写地说着：“如果是那样，不做点儿操作的话，那也太没存在感了吧。”

恰在这时，麻醉机突然发出报警音，小玫立刻站了起来，跑到麻醉机前，只见呼吸机的波形都已经消失，是脱管了，赶紧叫主刀康医生停止手术。小玫赶紧沿着螺纹管往导管方向一路找过去，很快便找到了脱管位置，是气管导管与螺纹管的接口处，被手术医生不小心撞开了。

小玫刚一接好接口，麻醉机的通气波形立刻就恢复正常了。小玫接着就告诉康医生：“请你们以后记住，每当变换手术操作时，一定要小心点，同时告诉我们一声，一旦脱管，会出意外的。”康医生听后心悦诚服，很虚心地接受了小玫的批评，并说：“不好意思啊，刚才我只顾着做手术，没想到那么多。下次注意，一定注意。”说完又看了一眼小玫说：“你是麻醉护士吧，叫什么名字啊?”小玫告诉他：“我叫吴小玫。”康医生点点头，说：“你观察得真仔细，我一点儿也没发觉，你却知道了，很不错。”小玫微笑了一下说：“没什么，只是你手术做得太投入了。”康医生重新铺好巾单，继续做手术了。

狄燕全程站在一旁，看到小玫处理这次脱管事件时，是那么的麻利迅速、沉稳冷静，着实令她赞叹不已。小玫重新回到座位上后，狄燕就问：“今天我真佩服你，你是怎么听出是导管脱落的啊?”小玫坐直了身子，深吸了一口气说：“其实也没什么的，只是平常注意听声音。这几个仪器设备的声音，我已经听得个八九不离十啦。音调稍微变得低钝了，我就会瞟上一眼监护的。已经习惯啦。”狄燕大大咧咧地说：“你牛，我可没那么好的耐性。”小玫突然意识到狄燕来她这儿也有十几分钟了，便对她说：“你快回去吧，不能离开太久的。”狄燕听她这么一说：“瞧你说的，不就一会儿嘛，怕什么，真是的。”她虽然嘴上这么说，还是赶紧回去了。

狄燕走后不久，康医生突然一边做着手术，一边问：“吴小玫，刚才那个找你聊天的，也是麻醉护士吗?”小玫答道：“是啊，与我同期来的。”康医生又问：“那个麻醉护士叫什么名字啊?”小玫回答：“她叫狄燕啊，你不认识她吗?”康医生仍然做着手术，随口说道：“不认识，以后遇上她看护麻醉，我可要小心点了。”小玫听她这么说，疑惑地问：“为什么呀?”康医生很直接地说：“刚才听你们俩的聊天，我就猜测那个人是不想做事的，压根儿就是想混日子的。”这时，巡回护士韩海云也在一旁听了个真切，于是笑着插嘴道：“咱们小玫是很认真负责的。”康医生仍在不停地做着手术，过了一下他又说：“人和人是不一样的。遇到有些负责的麻醉医生，我们根本不用操心，专心做自己的手术就行啦。但有时遇到奇葩些的，我一看到都头疼，弄得我们做着手术还要分心去关注监护，生怕病人出意外。”小玫听到康医生这么说，心里有点酸酸的，不知如何回答是好，就轻轻地说了句：“你们安心做手术吧，我们会尽力看好监护的。”

手术做完后，康医生交代说：“吴小玫，帮我们给病人用 10

毫克地塞米松吧。”小玫回答说：“手术开始时，我们已经给病人用过了，还需再加吗?”康医生听后笑盈盈地对小玫说：“不用了。你看，这就是不一样，什么事情都做在了前面，很让人放心。我想到的，你也想到了，还帮我办得妥妥的，这才是称职的麻醉护士。”说的小玫脸上瞬间泛红，心里美滋滋的。

三十九

将会厌囊肿病人送到恢复室后，耳鼻喉科已经没有接台手术了。过了一会儿，韩海云进入房间，告诉小玫说：“接下来我们房间要做一个肺大泡的手术。”小玫听到后，赶紧去准备室拿来双腔支气管导管，并把全麻的药物和喉镜等都一一准备好。

小玫一边抽药，一边想着，她此前跟随着毛医生学习麻醉，其他的手术都做过不少了，唯独开胸的手术，做得不多，也没有吃透。小玫只知道，开胸的手术是需要经口插入双腔支气管导管的，进行双肺隔离，以便让手术侧的肺瘪下去，方便主刀做手术操作。她也知道，手术中仅靠健侧肺通气，满足全身脏器组织的氧气供应，那是需要考验麻醉医生技术水平的。

不久，病人提着一个胸腔闭室引流瓶进来了，是一位二十七岁的小伙子，高瘦身材，看起来身高一米七几，体重可能只有百来斤。小玫赶紧起身，把准备好的麻醉同意书递给病人，让病人签了字，并给病人连上心电监护后，去谈话间找家属签了名。

回手术间时，小玫经过隔壁麻醉医生严观的房间，就进去了。这天她跟随资深主治医生严观一起麻醉，小玫告诉严观："隔壁刚送来了一台肺大泡的病人，我已经准备好了，就等你去麻醉了。"严观听后，立刻起身，并对小玫说："你就在这儿盯着病人，我去隔壁麻醉吧。"

小玫很想去看看胸外科的麻醉，看到严医生转身就要离开，赶紧说："严老师，能不能让我去跟你学习一下打麻醉?"严医生见小玫如此好学，立刻笑了，停下脚步和善地问小玫："以前毛医生没有教过你打过胸科麻醉吗?"小玫缩了缩头，盯着严医生说："看过几次，但我还不太懂，想再看看你的方法，能教我吗?"

小玫此前也跟毛医生做过胸科麻醉，只是她还没有真正理解双肺通气的原理。现在已经不固定跟带教老师了，因而她很想多向几位资深麻醉医生学习，以便自己更全面地理解双腔支气管麻醉的特点。严医生盯着小玫，见她一脸恳求之色，想拒绝她，都没勇气找理由了。于是，他就看了一下监护，对小玫说："也行，反正这个病人只是做髋关节置换的半身麻醉，暂时还比较平稳，你就帮我打个下手吧。"小玫听到严医生爽快地答应了，立刻说了声："谢谢严老师。"接着，严医生就给巡回护士王丽打了个招呼，便与小玫一同去做隔壁肺大泡病人的麻醉去了。

严医生挑了一个三十七号的导管，用石蜡油润滑了导管的前端及套囊，然后就叫巡回护士韩海云推麻药。小玫本想主动上去给病人扣面罩，但被严医生叫住了。严医生一边扣面罩，一边对小玫说："这个开胸手术的麻醉插管，你开始站在边上看看就行了。"小玫只好站在边上，静静地盯着严医生的每个操作。

严医生给病人插完双腔支气管导管后，就告诉小玫："你看到了吧，这左边蓝色的侧支导管是通往左边肺的，右边白色的侧支导管是通往右边肺的。如果我夹住白色侧管，麻醉机就只能给左肺通气了，如果夹住蓝色侧管，它就只能给右肺通气了。现在这个病人是要做右侧肺大泡，所以我们在手术中就只需夹住白管就好了。"小玫恭恭敬敬地站在一旁，静静地听着严医生的讲解，不住地点头。而后，严医生又对她说："现在麻醉打完了，我也讲给你听了，你还是去隔壁看护病人吧，这个开胸的由我来看。"小玫听后立刻答道："好的，谢谢！"

小玫回到隔壁手术间后，马上查看了心电监护，此刻，病人的生命体征还比较平稳，接着她又走到病人床头，看了看病人，他侧位躺在那儿，比较安静，硬膜外导管的末端接头紧挨着病人的后脑勺。于是，小玫找来一块无菌纱布把那个末端接头裹住后，在距离后脑勺稍偏的一点位置放好。接着，她随手将氧气面罩移动了一下，让它离病人鼻子更近一些。这时，病人侧头看了一眼小玫，小玫赶紧问了他一句："有没什么不舒服？"病人回答："没有。"小玫说："那就好好吸氧，如果有不舒服，就告诉我们吧！"病人说："好的。"

小玫坐在麻醉车前，看了一遍麻醉记录单，了解到这个手术已经开台近两个小时了。于是，小玫就问巡回护士王丽："现在输液架上挂着的是第几瓶液体啊？"王丽答道："第二瓶平衡液。"小玫想起毛医生说过的，对于此类手术，至少要滴完 1000 毫升液体才可放心慢慢维持，但她看到这挂着的第二瓶液体几乎就没怎么滴，滴了不到 200 毫升。小玫一想到输液量不够，立刻站起身来，把输液滴速加快了，并对王丽说："滴完这瓶后，第三瓶平衡液再维持慢慢滴吧。"王丽回答说："可以的，没问题。"

小玫围着手术台转了一圈，顺便查看了一下出血量，已经超过 200 毫升了，这说明她加快输液速度的做法是非常正确的。小玫心想，如果再过个把小时，不加快输液速度的话，出血再多些，血压、心跳的数据可就没这么好看啦。

过了一个多小时，只听见外科医生说："总算做完了。"接着就看到那个外科医生脱去了手术衣。小玫赶紧站起来，并走近前查看，另一个年轻的医生仍旧待在原地没动，还低着头，正在努力地缝合伤口呢，原来才开始缝合肌肉，距离缝皮还有两三个回合呢。

又过了半个多小时，那个年轻的外科医生，才缝完最后一针。趁外科医生贴敷膜的时候，小玫就顺便把病人背上的硬膜外导管拔除了。随后，他们一起把病人抬上了手术车床。小玫拿过麻醉记录单，递给严医生过目，确定记录单没问题，小玫才放心地与王丽一同把病人送回病房了。

四十

小玫在恢复室交接好病人，正要离开，就听护士柯敏跑到恢复室来喊人，说十六房在做抢救。恢复室的麻醉护士晏文芳立刻推着除颤仪往外走，小玫心想着刚做完手术，也抽空去瞧瞧，说不定还能帮点忙呢。

走进十六房，刘水云医生正在给病人做心脏按压，里面已经站了七八个人了，陈主任正在打颈静脉穿刺，王主任也到场了。小玫突然看到狄燕也在里面，起先还有点狐疑，心想她到这个房间干什么，也是来凑热闹的吗，瞬间她就意识到了，这个手术间正是狄燕负责的房间，今天她跟着刘水云做麻醉。

小玫只是静静地待在一旁，插不上手，也轮不上她，于是她就细细地翻看病历，这是一个三十几岁的女性病人，一周前因车祸做过肋骨骨折内固定手术，这是第二次手术，半身麻醉下做下肢胫骨骨折内固定并清创术，从中午手术正式开始到这个时候，已有将近一百分钟了。

小玫闲来没事，就默默地绕着手术床外围转了一圈，没发现有出血啊。按说这个下肢手术，会常规绑扎止血带的，不应该出很多血的，也确实没见出什么血。接着小玫又满房间找输完用空的输液瓶，因为她只看到输液架上挂着一瓶500毫升的平衡液，还有半袋正在慢慢地滴着，还挂着一瓶100毫升的生理盐水，是已经滴空了的，但在地上没有找到多余的空着的输液瓶。小玫心想，难道从病人进来到现在，就只是滴了这么点液体，是不是输液不够呢？她不敢乱猜，更不敢乱问。她只是默默地再走近些，看看那个输液，那根输液管道的活塞已开到最大了，但输液的速度仍然是比较慢，看着都能把人急死。

陈主任的穿刺技术确实很了得，不一会儿的工夫，就重新建立起了新的输液通道，这个通道一接上，输液立马直线似的往血管里边流淌着。随着刘医生持续地做心脏按压，肾上腺素的反复追加，除颤仪的一次次除颤，病人的心跳终于恢复过来了。

小玫不敢多待，看到病人自主心跳恢复了，就赶紧回到自己的手术间。但她仍然心有余悸，一边低头走一边心里想着，亏得这个病人年轻，经得起如此折腾，否则就麻烦大了。接着，她又转念一想，这种事件，说不定哪天也会落到自己头上，看来工作中来不得半点大意，必须时时刻刻万分小心谨慎啊。

小玫回到手术间时，病人已经躺在手术床了。她赶紧拿起病历查看，正是昨天查房的病人，43岁女性，因骨盆骨折，欲行全麻下骨折内固定术。小玫让病人签完字后，接着就给她上了心电监护。然后把全身麻醉的药物和喉镜等用物都准备好了，再去喊来严医生。严医生告诉小玫，这个病人是卵巢囊肿的腹腔镜手术，刚开始手术不久，已经追加过麻药，麻醉单都记录了的，让她就看好监护便行了。小玫爽快地回答："好的。"

严医生离开后，小玫扫视一遍监护仪和微泵，都运行正常，按照以往的经验，将术中血压、心率维持在稳定的水平。然后，她坐在麻醉车旁，看了一遍麻醉记录单。正当她要发呆时，突然台上外科医生便喊道："肌松药不够啊?"小玫心想麻醉单写的时间，应该没多久啊，怎么就不够肌松药了，是不是这病人体质太好的缘故，但她没多说什么，赶紧准备补充追加一支肌松药。于是她试着准备加大微泵丙泊酚的用量，一看可不得了，从麻醉到现在已经一个小时了，注射器里丙泊酚的量竟然似乎一点都没少，但微泵显示仍然是在持续工作中，小玫看到此番情景后，立刻惊出一身冷汗来。于是，她立刻静脉推注了一定量的丙泊酚，以便加深镇静，并打开了吸入麻醉药，维持麻醉的效果。而后，小玫便将此事原原本本地给严医生汇报了。严医生听后笑着说："仪器都罢工了啊！机器也喊累啊！"小玫还是很担心地问："这样要不要紧啊?"接着，严医生又安慰她："没关系，现在发现就好，你马上去别的没打全麻的房间，找个微泵先用一下，继续微泵丙泊酚吧。"又过了不到一个小时的时间，手术就结束了。小玫将病人送往恢复室，待苏醒后送回病房。

在恢复室里，病人完全清醒后，刚一拔除气管导管，立刻就哭喊起来了，对着身边的护士哭诉："不是打了全麻了吗，怎么我手术中都醒着的，还能听到医生说话，而且从手术开始就感觉到刀切割的疼痛，但又无法说话、动弹不得，心里非常的痛苦。"病人说完后，立刻又大哭起来。

恢复室的麻醉护士甘伟红赶紧跑到房间，把这件事原原本本地告诉小玫和严医生。小玫听后非常惊讶，心里哆嗦了，不知该怎么办。严医生听后说，立刻对甘伟红说："想不到病人还真发生术中知晓了。”小玫内心很不安，一脸茫然地看着严医生。

只听见严医生对甘伟红说：“我这就去看看病人吧。”他临走时，对小玫说：“抽一支咪唑安定，带到恢复室来。”小玫听到后立刻答了一声“好的”。之后，小玫马上从麻醉车里找来一支新的咪唑安定，抽好药后，接着给巡回护士打了个招呼，她便快步赶往恢复室去了。病人躺在车床上，仍然在哭喊着，任由严医生和小玫等人怎么安慰解释，都不能让病人停止痛苦的述说。此刻小玫的心中，已经愧疚到了极点，心想自己要是能早点发现微泵坏了，就不会发生这档子事了。

小玫站一旁听着严医生安慰着病人：“你再休息一会儿吧，过些时间就会好的。”而后，严医生问小玫：“咪唑安定抽好了吗?”小玫立刻向他递上抽好药的注射器：“给。”严医生接过注射器，立刻往病人的输液管中推注了4毫克的咪唑安定。没几分钟，病人便睡着了。接着，严医生告诉甘伟红说：“你重新给病人把面罩扣好吧，让她好好吸氧，注意心电监护。也许她再醒来，就好啦。”

严医生交代完后，转身便往自己的手术间走，小玫也跟随其后。但她仍然疑惑不解地询问道：“严老师，病人醒来后，能好吗?”严医生说：“咪唑安定具有一定的遗忘作用，能让病人忘却疼痛的记忆。”小玫听后“哦”了一声，没敢多问，只是默默地进入手术间，继续守护着病人，聆听着监护仪的声音。

一个小时后，甘伟红又来到小玫的手术间，对她说：“那个病人已经醒了，不哭不闹了。”小玫看到甘伟红进来，立刻站起身，与她一同去告诉严医生。严医生听后便问：“那病人还有没有提及术中疼痛的事情?”甘伟红笑着说：“我刚又问过病人，似乎她已经记不得之前的事情了。”小玫听后方才心安地说：“那再好不过了，我真担心病人闹起来啊。”严医生告诉甘伟红：“你再观察一会儿，如果确定病人状态还行，就送回病房吧。”甘伟红回复了一声“好的”，便离开了。小玫回到自己手术间，趴在麻醉车上，看着监护，静静地思索着，想不到咪唑安定竟有如此神效，以往她跟随着毛医生每次给病人全麻时，都会使用咪唑安定，却从未提及这个作用，病人也从未发生过术中知晓，也许因为他常规给过咪唑安定，在无形中早已做过预防了吧。今天这个病人是严医生自己麻醉的，难道麻醉气管插管时，他没给咪唑安定？他的麻醉风格，与毛医生的着实有些不同啊。

四十一

手术结束后，小玫到护士站查看了次日的手术排班，拿起手术单一瞧，她心里立刻“哇”了一声，心想明天的手术还真不少，又是一百多台手术，再扫一眼，看到了自己的名字，明天是跟随麻醉医生何新春做骨科手术，两个房间总共有 8 台手术。

小玫顺手拿起笔来，把那八个病人的住院号都抄在了自己的小本子上，然后快步走进手术间，坐到电脑前挨个地查询着每一个病人的术前检查结果。当她查看一个六十四岁的男性病人的资料时，立刻看到许多异常指标，血常规、凝血功能、肝肾功能、血脂结果等都有异常，哪怕是心电图结果也是频发房性早搏、偶发阵发性心动过速。再查阅该病人的既往病史，他竟然还在三年前，因冠心病做过心脏支架术，术后一直口服阿司匹林，时至今日，尚未停药。该病人计划明日拟行左侧膝关节置换术。此刻，小玫心想，作为一个下肢手术的病人，本可以实施半身麻醉的，但他却口服阿司匹林一直没停，还能给他打半身麻醉吗？小玫深知自己作为麻醉护士，是无权决定给病人实施何种麻醉方式的，但她仍然像往常一样，将自己心存的疑虑或是遇到的特殊病人的情况，一一都记录下来。

小玫看完所有病人的检查结果后，就到手术间转了一圈，没有找到带教她的麻醉医生何新春，他的手术间已经关房了。于是，小玫就回到护士站给何医生打电话，并告诉他关于膝关节手术病人的病情特点。何医生听到小玫汇报后，便对小玫说："服用阿司匹林的病人需要停药一周，才能打半身麻醉，否则有发生硬膜外血肿的风险，需要暂停手术。"小玫怯怯地说："我可不敢跟外科医生说停手术。"何医生听后就问："明天的病人，他的主管医生是哪位？"小玫说："是宋光跃。"何医生在电话那边说话有些气喘吁吁的，像是在一边走路一边说话，他回答道："知道了。"挂掉电话后，小玫就准备给自己负责的手术间添加一点儿耗材，并顺便收拾整理一下。

正当她忙活时，电话突然响了，她掏出手机一瞧，心里顿时很是欣喜，是曹俊飞打来的。小玫立即接通电话说了一声："喂——"曹俊飞在电话那边说："今晚你想吃什么？"小玫想了一下说："好久没吃过饺子了。"曹俊飞立刻答道："那今晚就吃饺子吧，什么时候下班？”小玫说：“快了，整理完房间，就可以下班了。”曹俊飞说：“我已经下班，老地方等你。”小玫说：“好的，我很快就过去。”

他们俩打的去了海鲜饺子馆，找一个两人位的软座坐下。曹俊飞立刻打开一次性碗筷包装袋，他一边倒开水清洗碗筷，一边问小玫：“这家的饺子都是海鲜馅的，你想吃什么馅的？”小玫微微地笑了一下说：“我先看下菜谱！”她立即伸手拿起菜谱，上面有各种饺子的图片，有蛤蜊肉馅的，有扇贝肉馅的，共十几种。正当她取舍难定时，突然看到有个海鲜全家福，里面有五种颜色不同馅的饺子，大份二十个，于是指着图片告诉曹俊飞说：“这个好，我们就点这个吧！”曹俊飞回答说：“好，饺子就点它啦。我们还要点别的什么吗？”小玫接着说：“全是海鲜吃不太习惯，再来份酱骨架吧。”曹俊飞立刻说：“好，再加个素菜，就差不多了。”小玫“嗯”了声，继续翻看着菜谱。曹俊飞叫服务员过来，把她们要的都点好了，然后便问小玫：“你再看看，我们的海鲜全家福都有哪些馅啊？”

小玫赶紧翻回到全家福那张图片，一边看着一边告诉曹俊飞：“海鲜全家福的馅有虾仁、墨鱼、鲅鱼、黄花鱼和活八带。”曹俊飞听后微笑着说：“一次品尝这么多口味的，划算。”小玫轻轻地吹着茶水。曹俊飞也端起茶喝着，感觉有点烫嘴，于是就问小玫：“你做麻醉护士已有好几个月了，都还顺当吧？”小玫听到曹俊飞问她工作，立刻打开话匣子，向他述说了一大串今天发生的事件，讲得感慨万千，百感交集。曹俊飞听后想了想说：“今天这个术中知晓发生得有些冤枉。”小玫听他这么说，伸长了颈脖子问：“怎么冤枉了?”蔡俊飞说:“记得我在读研时实习的医院,他们麻醉科有麻醉深度监测仪,术中持续监测麻醉深度,一有知晓,立刻便可发现的。”小玫听后惊讶地说:“这样啊,我从来没有听说过有这个监测。”曹俊飞说:“有可能我们医院没有配备这个监测仪。”小玫瘪着嘴,微微点了点头说:“没有。”

曹俊飞看到服务员将酱骨架端到桌上来了,立刻转换话题对小玫说:“不谈那些了,我们开吃吧。”曹俊飞递给小玫一双薄膜手套,小玫说:“我不用手套,用筷子夹着便可以了。”曹俊飞一边戴着手套一边笑着说:“戴手套,拿着啃,很带劲的,豪爽。”小玫抿抿嘴微笑了一下,说:“那是粗野。再说,这里的手套也不干净,不想用。”曹俊飞听着笑了,说:“不戴也好,干净。不过我还是想用。”小玫用筷子夹起一块小点儿的排骨,说道:“你用吧,我这样夹着,也能吃。”曹俊飞拿起排骨啃了一口后,说:“好吃。”

小玫夹着排骨慢慢嚼着。曹俊飞拿着排骨一连吃了两三块,但突然停下来,望着小玫笑了一下说:“这个酱排骨味道还不错。”小玫看着曹俊飞啃得那么津津有味,也微微一笑:“瞧你吃得好起劲啊。”曹俊飞说:“有你陪着,我当然起劲啦。”小玫听他这么一说,脸颊瞬间红了。接着曹俊飞又说了:“要是你每天都陪我吃饭,那我就更有劲了。”说完曹俊飞就盯着小玫,小玫听见他这么说,不好意思地低下了头。曹俊飞看小玫低着头没敢说话,接着温柔地追问道:“怎么样,小玫?”小玫轻轻点点头说:“嗯。”

从饺子馆出来后,曹俊飞便主动牵住了小玫的手,小玫没有拒绝,默默地跟着他,一同沿着江边慢慢走去。

四十二

次日清晨，小玫一到手术室，便立刻去自己的手术间检查麻醉机和监护仪等仪器，然后就从准备室拿来麻醉药物，抽吸好。待到她走进麻醉科办公室，发现里面挤满了人，医生和手术室护士都齐聚一堂了。小玫心里猜想着，为何这么多人，莫不是要讨论昨天术中心跳骤停的病人吧。

这时，小玫只看得王主任环视周围后说："大家应该都来得差不多了，夜班先交班吧。"接着，夜班麻醉医生齐刚立刻汇报了夜班的手术情况，大致是昨晚有 7 台急诊，备一班洪剑飞从昨晚六点一直做到凌晨两点。

待到日班麻醉医生汇报完当日存在疑问的手术病人后，王主任说："现在，刘水云你把昨天的病人汇报一下。"刘医生坐正身子说："昨天十六房的手术病人是三十四岁女性车祸外伤病人，上午十一点接台送进手术室，一周前曾做过肋骨骨折内固定手术，昨天拟做左侧胫骨骨折内固定并清创术。病人进入手术室后，我就给她打了腰硬联合麻醉。考虑到病人年轻，手术相对也比较小，我就留下狄燕专门守在十六房看护病人，我自己去到十五房麻醉肝癌的病人了。我记得病人入室时，心跳每分钟 120 次，血压 107 毫米汞柱，轻度贫血，血红蛋白是每升 94 克。临近两点时，狄燕跑到我房间说病人突然心脏停跳了，我感到特别意外，立即赶到十六房去抢救，后面的事情，大家也都知道，我就不多说了。对了，今晨我已到重症医学科再去看望了那个病人，病人已经醒了过来，生命体征现已平稳。”

王主任听刘医生汇报完，就转过头，盯着狄燕说：“狄燕，你说说。”小玫也把目光转向了狄燕，只听得狄燕说：“病人入手术室时，心跳每分钟 110 多次，血压在一百零几毫米汞柱波动，我一直看着监护也没什么变化。到了中午 1 点左右，病人的心跳也只是稍有升高，到每分钟 120 多次了，最快也就每分钟 130 次左右，血压还是 100 多毫米汞柱。但是骨科医生松止血带后，病人的心率就突然升到每分钟 150 次以上了，我当时测过一次血压，是 85 毫米汞柱左右，我就想加快补液，但那个静脉点滴滴得很慢，怎么都快不了。后来又过了十来分钟，病人心跳就突然停了。我就知道这些了。”说完，狄燕怯怯地盯着王主任，没敢再说什么。

只见王主任皱了一下眉头，好像很生气的样子，瞬间他又转头问田护士长：“昨天十六房的护士是谁？”田护士长回答说：“是柯敏。”接着田护士长转头向着柯敏说：“你把昨天知道的情况也向主任汇报一下。”

小玫也随即看着柯敏，只听她说：“病人进来手术室时，血压、心跳还好，静脉输液是病房带进来的，我看到有静脉输液，还能滴，就没想另外打补液了，谁知道病人会发生这种意外，都是松止血带造成的。”

接着，只听王主任突然提高了嗓门说：“一个那么年轻的病人，从进来手术室到发生心跳骤停，中间有两个多小时的时间，你们却只给病人滴了不到 300 毫升液体。你们摸着脑袋想想，你们还有什么理由推卸责任。从心电监护的结果看，这是典型的有效循环血量不足。而你们却还在那儿不想事，输液滴得那么慢，也不知道及时给病人重新再打个输液，加快补液、造成后面的止血带一松，病人的循环失代偿，突发了心跳骤停。你们在这件事上，有着不可推卸的责任。”王主任说到最后，还敲着桌子说：“对于这件事情，必须严厉惩处，以后绝不能再犯如此低级的错误！”

早会交班结束后，小玫回到她的手术间三号房，正在理顺已经抽吸的麻醉药物。何新春走了进来，对她说：“那个膝关节置换的手术已经让他们外科医生自己停掉了，听田护士长说要接一台第一腰椎椎体骨折的病人，将从重症医学科送过来。”何医生刚说完，病人就已经送到三房门口了。

重症医学科的赵立宁医生告诉何医生，这个四十六岁男性病人，五天前因车祸外伤致肝破裂并休克，当天急诊做了右半肝切除，昨天生命体征基本平稳，并撤了呼吸机，拔除了气管导管，现在病人已经清醒送来手术室准备进行腰椎内固定手术。

小玫把心电监护给病人接上后，心率显示为每分钟 93 次，血压为 116/63 毫米汞柱，脉搏血氧饱和度为 96%。只听何医生说：“这还有胸腔闭式引流啊，难道肺也有挫伤？”赵医生回答说：“是的，有右肺挫伤，少量胸腔积液并出血，昨日也请胸外科彭开云医生会诊过，肺部病情已稳定。”何医生看了看胸腔引流瓶，就问：“既然胸部病情稳定了，干吗没有拔掉引流导管。”赵医生答道：“彭医生说为了保险起见，等做完腰椎手术再拔掉胸腔引流。”何医生再看了一下病人的深静脉导管，并问赵医生："这个导管也是上次手术时扎的吗?"赵医生回答："是的，这个深静脉还是比较通畅的。"何医生接着问："做完腰椎手术还要不要送回重症医学科?"赵医生说："可以，骨科孟林涛医生也建议送回重症医学科。"何医生听后点了点头，说："那好，我们一起把病人抬上手术床吧。"把病人抬上手术床后，赵医生看了看心电监护，生命体征还算平稳，病人也没有述说什么不适，于是就对何医生说："这个车床就放到手术间门口，做完手术，你们直接将病人抬上车床，一起送回我们科便行了。"何医生也随即瞄了一下监护仪，回答赵医生："好的，你可以回去了。"

四十三

腰椎手术病人被抬上手术床后，小玫立刻给病人面罩吸氧。何医生从麻醉车抽柜里拿出听诊器，给病人听诊了双肺后，就对小玫说："插完管要给病人吸痰，双肺都有啰音。"小玫听到何医生说病人肺部有啰音，马上说："我也听听。"于是她接过何医生手中的听诊器，仔细地听诊，还确实是有，右边肺部更明显。只听何医生叫病人深吸一口气，病人照着做了两次，小玫也站在一旁观看着，但总感觉病人吸气不够深大。

何医生给病人及家属签完字后，就带着小玫给病人实施了全身麻醉。何医生做了气管插管后，连接麻醉机，并调节好机控通气的各项参数，看到麻醉机屏幕上显示气道压有轻度升高，为 25 毫米汞柱，就叫小玫给病人吸痰。

小玫立即拿出准备好的吸痰管，将吸痰管塞入气管导管，给病人吸痰，遇到有“咕噜咕噜”声的位置就停住多吸引几秒，以便充分吸干净气管内的痰液。然后，小玫再重新接上麻醉机，这时气道压降低到了 21 毫米汞柱。何医生看了看，就指着病人对小玫说：“现在这深静脉都已经有了，剩下的动脉穿刺、有创测压，就你弄啦，记住看好监护，我要去隔壁四房打麻醉去了。”

何医生端着小玫抽好的麻醉药，走到门口时，突然停住脚步回头对小玫说：“小玫，等到外科医生来了，给病人翻身时，记得要叫我一声。”此刻，小玫正在找动脉穿刺针，听他这么一说，赶忙回答：“好的。”

小玫给病人在左侧桡动脉上只扎了一针就扎中了血管，接上监护仪，并校好零，监护仪上立刻显示出了漂亮的动脉波形。接着，她就给病人深静脉上连接微泵，持续输注丙泊酚和瑞芬太尼，该做的操作都全部做完了，她才安心地坐在麻醉车旁，静静地书写着麻醉记录单。

二十几分钟后，外科医生来了。小玫立刻站起身来，给病人追加了一支芬太尼和一支阿曲库铵。而后，她对外科医生说：“请稍等一下，我去隔壁叫何医生过来给病人翻身。”

小玫走到四房，看到何医生正在给胃癌的病人扎动脉，此刻他已经给病人打好了全身麻醉，并扎了颈内静脉穿刺。小玫心想何医生动作还挺麻利的嘛，虽然想上前帮他扎动脉，又怕影响他，于是就没多说什么，直接帮忙给病人接上丙泊酚和瑞芬太尼静脉微泵。

何医生扎好动脉后，就问小玫："隔壁的病人没什么吧?"小玫赶紧告诉他："没事，隔壁的外科医生已经到了，要么我来帮你看护这边吧。"何医生说："不用啦，已经全部操作完了。"他一边说着一边拧开吸入麻醉罐，然后再对小玫说："我们一起去三房给病人翻身吧。这儿的手术医生还没到，就让巡回护士王丽帮忙看着便行了。"

给王丽打完招呼后，小玫就同何医生一同来到了三房。这时，主刀医生孟林涛也来了，给病人翻身前，何医生问小玫："有没追加麻醉药。"小玫回答："刚才已加了芬太尼和阿曲各一支。"何医生听后应了一声"好"，再看了一下心电监护和气道压后，便对孟医生说："我们可以给病人翻身了。"

就在这时，巡回护士刘丽玲说："这个病人好强壮哦，起码有一百五六十斤啦，又有胸腔引流瓶的，即便翻身了，也不方便在下面垫软垫啊!"孟医生立刻问道："那你说应怎样做，才好在身下放垫子?"刘丽玲回答说："要么我推个车床来，先把病人抬到车床上，等我在手术床上铺好软垫，我们再一起将病人从车床上翻到手术床上来。"孟林涛听到刘丽玲的解说，立刻点头称赞说："这个方法好，既没那么累，也能让软垫放在最佳位置。"

刘丽玲迅速从外面推来了一张车床，并把车床调整到跟手术床相同高度，于是大家轻轻松松地将病人抬到车床上了。刘丽玲很快就在手术床上根据俯卧位腰椎手术的要求铺好软垫，她一边铺一边比对着病人的胸腰部，以便往手术床上翻身时，可以一次成功。

此刻，孟医生站在一旁看着，很满意地对刘丽玲说："不错，以后我们都可以按这个方法做。"何医生也说："嗯，这样的方法可以减少腰椎的损伤，对于腰椎骨折的病人更好，以后我们都可以直接在车床上给病人麻醉了，免得麻醉后再抬来抬去的。"小玫没有说话，默默地在心里赞叹。

一切准备就绪，大家各司其职，待指令一下，大家一起使劲，把病人稳稳地移动到手术床上。孟医生刚想再夸奖一番刘丽玲，就听何医生说："气道压太高了，超过 40 毫米汞柱了。"大家的目光立刻齐刷刷地盯着麻醉机的显示屏，气道压确实高得厉害，何医生反复调整气管导管都无济于事，气道压根本没有任何变化。于是，何医生就对孟医生及在场的人说："这个气道压提示为窒息通气，就是一点气也进不去肺脏，必须重新转回平卧位，否则时间一长，将会缺氧，危及生命的。"

大家一听到何医生说得如此严重，会危及生命，就赶紧又把病人重新翻回到了车床上。病人转回平卧位后，再看气道压，此时降到 24 毫米汞柱。大家看到麻醉机上的气道压又恢复正常时，又都把目光转向了何医生。小玫同样也盯着何医生，想听听他的解释——为什么会发生这种变化？如果再翻身为俯卧位还会发生窒息通气吗？

何医生看了看病人，又瞧了瞧麻醉机的气道压，一时也没个答案，只是心里想着，肯定哪儿有问题，否则不会发生刚才的窒息通气。于是，何医生先拿起听诊器听诊双肺，听完后轻轻地说了句："与刚才一样，仍是有啰音。"接着他又拿起吸痰管，再次从气管导管里塞进去吸痰，但他一送进吸痰管后，就感觉气管里面有黏糊糊的东西，怎么吸，都吸不出来。于是，何医生停住了吸痰，重新给病人打上了机控通气。

小玫一直在边上默默地观察并思考着，看到就何医生没有吸出痰来，于是她便问："这病人气管里面吸不到痰，刚才怎么会……"何医生还没等小玫问完，就说："气管内肯定有痰，但吸不出来，是很黏稠的痰。"孟医生听到何医生说气管内确定有痰后，急切地问："那该怎么办呢?"何医生说："一定要把气管内浓稠的痰吸出来，否则翻身后，还会堵住气管。"

就在大家都束手无策地盯着何医生时，他发话了，对巡回护士说："刘丽玲，你去撬瓶干净的生理盐水来，我们用生理盐水冲洗一下气管，试试有没有效果。"刘丽玲立马就去撬开装了生理盐水的瓶子。何医生也亲自动手拿来 50 毫升的注射器，抽了 50 毫升生理盐水，往气管导管里面推下去，然后再用吸痰管伸进去吸引。反复吸痰几次后，何医生仍然感觉黏稠的痰还是在病人气管里面，吸不出来。于是，他继续给病人接上麻醉机通气，然后掏出手机，给陈主任打了个电话。

没过一会儿，陈主任就来到三房，何医生立刻把事情的来龙去脉告诉他。陈主任也试着将吸痰管伸进导管内轻轻地试探了几下说："这个吸痰管太细了，换根粗的吸痰管来。"何医生立刻恍然大悟地说："小玫，赶紧去找双腔支气管套装里面的那根最粗的吸痰管来。"

小玫听后，立马动身跑到准备室，打开双腔管套装盒子，拿出那根吸痰管就赶忙往三房跑。接着，陈主任拿起那根粗大的吸痰管，再伸进导管，突然随着一阵"咕噜"的声音，气管内黏稠的痰全被这根吸痰导管吸出来了。此时，何医生重新接上麻醉机通气后，大家再看看气道压，已经降到 17 毫米汞柱了。

何医生叫小玫给病人补充追加了一次肌松药后，大家重新将病人翻身到手术床上，大家目光再一次齐刷刷地看向麻醉机屏幕，此刻的气道压显示为 22 毫米汞柱，已经没有刚才的窒息通气了。大家心里的疙瘩总算清除了，陈主任看到病人稳定后就离开了。何医生交代了小玫，要好好盯住病人的心电监护后，也回到四房去了。

手术开始后，小玫站在病人床头看了一会儿，生命体征基本平稳，气道压也是比较稳定。于是，她再重新坐回麻醉车旁，继续完善麻醉记录单。而后，小玫就在默默反思着此前的经过，在刚气管插管后，何医生让她第一次吸痰时，自己怎么就没发现病人气管内有浓稠的痰呢？看来还是自己经验不足啊。这导致病人翻身后，浓痰堵住了气管导管口而发生致窒息通气，被迫又将病人翻转回平卧位吸痰，都是自己的失误造成的。

小玫回忆起毛医生曾经也提醒过她，对于长期卧床或肺部有创伤的病人，必须密切关注气道问题，往往病人会合并有肺部炎症或痰液浓稠，必须听诊双肺，并且要左右肺、上下肺叶对比着听诊，以便清楚地了解双肺的情况。她反思着在她的笔记本上把经过全部记录下来，写完后，还在旁边写了几个“切记”，并打了几个感叹号，最后再画了一个圈，把这几个字牢牢地烙印在这页纸上。

四十四

这日，轮到小玫值夜班，她先跟着麻醉医生洪剑飞把白天遗留的两台择期手术都一一处理完。刚想坐下来休息，就听到电话铃响了。晓琳接通电话：“这是手术室，有什么事吗?”电话那边说，有个头面部外伤的病人，马上要送到手术室来做急诊手术。洪医生就坐在旁边，电话内容他都听了个真切，于是告诉小玫：“去九房准备吧。”说完，洪医生仰靠着凳子，打了哈欠说：“希望早早做完，好早点休息哦。”

小玫片刻都不敢耽搁，立刻动身去洪医生指定的手术间，先是检查了一遍仪器设备，接着就开始抽好全麻所需的药物，包括各种抢救药物。

约莫十五分钟后，病人躺在车床上被送到手术室门口。小玫跟着洪剑飞医生去接病人，只见病人面部血肉模糊，左侧颧面部已被纱布包扎，血液已将纱布浸染出血色。小玫接过病历翻看，是五十二岁男性，因工地坍塌导致头面部损伤。洪医生左瞧右看病人面部，并叫病人张口，左侧嘴唇已破裂，有三四厘米长的裂口，并且还在不停地冒着血。

这时，只听见洪医生问病人：“我看你口里的伤口还在渗血，看来出血不少，怎么不见你头边两侧有血呢？”小玫听着洪医生的询问，也瞅着病人头边扫视，还真没见到什么血，哪去了呢？接着，就听到病人说：“口里流的血，都被我吞到肚子里去了。”洪医生听后，立刻伸手摸了一下病人的腹部，感觉鼓鼓囊囊的，洪医生随口便说：“看来你肚子里的血还不少。”于是她就对巡回护士晓琳说：“赶紧给病人插根胃管，把肚里的血都吸引出来。”

小玫静静地站着一旁看着，也不时地小声嘀咕说：“如果肚子里有血，也算是饱胃了。”洪医生听到后，立刻说：“当然是饱胃啦，就像吃饱饭一样的。”接着，小玫又问病人：“你今天晚上吃饭了吗？”病人回答说：“没有，中午十二点吃过饭后，就没吃了。”

很快，晓琳就推了一台治疗车过来，洪医生立刻说：“现在就给病人插胃管。”于是，晓琳用石蜡油润滑了一下胃管，就从病人鼻孔里，往里插，并叫病人吞咽，把胃管吞进去肚子里去。病人试着吞咽，突然就看到病人强烈地咳嗽起来，然后病人头侧向一旁，“哗啦”一声，吐出了大量的暗红色血液，还有好些血块状凝固物，一大片地面顿时变得血糊糊的。

小玫看到此情形，惊得目瞪口呆，半晌没敢作声。她心想，幸亏自己退得快，否则血都溅到自己身上了。待到病人呕吐有些缓和，又听见洪医生说：“这下好了，肚里的血块都吐出来了，打麻醉也就放心了。”晓琳站在一旁问：“这胃管还要不要继续插？”洪医生说：“要插！可能肚里还有呢，不插胃管怎么知道呢？”于是，晓琳又一次喊病人配合，试着做吞咽动作，晓琳顺势迅速把胃管插了进去，直到 55 厘米才停止。

整个过程，都在手术室门口完成的，家属也站在一旁，看了个真切。而后，洪医生就将麻醉风险等告知了家属，并让家属在麻醉同意书上签了姓名。

大家将病人推到手术间后，小玫立刻给病人面罩吸氧，并把心电监护都一一接上了，病人此刻的心率为每分钟 98 次，收缩压为 126 毫米汞柱，脉搏血氧饱和度为 98%。小玫想到刚才病人吐血的情形，总觉得与这个血压有点不符，就再测了测血压，结果是 123 毫米汞柱，与之前测的结果差不多，于是小玫就问洪医生："刚才看到病人都吐那么多血了，怎么血压还这么正常啊?"洪医生也侧目瞅了一眼监护仪说："现在病人伤口疼痛，处于应激状态，血压呈现这个水平也不足为怪，等下麻醉了，血压就会下去。"小玫接着问："那我们还要不要给病人输血呢?"洪医生回答说："可以输。"

小玫接完心电监护后，就等着洪医生的指示给病人打麻醉了。但洪医生并不急着马上麻醉，而是拿来 50 毫升的注射器，并撬开一瓶生理盐水，从里面抽一管生理盐水，从胃管里面推进去，再用注射器回抽，确定肚子里面没有出血后，才放心给病人实施麻醉。他一边给病人操作，一边对小玫讲解。

晓琳重新给病人另外扎了一个快速的静脉输液通道。洪医生看到输液通道都已建立后就对小玫说："我们开始麻醉吧。"小玫看到病人面部血肉模糊的样子，正准备戴手套时，洪医生便叫住了她，并说："这个病人我来插管。"也许洪医生压根儿也没想叫小玫去给病人扣面罩，也许气管插管还会存在一些不可知的风险，只见他自己搬了一个凳子，走着病人床头，并指示着小玫按顺序把全身麻醉药都一一给了。给完药后，小玫一刻也不敢离开，默默地站着一旁盯着。

四五分钟过后，洪医生拿起喉镜，轻轻地往病人口中伸进去，小玫拿起气管导管，准备着随时递给他。只听得洪医生“哎呦”了一声：“太奇怪了，怎么舌头都劈成两半了。”然后，洪医生又把喉镜拔了出来，重新从另一个角度侧边将喉镜伸进口腔去，接着就说：“拿导管来。”小玫将气管导管递到他手边，洪医生接过导管后，就说：“再帮我轻轻按一下喉头。”小玫照着他的指示做着，洪医生接着说：“好好，就这样。”一会儿，洪医生将气管导管顺利地插进气管了。小玫接上麻醉机进行机控通气，调整好通气参数，看到各项指标都还满意，气道压也不高，19 毫米汞柱。她再看看呼气末二氧化碳值，就 36 毫米汞柱。到这里，麻醉操作算是结束了。

打好麻醉后，洪医生松了一口气地对小玫说：“今天这个气管插管，是我从事麻醉以来最奇怪的一次，舌体被正中劈开，一直裂到舌头根部，我想用喉镜挑起左边，右边的半边舌头就落下盖住喉口，改为挑起右边，左边的半边舌头也盖住喉口，紧急情况下，我只好重新拔出喉镜，改从口角侧边斜着将喉镜送进口腔，以便能将两半舌体都挑起来”。小玫听后点头说：“哦哦，怪不得你这个专家还要反复操作两三次才能插到气管导管。”洪医生笑了，说：“我算什么专家啊，就是做事比别人细心一点儿吧。”

小玫接着问洪医生：“你怎么在门口就想到病人胃里有血呢？”洪医生说：“因为我看到病人口里一直有出血，但床头又没见到血。要是病人将口里的血都吐出来的话，那么头两边一定会有血的印记，绝不可能就我们看到的那么一点点血迹。”小玫“哦”了一声，接着说："怪不得，你从这么一点点蛛丝马迹找到了端倪，询问病人口里的血都到哪里去的。"洪医生说："那是当然，病人是清醒的，询问病人往往可以得到最准确的答案。"小玫用仰慕的目光注视着洪医生。

小玫正在书写着麻醉记录单，洪医生接着又告诉她："对于头面部外伤的病人，一定要排除胃里是否有血。"小玫停下手中的笔，问洪医生："是不是病人口里出血，都喜欢往肚里咽啊？"洪医生回答说："也许是人的本能吧，就像吞口水一样，习惯了。"小玫说："看来我以后得小心这类病人了。"接着洪医生给她举了个例子："以前我在网上看到过一个病例讨论，也是面部外伤病人，口腔里的血液被病人吞进肚子里了，当班的麻醉医生没有察觉，也没有给病人插胃管。在不知情的状况下，麻醉给药后，刚为病人面罩给氧没几分钟，胃里面的血液包括血凝块，便一股脑儿地往上涌，立刻封住了喉口，接下来任由麻醉医生怎么吸引，都无法看清口腔的结构，导致气管插管失败，最终病人死了。"小玫不自觉地伸长了脖子听着，待到洪医生讲完后，她就叹息地说："麻醉的风险好大哦。"洪医生说："那是当然的，否则怎么会说麻醉医生保命呢。"小玫听到洪医生这么一讲，很赞同地点点头说："确实是这么回事，我现在觉得很有道理。"洪医生说："麻醉过程的风险瞬息万变，有句话说得好，'不怕不知道，就怕想不到'。"小玫听后"嗯"了一声，说："那倒也是，如果想都没想到，也就没法做好预防。意外发生时，就很难保障病人生命的安全了。"洪医生点了点头，说："所以平常要多多读书、增长见识，关键时刻总能用得上。"

四十五

小玫趴在麻醉车上写麻醉记录单时，护士站的电话突然响起来了。很快，一个实习护士跑过来，对晓琳说："老师，刚才急诊科打来电话，马上要送一个肝脾破裂的外伤病人来手术室。"洪医生听到后不自觉地"啊"了一声，立即跟小玫说："赶紧到对面的十房去准备一下，抽好抢救药。"

五分钟不到，就听到手术室门口传来乱糟糟的声音，一伙人推着病人往手术间冲，其中一个女人提着嗓门大喊："麻醉师，放哪间房，病人来了！"小玫才刚把麻醉机的螺纹管等耗材都配齐，麻药都没来得及抽完，就见病人被推到手术间来了。

小玫抬头一看，顿时吃惊地站了起来，一个穿着白大褂的男医生还正在给病人按着胸部，在做心脏按压呢。车床上还放着一台心电监护仪，是从急诊科直接送往手术室的，小玫凑上去仔细一看，似乎已经显示没有了心跳，血压也测不出。这可不得了，这么危重，小玫心想。洪医生这时也跟着进来手术间，大声对他们说："这样的病人，你们也敢往手术室送啊。"

洪医生说归说，但一点儿也没耽误，立即拿起喉镜，给病人插上气管导管，然后接上麻醉机给病人机控通气。那位急诊科男医生也顾不上说太多，只是一直站在车床旁边，继续不停地给病人做心脏按压。

小玫赶紧抽了一支肾上腺素，递给洪医生。洪医生接过肾上腺素注射器，就叫住小玫："你赶快去门口找家属签个字，就说病人病情很危重，正在抢救。"小玫立刻找到急诊科带来的病历，就几张病历纸。她拿起那份简单的病历，转身往手术室门口走，她一边走一边粗略看了一下，五十一岁男性，河南商丘人。当小玫走到门口，反复呼叫很多次病人的姓名，都没有一个人过来应答。无奈之下，小玫只好返回手术间，告诉洪医生，洪医生随即询问跟随病人同来的急诊科护士："这个病人有没有家属一起过来？"那位护士说："没有，一直没联系到家属。"小玫听后心想，原来是没有家属啊，怪不得怎么喊都叫不来家属的。

这时，洪医生就问他们："病人什么时候心脏停跳的？有没给过肾上腺素？"急诊科护士回答说："病人是在从急诊科送往手术室的路上心脏停跳的。"洪医生立刻从输液通道上给病人推注了一支肾上腺素，并告诉了急诊手术医生。急诊科医生这时正全力地给病人做心脏按压，顾不得解释那么多，只是简略地说："你用吧。"

小玫再抽了一支肾上腺素，也递给了洪医生。晓琳也在帮忙给病人再扎一根静脉输液，但任由她怎么扎，也都没法扎中血管，此刻，浅表血管几乎都已看不到了。小玫再看病人，已是面色青紫，没有一丝血色，腹部倒是鼓鼓囊囊的，可能积了一肚子的血。小玫站在两个手术间的中间，既可以看到这边病人的抢救，也可以看到那边正在手术病人的心电监护，只要那位头面外伤的病人一有变化，她也立刻可以发现。

洪医生看到急诊科医生一直坚持在给病人做心脏按压，就再往病人静脉推注了一支肾上腺素，但他还是在心里摇了摇头，病人都已经这样了，无论再怎么按也是无能为力了。又过了十多分钟，外科医生丁文涛来了，看到病人已经心跳停止了，就对洪医生说着："病人在路上耽搁的时间太长，出血太多，已经回天无力了。"洪医生就问："这个病人从受伤到现在有多久了？"丁医生回答说："刚才我在急诊科会诊得知，该病人在高速路上发生车祸后，先是等待交警到场，再呼叫'120'，转到当地县医院，诊断肝破裂并休克，接着又转到我们医院来，前前后后到现在已经折腾七八个小时了。"小玫听后，不禁摇摇头，心想这样折腾下来，血都流干了。

洪医生听到丁医生回答后，就问他："现在病人已经这样子了，你还做手术吗？"丁医生说："这还怎么做，一线希望也没有了，就等陆医生下决定了。"听到丁医生如此解释，洪医生也想不出什么法子，只好看了一眼正在还给病人心脏按压的急诊科医生，没再说什么。

又过了十多分钟，急诊科医生突然停止了对病人的心脏按压，并对旁边的医务人员说："我们已经尽力了，持续为病人实施心脏按压三十分钟后，从心电监护来看，没有发现病人有任何心脏复跳的迹象，病人已确定死亡了。"丁医生听到急诊科医生宣布病人已经死亡，于是就站起身来，对洪医生说："既然陆医生都确定病人死亡了，那么后面的事情，就辛苦你们处理一下了，我先回病房去了，科室还有一大堆的事情要处理。"洪医生立刻问那位急诊科医生："不好意思，我跟你们急诊科接触的很少，不知道你叫什么名字呢?"说完，洪医生就盯着他，等待他的答复。急诊科医生转身对洪医生说："我姓陆，叫陆永光，急诊科主治医师。"洪医生听后思索片刻，接着问："不好意思，我还是不清楚，你的姓具体是哪个字?"旁边的护士就赶忙解释说："陆地的陆，永远的永，光明的光，陆永光。听清楚了吗?"洪医生听完说："哦哦，好的，我知道了。"这时，陆医生接着说："既然病人已经救不了了，剩下的事情，只能按流程来做。"说完，陆医生指着病人对洪医生说："接下来，你们可以打电话给太平间，叫他们的值班人员来，把亡人拉走便结束了。"

急诊科医护人员向洪医生交代完后，便离开了手术室。洪医生似乎愣住了，看到他们就这么一个个地走了，留下一具亡人，摆在手术间，心想今晚真是倒霉透顶了。突然，洪医生大声喊了一声："晓琳，你赶紧给太平间打电话去，让他们马上把亡人拉走，越快越好。"洪医生的心情似乎糟糕到了极点。晓琳应了一声"好的"，转身便去护士站打电话了。

这时，对面的口腔科手术医生林海也正在做手术，突然听到洪医生这么大声一吼，立刻也坐直了身子，朝对面看了看。林医生缓了一口气后，便向对面喊道："麻醉师，快帮我们追加点麻药吧!"洪医生闻声立刻赶了过来，对他们说："不好意思，对面的病人折腾的，都无暇顾及你们了。"林医生回答说："没事，看到你们很忙，我也不敢多打扰。"洪医生看到小玫飞快地给病人加完麻药后，就对林医生说："麻药加好了，你们继续手术吧。"林医生说了声"谢谢"，就继续做他的手术了。洪医生又对小玫说："你就给我盯好这个病人，对面的亡人，我来处理。"

虽然，小玫看着这个口面外伤的病人，但她心里还是充满了对亡人后继处理的好奇。于是小玫就把麻醉车移得靠近手术间门口，斜眼还能看到对面手术间的动向。只见洪医生关掉了麻醉机，并把病人口中的气管导管也拔掉了。晓琳也把病人身上的外周输液拔除了。

二十几分钟后，从后门进来了两个中年男人，推了一辆铁皮棺车。小玫立刻猜想到他们应该就是太平间的值班人员，他们跟洪医生、晓琳说了几句话后，晓琳就立即出去了，随后那两个人就把亡人抬进了棺车。

过了一会儿，只听得晓琳回来告诉洪医生说："死亡证明书找不到，怎么办?"这时，洪医生立刻走进对面手术间问林医生："老林，请问这个死亡证明书必须由我们麻醉科开具吗?"林医生回答说："当然啦，医院规定是这样的，病人在哪个科死亡的，就哪个科负责开具死亡证明，并且要你签名，同时盖上你们麻醉科的章。"洪医生听后"哦"了一声，接着问："现在麻醉科都找不到死亡证明书，那该怎么办呢?"林医生一边手术一边答道："那你就赶紧派人去其他科室借一张来啊，对面的重症医学科肯定有。"洪医生"嗯"了一声说："你说的对，ICU 肯定有。"于是洪医生转头就对晓琳说："你马上跑去 ICU 借一张死亡证明书来。"晓琳点点头，立刻跑去借了。

小玫听到洪医生说 ICU 肯定有死亡证明书，感觉有些怪怪的，但她转念一想，ICU 的危重病人多，病死率高也没什么奇怪的。然后，小玫就不再多想了，她转过头来直向监护仪，监护仪上的数据显示此刻病人的生命体征还算平稳。

没到五分钟，晓琳就气喘吁吁地回来了，伸手便将死亡证明书递给洪医生。洪医生接过一看，立刻皱了一下眉头说：“给我两张干吗，不吉利。”晓琳听他这么一说，下意识地缩了一下头，而后怯怯地说：“不好意思，多撕了一张来。”小玫在一旁听了，在心里偷笑，但不敢作声。

太平间的两个人还在对面的房间等着呢，洪医生顾不得多想，接过纸来，立刻就在纸上的空格处填写起来。接着，洪医生就问晓琳：“你知道麻醉科的公章放哪里了吗？我刚才翻找了护士站好几个抽屉，都没有找到。”晓琳说：“我知道的，前几天我还用那个公章帮实习生盖过呢。”于是，晓琳快速跑出去，没一会儿的工夫，就握着公章和印泥过来了。

洪医生在那张死亡通知书上盖好麻醉科公章后，便送到对面去了。太平间的工作人员接过死亡通知书立马起身，推着棺车走人。等到对面的太平间工作人员离开后，小玫的心总算轻松了许多，但她心里还是有些怕怕的，不敢再进去那个手术间了，更不敢把对面手术间的灯灭了。

四十六

这时，洪医生似乎心情平和了许多，他走到手术床旁，盯着林医生做了一会儿手术，对林医生说："今天这个病人的舌头伤得很厉害哦。"林医生立刻接过话说："是啊，没遇到过舌头正中裂伤至舌根的，我单单缝合这个舌头都花了一个多小时，要是不缝得精细点，怕是以后舌体运动都可能会受到影响"。洪医生听他这么一说，答道："那是应该的。"林医生接着说："术前我给病人备好了2个单位血，你们可以拿来给病人输。"洪医生立刻答道："对，对，刚才忙着抢救对面的，差点把这个输血的事给忘了。"他立刻从麻醉柜里找出白处方，写了一张取血单，签好名后，递给了晓琳。晓琳接过取血单，立刻动身送去输血科取血去了。

小玫突然想，这个病人是舌体裂伤，手术后还能马上拔管吗？于是，她就问："洪医生，这个病人手术结束后，我们要不要在这儿复苏啊？"洪医生听到小玫这么一问，立即想了一下，要是快速让病人苏醒拔除气管导管的话，万一舌体水肿后坠导致呼吸困难，晚上又照看不周，那就可能会造成病人窒息，甚至缺氧危及病人生命。想到这里，洪医生就对林医生说："老林啊，我看这个病人还是送去 ICU 过个夜吧，待到舌头水肿期过后，再拔除气管导管，或许会更加安全。"林医生听后说："这大半夜的，送回病房是不安全。你说了算，我没意见。"接着，洪医生就转头对小玫说："你去护士站给 ICU 打个电话，就说待会儿将这个病人送过去。"

小玫听到洪医生指示后，立刻起身，走到护士站，翻看电话簿，查找了 ICU 的电话，然后就拨了过去。"嘟——嘟——嘟"，几声过后，那边电话终于接通了，一个护士的声音说："你好，这是 ICU。"小玫赶忙回答说："这是麻醉科，一小时后，会送一个口腔外伤的病人到你们科。"那边说："没床位。"还没等小玫解释病人的情况，对方就挂了电话。小玫无奈只好回到手术间，向洪医生汇报。

小玫将刚与ICU对话的情况一五一十地复述给洪医生和林医生听，洪医生立刻说："ICU现在这么拽啊。"林医生一边做着手术，一边对洪医生说："从这儿再给他们ICU打过去，这样的病人不送去，晚上没法休息了。"洪医生"嗯"了一声，说："必须再沟通好，把病人送过去，否则晚上无法复苏病人的。"说完，洪医生走近手术间的智能控制面板给ICU重新拨通了电话，对方还是同样的态度，坚决说没有床位。这时林医生也听不下去了，于是走过去，告诉ICU那边："这个口腔手术必须要送ICU的，你们怎么也得想办法，腾出一张床来。"

与双方交涉了好一阵子后，ICU那边的另一个医生接过电话说："如果你们实在想送来也行，但必须自带呼吸机和监护仪来，否则没办法。"洪医生不假思索地说："好，就照你们说的，我们带呼吸机和监护仪过去。"那边电话里再问："病人循环稳定吗？有没有微泵抢救药之类的？"洪医生回答说："没有，生命体征是平稳的。"那边再说："那好，送来前，再给我们来个电话。"洪医生说："知道了。"

而后，小玫与洪医生他们默默地盯着监护仪，静静地等待着手术结束，就在这时，护士站的电话铃又响起来了。于是，晓琳赶紧走过去，接通电话，只听得电话那边一个女的问："喂，是手术室吗？"晓琳回复："是的，这是手术室，有什么事吗？"那边说："这是骨伤科，马上有个下肢外伤的病人要送去手术室做急诊。"晓琳就问："什么时候过来？"那边电话里说："大概晚上十点送到手术室吧。”晓琳听后说了一声：“好的，知道了。”然后她就把电话挂断，转身往手术房间走，突然她又停住了步伐，仰头看了一下墙壁上的挂钟，心里念叨着现在已是晚上九点四十分了。

晓琳回到手术间，立即告诉洪医生：“十点骨伤科还有一个下肢清创的急诊要来。”洪医生随意回了一句：“哦，到十房做吧。”小玫听到洪医生说到对面做，立刻心头一颤，惊讶地说：“千万别，刚才，刚才对面……”这时，晓琳也说：“对面房间刚有病人去世了，这么快进去做手术，不太好吧。”洪医生看着她们，立刻笑了一下，说：“好，你们说得对，那就到隔壁的八房做吧，小玫去准备一下。”

小玫立刻转身去隔壁房间，把麻醉机、监护仪和电脑等都一一打开了。她一边准备一边想，急诊是做下肢清创，应该不需要全身麻醉的，那就先把急救药和局麻药备齐吧。

小玫正在抽着药，就听到手术室的门铃响了，心想难不成骨科急诊就到了，哪有那么快。她下意识地转头瞧了一眼墙壁的时钟，还真到十点了，时间过得真快啊。这时，洪医生到她的房间来了，走近小玫并对她说：“隔壁的口腔手术快做完了，我已经把麻醉记录单都写完了，你去把那个病人送去 ICU 吧。”小玫抽着药，点头说：“好的。”

洪医生去门口接病人去了。小玫抽完药立刻回到九号手术间，走近手术台看了一下手术，林医生正在给病人进行最后的缝皮了。于是，她赶紧走近墙壁智能屏，拨通 ICU 的电话，接通后，小玫就告诉对方：“手术再过十分钟结束，就要送过去了，请你们做好准备。”ICU 那边回道：“记得带监护仪和呼吸机过来。”小玫回答说：“知道了。”

然后，小玫就跑到恢复室找来呼吸囊和氧气袋，并准备好监护仪和呼吸机，放在手术室门口。手术结束后，她们一起把病人抬到车床上，并把平衡液一起挂到车床的输液架上，然后小玫手捏气囊，与林医生、晓琳一起将病人推往 ICU 了。ICU 护士领着她们把病人送到指定的床位，她先给病人接上呼吸机，一起将病人抬过床，再接好心电监护。

ICU 医生站在一旁，看到心电监护都还平稳，就问林海医生：“病人有没有什么特殊情况啊？需要注意些什么？”林医生说：“手术还算顺利，关键是这个病人口腔内做了舌体手术，等到明天病人舌体水肿消除后，再拔管吧。”接着小玫告诉 ICU 医生：“这个病人术中生命体征比较平稳，就是插管时，由于舌体外伤，存在插管困难，所以麻醉科洪医生特别交代，等完全清醒后再拔除气管导管。”

四十七

小玫回到手术室，看到八房有一个病人正侧卧位躺在手术床上，监护仪上显示病人生命体征还算平稳，再瞧瞧洪医生，他正坐在病人背后，给病人打半身麻醉呢。于是，小玫就拿起病历夹，翻看病人的信息。这是一位五十七岁男病人，因车祸致左侧胫骨开放性骨折，并有头面部擦伤。小玫坐下来，伏在麻醉车上把麻醉同意书的病人信息都填写完，并拿出麻醉记录单准备填写。

这时，小玫突然听到洪医生叫病人躺平，猜想麻醉应该打完了。于是，她立刻起身，帮忙一起让病人躺平，同时给病人追加1毫升即6毫克的麻黄碱，并加快输液。而后，小玫就问洪医生："给病人打在哪个腰椎间隙，用了多少腰麻药量？"洪医生说："给病人扎了第二、第三腰椎间隙，腰麻药给了2.5毫升，由硬膜外向头侧置管3厘米。"

接着，晓琳给病人导尿，小玫也回到麻醉车旁，继续完善麻醉记录单。大约十分钟后，骨科的肖医生戴着口罩帽子进到手术间来，小玫瞅了一眼，便立刻认出他了，是前年来的研究生，他们一同吃过饭的。肖医生看到小玫也顺口说了句："咦？吴美女也上夜班啊。"小玫听到后"嗯"地应了一下，没有多说什么。转而肖医生又对洪医生说："老洪，这个病人可能要多耗点时间，做完胫骨，还有腘窝血管探查的，你们给病人硬膜外置管了吗？"洪医生回答："置管是肯定的，你们不说，我们也会留的，以防万一嘛。"肖医生听后笑了一下，说："那就好了，我刚才都担心这事，后悔没早点提醒。"

晓琳在一旁问："你又要探查腘窝，准备给病人摆什么体位啊？"肖医生说："先仰卧位，做完胫骨内固定后，再翻身到俯卧位，做腘窝探查。"晓琳心想这不是把病人当煎饼调嘛，但没说出口，只是应了句："哦，知道了。"过了一会儿，小玫想起不知这个手术有没备血，于是试着问了一声："肖医生，又是骨折又是血管探查的，有没有给病人备血啊？”肖医生马上笑着回答：“遇到美女，我怎敢不伺候好了，那不是成心找骂？”小玫说：“就你爱耍贫嘴。”而后，肖医生正经说道：“血是备了的，但不一定用得上。”小玫答道：“备了血就好，我们也放心啊。”

手术正式开始后，小玫坐在一旁，伏在麻醉车上，双手撑着脑袋，面朝监护仪，默默地听着监护仪的声音。滴完一瓶平衡液后，小玫立刻起身更换了另一瓶平衡液上去。夜深人静的，无影灯下，只有做手术的两个人在灯下忙得不亦乐乎。而护士和麻醉师们，像小玫这样，接完输液后，没什么事干，便又回到原位，伏在麻醉车上，看到病人的生命体征没有任何起伏，平稳得让人昏昏欲睡、打不起精神。小玫生怕趴在那儿会睡着了，于是赶紧起身，在护士站来回走动几圈，以便提提神。

等待的时间特别漫长，小玫感觉这个下肢外伤的病人从来到手术间，到现在应该过了蛮久的，可瞧瞧墙壁智能屏上的时间，距离零点还有二十几分钟呢。小玫无聊地转了一会儿，又回到自己的位置上，继续伏在麻醉车上了。过了许久，她又从麻醉柜里拿出一张纸来，慢慢地一笔一画地书写着。静静的夜，无聊的夜，漫长的夜，待以何时，才能见到清晨的曙光？

小玫突然想起刚才那位急诊科的医生，抢救心跳停止的病人，他为何非要按够半个小时，才肯停下手来？她左手撑着腮帮，右手伏在麻醉车上，随意地转动着水笔，一门心思地回想当时急诊科陆医生给病人按压的场景。

好一会儿过去了，小玫仍旧想不明白心脏按压的那些细节，于是，她咨询洪医生。洪医生此刻也是睡意满满，听到小玫问她关于心脏按压的事情，就坐直了身子，打了个哈欠，懒懒地说道：“刚才那个亡人啊，血都流干了，按多长时间也没用的。”小玫就好奇地问：“为何陆医生还要一直在那里按完三十分钟才罢手呢？”洪医生回答说：“这个好像是医院规定的，心脏骤停处理的一个时间标准吧。就是说遇到了紧急心脏骤停的病人，如果持续心脏按压三十分钟以上，病人仍然没有复苏或心脏复跳的迹象，可以判定该病人死亡了。”

小玫仔细倾听完洪医生的解释后，接着就问：“照你这么说，就是给病人持续心脏按压三十分钟后，病人仍然没有苏醒或心脏复跳，医生就可以放弃给病人继续治疗了？”洪医生瞟了她一眼说：“你的脑子真好使，大致就是这么个意思。”

小玫侧着头问：“有没有心脏按压超过半个小时，仍然可以复苏成功的？”洪医生未加思索地答道：“当然有啦，记得三年前，我参与救治的一个外伤病人，术中因为大出血，突发心脏停跳，我们一直按了四十七分钟，方才恢复自主心跳。”小玫惊讶地问：“后来怎么样，活过来了吗？”洪医生回答说：“当然活过来了。”小玫问：“没有并发症？比如脑子有没不清楚？”洪医生说：“没有，脑子清楚得很，只是后来双下肢都被截肢了。”

小玫盘根问底：“为什么要截肢，那是个怎么样的病人？”洪医生说：“那个病人截肢也很正常，本来就是因为双下肢自膝关节以下撕脱伤进手术室的，如果第一次手术时直接截肢的话，也不至于会落得心脏停跳。”小玫问：“为什么当时没有直接截肢？”洪医生接着解释说：“记得当初入手术室时，病人也是清醒的，麻醉前病人反复强调不让截肢，家属也是很强硬的态度，坚决不让截肢。

出血太多，所以才酿成术中松止血带后，突发心脏停跳了。”

小玫微笑着对洪医生说：“你太厉害了，心脏停跳四十七分钟，抢救回来后脑子竟然还不受一点儿影响，真是难得。你后来总结了什么成功的秘诀吗？”说完，小玫连忙拿出一张纸来，准备记录他解说的关键内容。洪医生也笑了一下，说：“谈不上什么秘诀。那个病人之所以能很好地复苏，而不影响智力，第一个因素是我们充分了解导致心脏停跳的病因，就是血容量不足引起的，只需一个劲地加快输液输血便是了。同时，病人是全身麻醉，整个心脏按压过程中，全程有麻醉机在给病人纯氧通气，没缺氧，这是第二个重要的保障因素。第三个因素是，病人进入手术室后，我们持续心电监护，一刻也没耽误，及时给病人实施心脏按压了，血液循环相当于一直没有停，就是满足了这三点，我们才能达到完美的复苏。”小玫快速地在纸上记录着，记完后长舒了一口气说：“很好，我懂了，谢谢你的指导。”

而后，小玫又重新回到麻醉车旁，伏在台面上，静静地聆听着监护仪的声音。突然，一阵铃响，打破了深夜的寂静。小玫立即坐正了身子。这时，晓琳也起身快步离开去护士站了。小玫此刻举起双手，慢慢地伸了个懒腰，心想着难道又要来急诊了，又是什么样的病人呢，不过再来个病人也好，免得总这么待着，太过乏味，但又想，万一再来一个类似此前那样太过危重的半死不活的急诊，那就不好了。

没多久，晓琳就回到房间说：“马上要来急诊病人了。”洪医生趴在电脑前，坐起身来问道：“哪个科的，什么病人？”晓琳答道：“泌尿外科的，肾上腺肿瘤外伤的急诊。”说完，她就去准备手术用的巾单去了。于是，洪医生站起身来，打了个哈欠说："怪事，泌尿外科都有急诊了！"这时，小玫也起身："我去准备全麻药吧。"洪医生说："好的。"小玫离开了房间。

小玫从准备室拿好药物和喉镜等用具，突然又想到，去哪间房做手术呢？于是跑回八房问了洪医生一声。洪医生告诉她："就在对面的十一房做吧，方便监护病人。"

小玫答了一声"好嘞"，就立刻去对面手术间准备去了。晓琳这会儿也到护士站去打电话，再喊了一个备班出来。洪医生因为有了小玫当助手，同时做2台手术的麻醉，也就不需要再喊备班了。

四十八

不一会儿，病人就躺在车床上送到手术室来了。小玫接过病历，立即翻看了一下病人信息，这是一位六十二岁的男病人，既往有高血压，拟行右侧肾上腺肿瘤破裂探查术。小玫同洪医生他们一同把病人抬上手术床后，立马给病人接上心电监护。当小玫看到病人血压为183/115毫米汞柱、心跳为每分钟120次时，感觉甚为惊奇，心想着出血病人心跳增快很常见，但血压仍然是那么高，真是不可思议，于是就问洪医生："不是说内脏出血吗，怎么还有这么高的血压啊？"

这时，洪医生也发现了血压不对劲，再重新测量一次血压，皱着眉头，盯着监护仪，瞅了一会儿，血压仍是一百八十几毫米汞柱，然后又伸手去摸病人的脉搏，默默地思考了片刻才说：“这个病人要小心，很有可能是嗜铬细胞瘤，小玫你把硝普钠和去甲肾上腺素、肾上腺素都准备好。”

小玫听到洪医生说要备抢救药，立刻就问他：“硝普钠怎么备，去甲肾上腺素又怎么备？”洪医生刚要出去给家属签名，又停下脚步对小玫说：“这个病人有五十几公斤吧，硝普钠你就用一支稀释到 50 毫升生理盐水里面便可，去甲肾上腺素你也拿一支，用生理盐水稀释到 50 毫升，以便术中微泵用，肾上腺素一支稀释到 10 毫升便可。”小玫听后立刻答道“好的”，便出去找药。接着，洪医生也出去找家属签字去了，晓琳留在房间给病人扎静脉输液。

小玫找来急救药物，就坐在麻醉车旁一一备好，顺便看着监护仪上病人的生命体征。这时，洪医生也回到手术间，就问病人：“你以前知不知道你的肾脏有肿瘤的？”病人回答说：“今年四月份在医院做检查，发现肾上有个肿瘤，只是我觉得不碍事，就没当一回事。今天晚上不小心滑了一跤，正好这腰子顶住了凳子，所以就疼痛不止了。”洪医生又问：“以前除了高血压，你还有其他的什么病吗？”病人回答：“我一直只有血压高，没别的毛病。”接着洪医生又问：“有没有头晕头痛过？”病人说：“偶尔有过，但很快就消失了。”

问完病史后，洪医生便对病人说：“待会儿我会给你打全身麻醉，你现在张口，试着‘啊’一声。”病人很配合地“啊——啊——啊——”了几声，洪医生瞅了一眼他的口腔，就问他：“你的假牙能拆下来吗?”病人说：“不能，是固定的。”接着洪医生再拿出听诊器给病人听了双肺，感觉还可以，而后就安慰他说：“好好吸氧，马上要给你打麻醉了。”病人说：“医生，我平常好怕冷的哦，能不能帮我多盖点被子，感谢你。”洪医生回答说：“可以，没问题。”说完他就再找来一张被子给病人盖上。

小玫站在手术床边，对洪医生说：“都准备好了。”洪医生说：“好，那就开始给病人麻醉吧，你来给病人扣面罩、给氧。”小玫立刻搬来一个小凳，坐在病人的床头，就把面罩盖在病人面部，并叫病人好好吸氧。随着洪医生一支支麻药从静脉输液中注入，小玫就开始给病人扣面罩、捏气囊给氧了。

四五分钟后，小玫就在洪医生的指导下给病人完成气管插管，确定位置正确后，便接上麻醉机进行机控通气，并调节好呼吸参数。而后，洪医生就从壁柜里拿来一个中心静脉穿刺包，准备给病人扎深静脉，小玫在一旁先给病人把丙泊酚和瑞芬太尼接到静脉微泵上，再给病人扎一个动脉穿刺，以便术中进行动脉测压。这个病人麻醉后的血压仍是一百五十几毫米汞柱，小玫轻松地就扎上了桡动脉穿刺，然后接上监护仪，校零后，红色的动脉波形立刻显现出来了。这时，洪医生的颈内静脉穿刺也把导管置入血管了，正在给病人缝皮。小玫在一旁看着，当洪医生一缝完，贴好敷膜，立刻准备将外周输液管道转到中心静脉导管上去。洪医生看到后，叫小玫停住：“不要接，另叫晓琳再开通一根输液管道，以便术中快速输液，稳定血压。”晓琳重新开了一副输液管道接上中心静脉输液后，洪医生再叫小玫在中心输液上添加两个三通管，专门连接硝普钠和去甲肾上腺素，以便随时微泵输注急救药。小玫接着就按洪医生交代的做好了。

洪医生就以每小时6毫升的量持续给病人微泵硝普钠，去甲肾上腺素只是摆好，暂时不用。接着，洪医生走到电脑前查询病人资料，核实一下外科医生有没有给病人备血，只见洪医生点点头，轻轻地说着："还不错，他们外科医生总算是给病人备了3个单位的血。"小玫经过这近半年在麻醉科的锻炼，基本上也摸清楚了麻醉科工作的流程，只要外科医生向输血科备血了，那就是已经向输血科送去了血标本，万一出血多，可以随时增加备血，在紧急情况下，还是能够节省时间的。

小玫在来这边给病人麻醉时，就将对面骨科病人的监护仪移动了位置，让监护仪正朝着门口，她们偶尔往对面房间看一眼，便能知道里面手术的动向，手术医生仍然在做着手术，再瞄一眼监护仪，只要心电监护的结果都还正常，病人也就没什么变故，说明病人处于平稳状态。

这时，骨科肖医生已经做完了胫骨内固定，需要翻身后再做腘窝探查。于是，他们又来到对面，一起动手把病人摆到俯卧位，小玫接着将面罩摆到病人面前，尽量靠近鼻孔，以便病人能更方便地吸氧。然后小玫就问病人此刻痛不痛，病人回答："不痛。"接着，小玫就安慰病人好好休息，告诉他如果感觉疼，或有什么其他不舒服的，都要及时说出来，他们会帮他解决。

过了几分钟，泌尿外科的李医生也来了，李医生一看到小玫立刻怪笑了一下说："今天你又当班啊。"小玫也微微地笑了，"嗯"了一声，但不想说什么，更不想提及上次尴尬的麻醉。在给泌尿外科病人摆侧卧位前，小玫赶紧给病人追加了一支肌松药，再跟大家一起将病人摆到合适的、方便手术的位置。

洪医生就问李医生："就你一个人吗?"李医生答道："马上孙永刚主任也会来的，这个手术可不小。我们怀疑病人肾上的肿瘤是嗜铬细胞瘤，你们要注意点，可能术中会休克的。"洪医生点点头说："我也是这么怀疑的，否则内脏出血的病人，血压是不会这么高的。"说着洪医生就指着监护仪说："你瞧瞧这血压，换一下体位，又升到190毫米汞柱了。"小玫在一旁听后，也看了一下监护仪，问道："我们输液还要不要加快些?"洪医生看了一下输液，就说："可以，加快输液也好，增加有效循环储备。"

李医生先给病人消毒、铺巾。没过一会儿，孙主任也来了。孙主任一进手术间，立刻看了一眼监护仪，并打量了房间里的人，就对洪医生说："洪医生，这个病人不能大意哦，大家要打起精神，盯紧点。"洪医生立刻答道："你瞧这个，我们都已经准备好了，去甲肾上腺素和硝普钠都在这儿。"洪医生指着微泵讲给孙主任听。孙主任看到洪医生都已准备好了，"嗯"了一声，说："很好。"之后，就没再说其他什么的，进去洗手消毒了。

李医生已经穿好手术衣，等着孙主任下刀。他对洪医生说："今天你的准备很完善，否则孙主任会让你喊你们主任出来的。"洪医生说："大半夜的，干吗要喊我们主任。我能不能搞定，我自己心里清楚的。你只要给病人把血都备好了，就没事了。"李医生答道："我都备血了啊。"

手术正在进行中，刚一打开后腹膜腔，就立刻看到台上吸引管不停地抽水似的将血吸进吸引瓶，过了没一会儿，小玫赶忙蹲下看了一下吸引瓶，惊讶地说："都快2000毫升出血量了。"洪医生立刻起身加快两根输液通道输注速度，并马上从麻醉柜里拿出处方写上“红细胞3个单位，血浆500毫升”。洪医生写好后，立刻递给晓琳，并交代她说：“先拿这些来，同时你再叫输血科的值班人员，另外再加备5个单位的红细胞和500毫升血浆，告诉他们，病人出血很多，要抢救。”晓琳接过取血单，“嗯”了一声，立刻出去了。

小玫看到手术中已吸出2000多毫升的血，血压仍然是一百六十几毫米汞柱，觉得奇怪，就问洪医生：“为什么出血这么多，血压还是那么高?”洪医生看了一下监护，就向她解释：“因为肾上腺的那个肿瘤没有切掉。这个病的根源就是那个肿瘤，手术挤压会使肿瘤不断地释放儿茶酚胺，导致血压心跳持续很高，一旦手术摘除了肿瘤，血压很快就会降下来的。”小玫听后点了点头问：“既然是这样，我们要不要把硝普钠再调高点速度呢?”洪医生转身瞧了一眼监护仪，就问她：“为什么要调高点硝普钠?”小玫心里不敢肯定，怯怯地说：“想把血压再降低一点啊。”

洪医生微笑了一下，说：“没必要的，这种病的根源是肿瘤，不是原发高血压，只要将血压稳定在差不多160毫米汞柱就行了。如果我们现在给病人的硝普钠速度加快了，势必输注进入身体的硝普钠的量就会增多，一旦肿瘤切除后，血压降下来，我们用去甲肾上腺素升压时，效果就不会那么迅速，容易造成血压过山车式起伏。我们的目标就是要让血压不要大起大落得太明显，尽可能让血压波动小一些，也可以预防心脑血管意外的发生啊。”小玫听后感觉洪医生说得非常有道理，就说：“现在我们还应该做哪些准备呢?”

洪医生指着微泵说："你不是已经准备好了去甲肾上腺素吗，现在我们要做的就是快速输液补血，你再拿瓶胶体来滴。"小玫听后立刻拿来一瓶500毫升的胶体，给病人挂上了。孙主任一边做着手术，也听到了洪医生的解说，表示赞同："小洪做得不错，很好。"洪医生说："这是我们应该做的"。孙主任又说："嗯，你刚才说的观念，我表示赞同。"李医生也在一旁附和道："孙主任不轻易夸奖人的，洪医生你是很棒的。"洪医生最后总结道："这个病人可不简单，大家都要小心点就是了。"于是，大家都默默地各司其职了。

四十九

就在这时，对面的八房肖医生在喊她们："病人感觉痛了，快过来加药啊。"洪医生马上告诉小玫："你去对面，给病人硬膜外追加点利多卡因，每次最多5毫升，隔五分钟再加一次，快去。"小玫立刻转身去到对面，询问病人："你感觉哪里不舒服啊?"病人说："我就感觉大腿不舒服，很胀痛，给我加麻药吧。"

小玫拿起10毫升注射器抽了两支利多卡因，从硬膜外导管给病人先轻轻回抽了一下，没有回血或其他回液，于是就向硬膜外推注入利多卡因。小玫一边推药一边问病人："有没有感觉腰背部凉凉的?"病人立即答道："有，有凉飕飕的感觉。"小玫说："那就好，很快就会起效的。”接着，她继续给病人推药，推够了 5 毫升利多卡因，才住手了。然后她就把剩余局麻药的注射器用纱布裹好。

小玫推完一次量的局麻药后，告诉病人：“现在已经给你加完麻药了，你就好好吸氧吧，过个五到十分钟，麻药才能起效的。”病人回答说：“好的，谢谢医生了。”小玫瞧了一眼监护仪，生命体征都还平稳，于是她就转身到对面的十一房手术间了。

回到十一房手术间，小玫看到输液架上已经在输着血，另一个输液管道也在输注着血浆。这时的血压又回升到 170 多毫米汞柱了，她心里立刻想到，病人的肿瘤还没有切下来，因为刚才洪医生给她讲过的，只有肿瘤切下来了，血压才可能会降下去。小玫这时看到吸引瓶比刚才出血更多了，快到 3000 毫升了。这时，只听得洪医生叫晓琳赶紧再去取血来，从他口角微颤的声音，小玫也似乎能感觉到，这个病人的情况是非常严重的，出血这么多，血压仍然没降下去，但看心率已经升到每分钟一百三十几次了。

洪医生看到小玫回到房间，就立刻挥挥手叫她回到对面去，并强调了一声：“你把对面的病人看好了，就是对我最大的帮助。”小玫听洪医生说话这么严肃，不敢怠慢，立刻转身回到八房去了。

回到八房后，小玫就走近病人问：“感觉怎么样？还疼吗？”病人说：“不是疼，是大腿很胀，麻烦你再给我加点麻药吧。”小玫侧眼看了一下墙壁上的时间，距上次推注局麻药已近十分钟了。于是，她就把注射器里剩下的 5 毫升利多卡因，全部推到硬膜外去了。接着小玫告诉病人说：“刚又给你追加一次麻药了。”病人回答说：“我感觉到了，但大腿还是很胀啊。”小玫回答说：“稍微等等吧，麻药会起效的。”

又过了五六分钟，病人仍然还是辗转反侧，不停地想扭动身子。小玫走上前问病人：“你还是感觉很不舒服吗？”病人答道：“大腿不舒服，很胀很酸的。”小玫再看病人的心电监护，血压和心跳也比此前增高不少。肖医生这时也对病人说话了：“你不要老是动，老是这么挪来动去的话，手术就没法做啦。”病人很委屈地说：“不舒服啊。”肖医生于是跟小玫说：“要么你再给病人用点镇静药，让他睡觉吧。”小玫听到肖医生的提醒，心想这个方法也不错，让病人睡着了，自然就不会动啦。

小玫去到十一房，看到洪医生正集中精力看着监护仪，就没想打扰他，准备拿了镇静药便离开，但当小玫刚要离开房间时，她还是停下了脚步，并对洪医生说：“对面的病人趴久了，总是扭来扭去的，可否给病人用点镇静药，让他睡觉得了？”洪医生一直盯着监护仪，突然听到小玫问他，猛然醒悟似的，侧过头问她：“为什么用镇静药？”小玫说：“我都用了两支利多卡因了，病人还是述说大腿胀痛得厉害。”洪医生稍微想了一下说：“那是止血带反应，也是，这么久了，腰麻的效果都慢慢退了，单靠硬膜外的效果是达不到下肢完全无感觉的。”小玫听到他这么解释，接着就问：“那还能用镇静药吗？”洪医生说：“不能单纯使用镇静药，必须先镇痛，在完善镇痛的前提下，才能使用镇静药，否则病人会狂躁起来，不听你的，就更加无法配合。”

小玫听到洪医生如此解释，非常惊讶，心想幸亏没有自个做主给病人推注镇静药，否则就是给洪医生添乱了。于是，小玫就规规矩矩地问洪医生：“那么，镇痛药该怎么给病人用呢？”洪医生说：

“你就先给病人静推一支芬太尼，然后再将一支芬太尼混到两支丙泊酚里面一起静脉微泵，速度就先按每小时20毫升吧。”小玫听他讲解完后，顺便瞧了一下这个手术间。监护仪上显示，血压已经降到不到110毫米汞柱了；心跳仍在每分钟130多次，两个输液架上都是满满的输血袋，这时硝普钠已经停了，微泵着去甲肾上腺素。正当小玫离开时，洪医生不忘再叮嘱她一声：“用了镇静镇痛药，必须仔细看好监护，千万别让病人缺氧了。”小玫听到洪医生的交代，立刻回了一句：“好的。”

小玫回到八房后，立即给病人静脉推注了一支芬太尼，并告诉病人：“现在给你用镇痛药了，希望你会感觉舒服些。”接着，她又将一支芬太尼与两支丙泊酚一同用50毫升的注射器抽好。小玫一边抽药，一边就在想着，在丙泊酚里面加芬太尼，无非就是要增强镇静药的镇痛效果，看来洪医生还是很重视对病人的镇痛呀。记得以前跟随毛医生学习麻醉时，他也曾说过类似的话，病人处于疼痛不安的时候，千万不要随意给镇静药。只是今天才听到洪医生说了后半句——如果病人疼痛没解决，单纯给病人镇静，将会造成病人狂躁不安。

过了五六分钟，小玫站起身来，看了一下监护仪，脉搏血氧饱和度是99%，血压、心跳也比刚才平稳，她又走到病人床头问：“现在感觉怎么样，大腿还胀痛吗？”病人说：“比刚才好多了，谢谢你啦。”小玫接着问肖医生：“止血带要多久才会松一次啊？”肖医生看了看墙壁上的时间，再看了一下止血带的仪器屏幕，答道：“还要二十几分钟吧。”小玫又问：“那还用给病人镇静睡觉吗？”肖医生说：“只要病人不动就行，睡不睡觉，都不大要紧的。”小玫“哦”了一声，没再说什么。她此刻想到的是，病人已是俯卧位，一旦用了镇静镇痛药，病人睡着了，就有发生缺氧的可能，要是真发生缺氧了，这病人趴着的体位，想给他扣面罩都难啊，所以能不用还是不用。于是，小玫就把抽好的丙泊酚备着，需要用时再给病人用上也不迟。

小玫伏在麻醉车看监护，无意间看了一眼输液瓶，突然想起要了解输液的情况。病人从进来到现在已经四个多小时了，这是第几瓶输液呢？她扫了地上一眼，再看看输液架上挂着的，总共才用到第三瓶呀，而且这瓶平衡液才只滴了一半不到，马上就要到松止血带的时间了，感觉不是很够吧，小玫心里盘算着。于是小玫立刻站起身来，走近病人，把输液速度拧到最快，并再从壁柜里拿了一瓶平衡液过来，也挂在输液架上了。

小玫在手术间里转了一会儿，就问肖三园：“你这个手术还要做多久的？”肖医生听到小玫问他后就回答说：“你问我啊，少说也要一两个小时吧。”小玫问：“怎么要那么久啊？”肖医生说：“你想想啊，我要在显微镜下缝合血管呢，能不慢吗？血管没缝好，血运就不通，这条腿就废了。”小玫接着说：“嗯，慢慢缝吧，只是止血带的时间还有十几分钟就要到了，你要准备好哦。”肖医生说：“知道了，等到止血带报警时，我就先加压包扎一下。”

小玫就走到门口，瞧了一下对面手术的进展情况，手术医生还在台上低着头做着手术，洪医生也站在监护仪前，这时血压已经升到 120 毫米汞柱了，心率升到每分钟一百二十几次。她心想，这个病人似乎比刚才稳定了一些，于是她就走进十一房问晓琳：“八房的止血带马上就要到时间了，要注意些啥？”晓琳还在忙活着，听到小玫问她，就说：“止血带到时间会自动放气的，只是要提前提醒医生加压包扎好伤口，以免渗血太多。”

这时，洪医生随口问了一下小玫：“对面的病人还好吧？”小玫回答：“生命体征还比较稳定，暂时没什么特殊。”洪医生说：“有没泵上丙泊酚？”小玫说：“给了病人一支芬太尼后，病人感觉不那么痛，还能耐受，我就没再给丙泊酚了。”洪医生说：“你做得对，俯卧位的病人，用全麻药微泵也是有风险的，关键是要防止缺氧。你去看好对面吧。”小玫听到洪医生又要叫她离开，赶紧回答：“好的，我这就去看好那个病人。”

五十

小玫心里也明白，洪医生反复叮嘱她要看护好这个病人，就是为了能让他不分心地专门处理对面那个危重的病人。那个病人出血多、凶险至极，稍有不慎，就可能发生心跳骤停的意外。这时，止血带已经开始报警了，小玫看到止血带还有不到五分钟的时间就要松开了。于是，她就告诉肖医生：“再有五分钟的时间，止血带就会自动松开啦。”肖医生说：“知道了。”小玫看到他仍在给病人慢慢地缝，看得心里都有些焦急。

过了一会儿，小玫再次对肖医生说：“还有一分钟就松止血带啦。”肖医生立刻告诉她：“帮我加五分钟吧”。小玫听后“啊”了一声：“还要加时间啊？”肖医生严肃地说了一声：“快加时间。”小玫也没多说什么，于是就在设定的时间上再增加了五分钟。肖医生还在慢慢给病人缝合，约莫两三分钟后，停下缝针，开始给病人加压包扎伤口，并且对小玫说：“刚才差几针就能把一根血管缝完，怎么能半途停下来呢。现在缝完了，一包扎好，便可以给病人松止血带。”小玫赶紧给他道歉说：“不好意思啊，我看到时间到了，有点急。”肖医生听后微笑了一下：“没事的，都是为了病人。”小玫这时看到输液瓶已经滴空了，立刻换了另外一瓶。

肖医生伸手指着墙壁的时间说：“现在是两点十分，过二十分钟就给病人重新上止血带吧。”小玫应了声“好的”，便走近病人问：“现在把止血带给你松了，是不是感觉舒服了很多。”病人说：“现在大腿一点都不胀痛了，但就感觉累，趴得不舒服，想动一动。”肖医生说：“这种手术，每个病人做到后面，都是感觉大腿胀痛得厉害。有的病人趴得受不了，就改全麻了。”小玫说：“这是趴在手术床上太久了。”肖医生说：“也跟你们的麻醉效果有关。”小玫轻轻点点头，说：“那倒是。打个全麻，病人睡着了，就什么感觉也没有了。”肖医生说：“可以改全麻的。”

于是，小玫走到病人头边，再问：“你想不想打全身麻醉啊？”病人问：“手术还要做多久？”肖医生听到病人的提问就说：“还要一个多小时吧。”病人就说：“还是不要改全身麻醉，我尽量忍住就行了。”肖医生说：“那也行，你不要动哦。”病人说：“不动，我会忍住不动的。”

小玫问过病人，得知他愿意尽量忍住也不想打全麻，于是，便走到对面房间对洪医生说："对面的病人，现在趴在床上仍然感觉很不舒服，但又不肯全身麻醉，我们可否给病人再追加利多卡因呢?"洪医生听后回答说："可以追加一支，但效果不会太明显。最后还是要追加全麻的。"小玫回到八房，立即给病人从硬膜外导管内推注了5毫升利多卡因，并对病人说："加完这次局麻药，如果待会儿你还感觉腿很不舒服，那就只能给你打全身麻醉啦。"病人说："好吧，谢谢你。"

二十分钟已到，小玫重新给止血带充上气，病人刚一被扎紧止血带后，立刻感觉大腿胀痛难耐，口中不住地呻吟："哎哟，哎哟。"小玫听到后就问病人："大腿很痛吗?"病人说："是啊，好胀痛哦。"小玫说："等一下吧。"

说完，小玫就转身去到对面十一房问洪医生："病人重新充上止血带，胀痛不止，要不要直接把刚才备好的丙泊酚给病人泵上。"洪医生就问："给病人硬膜外追加过麻药吗?"小玫回答："刚又加了一支利多卡因。"洪医生再看了一下自己这边病人的心电监护，感觉生命体征现在也已基本平稳了，于是就走到八房病人头边问病人："你是感觉大腿胀痛，还是感觉趴着不舒服?"病人说："大腿胀痛，趴在这儿也很不舒服，反正就想动一动。"洪医生接着问："你动动脚看，看你能不能动得了?"病人听后就尽力反复试着动动双脚，但是双脚一点也动不了。

然后，洪医生就告诉小玫："你再给病人静脉推注半支芬太尼，然后再微泵丙泊酚吧。记住，用药前，先准备好喉镜、气管导管、口咽通气道等。万一血氧饱和度降下来，你要懂得如何及时给病人纠正给氧。"洪医生刚想转身离开，小玫又问："丙泊酚微泵的剂量多少?”洪医生说:“先按每小时 20 毫升给吧,不懂随时问我。”

洪医生离开后,小玫先找齐可能用到的应急设备,接着就给病人静脉推注了半支芬太尼,再接上静脉微泵输注丙泊酚。然后,小玫就交代病人说:“现在给你用点镇痛药,你要是想睡觉呢,就趴着睡吧,尽量不要乱动就行了。”病人说:“好的,我会尽量配合的。”小玫再把面罩靠近病人口鼻位置,并加大了氧气流量。而后,她就在麻醉车旁,一刻都不敢耽搁地,静静地盯着监护仪。

此刻的小玫,也在心里默想着,现在已经给病人用上了镇静镇痛药物,而且是俯卧位,大意不得。记得自己刚入麻醉科时,毛医生就曾告诉过她,任何镇静镇痛药,都会有呼吸抑制作用,关键是看药物的用量和病人的耐受,也就是说,这个病人随时可能发生呼吸抑制。万一这个病人的血氧饱和度真的降下来,自己要怎么做呢?

她立刻从麻醉柜里拿出一张纸来,写起来:方法一,立即停药,喊醒病人,叫病人大口吸氧;方法二,将病人头摆成侧位,把口咽通气道塞进病人的口腔,面罩盖住口鼻,给病人捏气囊给氧;方法三,如果以上两个方法不行,只能叫停手术,将病人摆成侧卧位,再由面罩给氧、捏气囊,直至病人醒来;方法四,如果方法三还不行,就只有请洪医生来,给病人做气管插管了。

过了没多久,洪医生进来手术间,先是瞧了一眼心电监护,然后就对坐在麻醉车旁的小玫说:“目前病人状态还行,生命体征还算平稳,你要好好盯紧了。”小玫嘟嘟嘴说:“知道了,只是感觉自己做这样的麻醉,好伤大脑细胞哦。”洪医生听后哈哈地笑了,说："这是历练，经历这次后，你就突破了一层，水平上了一个台阶，对麻醉的理解也会更深一层。"小玫向他做了个鬼脸，说："就你道理多，对面的病人还要多久能做完？"洪医生说："快了。"小玫说："我猜也快了，否则你也没闲工夫来这儿。"洪医生笑着说："马上就会把对面的病人送 ICU 了，你就省心了。"小玫瘪瘪嘴，打了个哈欠道："难不成，你要放我睡觉去？"洪医生说："有什么不可能的，等对面病人送走了，就可以啊。"小玫高兴地拍拍掌，说："那就太好了，我都快困死了。"洪医生严肃地说："不过这段时间，你必须把病人看好了，俯卧位用全麻药，风险可不小。"小玫听洪医生说了这句话都好多次了，于是有些不耐烦地说："知道啦。"

四十几分钟过后，洪医生又进来了，看到病人的生命体征等指标都比较稳定，就对小玫说："你可以去睡觉了。"小玫此刻正睡眼蒙眬的样子，突然听到洪医生叫她去睡觉，兴奋地立刻从凳子上蹦了起来，说："太感谢洪哥啦。"洪医生听后笑着说："这是对你的奖励，在我处理对面危重病人的时刻，你稳住了这个大后方，没给我捅娄子。"小玫咧着嘴笑着说："感谢你的夸奖。"洪医生说："别啰唆，快去吧。"小玫说了声"好嘞"，立刻一阵风似的跑个没影了。

五十一

时间一晃已过去六个年头。小玫已结婚生子，并顺利通过了护理学中级考试，接下来，她将要接受医院护理部组织的护理技能考核，只有通过临床技能考核，才能受聘为主管护师。这天早上，她跟随马进州医生一起在二层手术室麻醉着五号、六号两个房间的病人。他们先给腹腔镜胆总管结石的男性病人打好全身麻醉后，马医生就去对面的房间麻醉另外一个病人了。小玫留下来监护这个病人，她给病人静脉微泵上丙泊酚和瑞芬太尼后，就坐到电脑前，写电子麻醉单。

这时，巡回护士殷秀娇正在准备给病人实施留置导尿，小玫瞅到后，就转头对她说："秀娇，你能否正规地演示一遍男性的留置导尿过程给我看看吗？我想学习一下。"殷秀娇已经打开一次性导尿包，正在给病人外阴消毒，听到小玫的请求后，充满疑惑地问："你学导尿干啥？"小玫此刻已经走到了手术床边，站在秀娇对面对她说："下周我就要参加护理技能考核，导尿也是其中的考核项目之一。"秀娇一边给病人消毒，一边问："你是麻醉护士，为何要考核这个？"小玫说："我中级报考的是外科护理啊，技能考核当然也要考这些护理。"秀娇恍然大悟地"哦"了一声，眼含羡慕的眼神对小玫说："小玫姐，真羡慕你，考过中级了。"小玫抿着嘴微笑了一下说："是啊，接着又要考技能了。"秀娇爽快地答道："没问题！我这就演示一遍导尿给你看看。"

此时，段秀娇已给病人消毒结束，突然想到小玫好些年没操作过导尿。于是，段秀娇就对小玫说："小玫姐，我还是从一开始说起吧。"小玫立刻点头说："对对对，我就是想看整个过程的，否则我会遗漏细节。"

于是，段秀娇就站得笔直对小玫说："按照正式考试规则，我们在给病人导尿前，先要核对医嘱，确定病人基本信息，然后开始实施导尿。通常我们导尿者站在病人的右侧，面对考官，首先要向教官讲解，实施导尿术需要严格按照置管操作流程进行，以便降低导尿管相关性尿路感染的风险，提高病人的舒适度。有时考官会询问尿道的解剖特点。"小玫立刻插话问道："考核导管还会问解剖结构？"段秀娇回答说："当然会问啦，这是其中必考的一环。接着，我们便会根据病人的性别不同，再向考官讲述一番，男性和女性尿道生理解剖结构，男性和女性规范化的置管操作差异注意点也要讲述一遍。"

小玫就问："男性和女性尿道生理解剖结构应该怎么给考官讲述？"段秀娇说："比如现在我们给男性病人插导尿管，那么就要先讲男性尿道特点，男性尿道全长 18 到 20 厘米，可分为三部，前列腺部、膜部和海绵体部；有两个弯曲，即耻骨前弯和耻骨下弯；三个狭窄，即尿道内口、膜部和尿道外口；三个扩张，即前列腺部、舟状窝部，和……"段秀娇说着说着就忘了，记不清还有一个扩张是什么，不好意思地盯着小玫。小玫正仔细地听着，突然发现她停住了，于是就瞟了她一眼，立刻意识到她可能是忘记了，于是就温和地接着说："还有尿道球部。"秀娇瞬间反应过来："对对对，就是球部。"小玫微笑了一下，问道："接下来向考官说什么呢?"秀娇说："说完解剖特点后，就要说在导尿前，必须先与病人沟通，使病人能顺利接受并配合我们的导尿操作。"

小玫又问："那消毒的注意事项呢?"殷秀娇说："我们打开导尿包后，先戴上无菌手套，将小橡胶单和治疗巾垫于臀部，这个只适合清醒病人。对于全麻病人，我们只能将垫巾塞在会阴下面，然后右手持镊子，夹消毒溶液棉球进行初步消毒，依次为阴阜、阴茎、阴囊。接着左手从导尿包里面取出一块无菌纱布，裹住阴茎将包皮向后推，以显露尿道口，右手持镊子，夹消毒溶液棉球自尿道口由内向外旋转擦拭消毒，并注意包皮和冠状沟的消毒，要消毒三遍，每只棉球限用一次。"

小玫接着问："然后呢?"殷秀娇说："然后打开导尿包的内层包，置于病人两腿之间，重新戴无菌手套，铺洞巾。左手提起阴茎使之与腹壁成60度角，将包皮向后推移露出尿道口，右手用消毒溶液棉球如前法消毒尿道口及龟头。"

小玫笑着说："接下来就要导尿了吧?"殷秀娇说："对。这个包里面已包含有导尿管，旁边的小袋包装是润滑油棉球，我们取两个棉球润滑导尿管前段就行啦。然后左手扶着阴茎，右手持镊子夹导尿管头端，避开气囊部分，对准尿道口轻轻插入尿道，见尿液流出后再插入约2厘米，深度一般为20到22厘米，但以见到流出尿液为准。记住，尿管末端要放用弯盘接住，以便取尿液。"

小玫问："就这么结束了吗?"殷秀娇说："还没有，还要向侧管气囊内注入空气或无菌生理盐水10毫升左右，再轻拉导尿管以证实导尿管已固定为止。然后，再将尿管末端与尿袋相连，引流管应留出足以翻身的长度，防止翻身牵拉，致使导尿管滑脱。”小玫听后，说：“哦，终于结束了。”殷秀娇笑着说：“清理完这些用物，才算结束。”

这时，外科医生也已到手术室，小玫一瞧见他，很自然地露出了笑容，那人正是她的老公曹俊飞，他们相识一年后，便结婚了。曹医生看到麻醉都已结束，只是跟小玫相视一笑，便出门洗手去了。小玫赶紧给病人追加了芬太尼和肌松药，并把丙泊酚和瑞芬太尼的用量加大了。而后，小玫瞧了一下墙壁的时钟，心想着对面的妇科病人差不多麻醉结束，或许此刻也要导尿了，正好赶过去看看女性导尿的过程，岂不更好。于是，她就跟殷秀娇说：“这边病人我已经加好了麻醉药，我去对面一会儿，你帮我看着点。”说完，小玫就飞快地跑去五号房了。

小玫一到五房，便看到江琴正在给病人导尿，于是迫不及待地说：“停下，等等……”江琴听到一声尖叫，并看见一道绿影向她飞奔过来，吓得她哆嗦着赶紧收住了手。小玫冲往手术床的速度似乎偏快，再加上她心情也有些激动，险些没有止住脚步，好在双手没有撑到床上。江琴满脸疑惑地看着小玫，心想干吗要喊她停止导尿啊，这个病人是子宫肌瘤剔除的手术，本来就该导尿的，没错啊？半晌，她才说出话来：“你吓死人啊，大白天的，导个尿，都不让人省心的。”

小玫赶紧赔礼地向江琴说：“姐姐行行好了，教我插个尿管了。”江琴瞥了她一眼说：“你学什么导尿，好不正经的。”小玫忽然又变了种语气说：“不是马上就要考技能操作吗？我都好久没有给病人导过尿了。”

这时，马进州突然说话了：“小玫，对面六房的手术医生来了吗？”小玫瞬即转头，对他说：“来了，我已经给病人加过药了。要不你去六房，怎么样？”马医生说：“看在你好学的份上，给你个机会，我去六房吧，要看好这边监护哦。”小玫回答说：“好的，谢谢你啦。”

江琴已经给病人消毒完了，正准备给病人插尿管，就指着会阴对小玫说：“你看到了吧，仰卧位时，女性会阴部有三个洞。”马医生正要出门，突然听到她这么一讲，忍不住地笑出声来了：“哈哈哈，这个老师太有才啦，实在是高。”说完，马医生就离开了。旁边的小护士也跟着笑了。小玫也禁不住想笑，但心想自己还需要江姐姐继续给自己讲解怎么为女性病人导尿呢，还是强忍着，没敢出声。

江琴也不管别人怎么笑，她还是继续讲自己的，她说：“女性会阴区从上至下有三个洞，是哪三个洞呢？”说完，江琴就瞅了她们一眼。小玫强忍着笑，抿着嘴，马上回应道：“我正听着呢，你讲吧。”江琴一边用手指着部位一边继续讲着：“分别是尿道口、阴道口及下面的肛门口，知道了吗？”小玫点点头说：“嗯，听到了。”江琴接着又说：“现在我们要给这个病人插尿管，那么就要往最上面找，找最上面的那个洞，知道吗？”江琴说完又瞅了她们一眼，生怕她们没有听到。小玫听得只想跑掉，但又不好意思，毕竟是自己主动要求向她学习导尿的，于是只好像小学生似的回答：“知道了。”

江琴继续讲："女性尿道口位于阴蒂的后下方，有些人阴蒂比较大，会完全把尿道口遮住，所以遇到经验不足的护士，有时就会发生将尿管插到阴道里的情况，你们操作时也要当心哦。"说完，江琴又扫视了她们一眼。小玫她们几个护士，站在江琴的对面，恭恭敬敬地听着她的解说，一边轻轻地点着头。

江琴讲着讲着突然想起一个问题，于是就顺带问小玫她们："你们知道女性尿尿时，为什么总是不能像男人那样形成一条线？"小玫笑了一下说："女人又没'小鸡鸡'，怎么一条线啊！"江琴接着问："照你这么说，你蹲着尿尿就一条线了吗？"小玫噘着嘴不好意思地摇了摇头。其他小护士听后禁不住笑了。江琴接着向她们解释说："其实十岁以下的女孩子在蹲着拉尿时，还是可以射出一条线的，只是到了青春期，阴蒂发育后，就不同程度地将尿道口给遮盖住了，所以任由你怎么改变姿势，尿尿也是不能射出一条线了。"小玫她们几个护士听后，很赞同地点了点头。

接着，江琴伸手指指阴蒂，并示意给小玫她们瞧看："你们看看，这个病人的阴蒂就有点偏大，我们就要将阴蒂往上拨开，才能完全地看到尿道口，现在你们看到了吗？"江琴一边对她们讲解，一边伸出左手把阴蒂拨开，让她们尽量看得清楚些。小玫跟随她的讲解不由自主地偏着脑袋看，并说："看到了。"

然后，江琴提起尿管，一边示范一边对小玫说："在插尿管前先给尿管的气囊充5毫升的生理盐水试试，判断气囊是否完好。再用左手拨开阴蒂，伸出右手持着镊子夹着导尿管，对准尿道口轻轻插入尿道，女性尿道长度一般是3到5厘米，但我们通常插尿管时，要往里面插入足够的深度，看见尿液从导管末端流出后，再往里面插入 2 厘米左右，才能往气囊里注入生理盐水，通常给气囊注入 5 毫升生理盐水就可以啦。然后松开手，拿起尿袋与尿管末端连接好，再轻轻地拽一下尿管，免得尿管插入膀胱内太深，只要不滑出来就好。”江琴还用镊子敲着弯盘，强调道：“在尿袋没有与尿管连接前，尿管末端必须放在弯盘里，以防尿管一插进膀胱，尿液流到外面。”

小玫仔细看完江琴插尿管后，就问她：“我看到有的书上说导尿后可以给气囊注入 10 毫升生理盐水，为什么你却只说用 5 毫升？”江琴说：“注水的目的就是防止导管滑出来，你刚才也看到了，在体外给尿管气囊注水 5 毫升后，直径都已经翻倍了，还用得着注 10 毫升生理盐水吗？”小玫听后“哦”了一声，没有多说什么。但江琴却接着问：“你知道女性的膀胱容积有多大？”小玫听到她突然提出这个问题，一时答不上来，就咧着嘴笑着说：“好像 500 毫升吧。”江琴说：“最多可容纳 800 毫升，男性可达 1000 毫升。”

小玫想到刚才没看到她的消毒过程，于是就问她：“琴姐，你能给我讲讲女性导尿时消毒的注意事项吗？”江琴收拾完导尿的用物后，站在病人一旁对小玫说：“我们站在病人右侧，戴好手套后，通常习惯是左手拇指、食指分开并固定小阴唇，右手持镊子夹，夹取消毒棉球，按由内到外，再到内，并自上向下的顺序，消毒尿道口、两侧小阴唇、再到尿道口，每只棉球限用一次。特别是消毒尿道口时，要停留片刻，使消毒液与尿道口黏膜充分接触，达到消毒的目的。”

小玫听完接着又问：“那对尿管型号的选择有什么讲究吗？”

江琴说："现在都是用一次性导尿包了，每个导尿包上面都有尿管型号标签的，里面除了尿管型号不同，其他的都是一样的。看人来选。"小玫听到江琴说要看人来选，不太懂她说的是什么意思，于是就问："怎么样看人选尿管，我还是不明白。琴姐，能否讲得再仔细些?"说完，小玫用殷切的眼神瞧着她。江琴最受不得别人找她帮忙，一旦别人有请求，她都会想方设法帮忙的。一听到小玫说没听懂，立马接着说道："比如说成人一般规定选用十到十二号的尿管，遇到大个子的，你可以选择十二号尿管的导尿包，遇到个头稍小的男性或女性，你可以选择十号或十一号尿管的导尿包，当然啦，你遇到老年男性，也要尽量选择偏小号的导尿包。"小玫疑惑地问："为什么老年男性要选小号的?"

江琴说："说个原因，你自然会明白，因为老年男性多半都有前列腺增生，选择大号的尿管，你很难插进去，即便勉强插的话，也会增加尿道损伤的。"小玫听后不住地点头说："嗯，我明白了，是这么回事。"江琴说："所以，我们既要给病人顺利插入导尿，也要考虑尽量减少尿道损伤。"小玫"嗯"了一声说："那是必须的。"江琴接着说："就是这个原因，通常我都会选择小一号的尿管给病人插的。"小玫赞同她的做法，随即点点头对她说："你说得真好，谢谢你啊。"旁边的小护士也跟着说："江老师讲得真仔细，谢谢啦。"江老师正准备着手术的用物，听到她们真诚的感激之言，眼角眉梢都透出了笑意，爽朗地说道："那是应该的啦。"

五十二

手术开始后，小玫坐在麻醉车旁一边看着病人的监护，一边翻看着借来的护理技能考核大纲。江琴做完自己的事，也坐在她的边上，闲来无事，她就问小玫："你这么年轻就升主管啦，前途不可限量啊！"小玫听后，心里美滋滋的，但面对着这位大姐姐，她仍然是很谦虚地说："还要向琴姐多学习的。"江琴接着说："现在你们中级的技能考核，也许与我以前考核的标准大不一样了。"小玫就问："琴姐，你是哪年升的主管啊?"江琴说："都是十多年前的事了，记得那个时候我们的考核参照的是卫生部护理技能考核十五项的评分标准。"小玫听后惊讶地说："现在都已经出台了五十项护理技术操作流程及评分标准，前几天我向黄惠丽借来看了下，真是看得头都大了。"江琴说，"我记得黄惠丽是去年考核通过的主管，你找她没错。"

小玫皱着眉头说："只是那五十项的内容实在太多了，而且有些操作，我从来没有见过，更别说操作啦。"江琴说："据我所知，技能考核也是根据专科来考的。"小玫疑惑地问："怎么根据专科考核的?"江琴接着就问："你中级报考的什么类别?"小玫回答说，"我考的是外科护理。"江琴说："我猜护理部考核你的时候，也应该会抽考外科方面的护理内容。”小玫说：“如果是那样的话，我就心安了，挑选一下外科方面的护理技能好好复习便是了。”江琴听她这么说，接着问：“你们什么时候进行技能考核？”小玫回答：“通知里是说下周一。”江琴想了想，说：“还有三四天的时间，看来你只能挑选外科相关的内容进行突击训练了。”小玫说：“嗯，这个考核通知来得太晚，已经来不及全面复习，只能搞选择性突击了。”

过了一会儿，江琴又问小玫：“你有没问黄惠丽，去年她中级考核了什么内容？”小玫回答说：“我问过了，她说去年自己考了两个题目，分别是男性导尿和心肺复苏。”江琴马上就说：“导尿倒是容易，但心肺复苏做起来可不容易。”小玫说：“听黄惠丽说，两个考得都不容易，就拿那个导尿来说吧，不仅要考她的操作和关键注意事项，还要考核尿道的解剖知识。”江琴听后微微地点了一下头，说：“那就不容易啦，如果考解剖，那就做不了假。”小玫说，“谁说不是啊，考得也太细了”。江琴说：“这样考也无可厚非，其实那个解剖，就是操作关键点的理论基础，正所谓理论结合实践嘛。”小玫也无奈地笑了一声，说：“这也是让我们知其然也要知其所以然啊。”

这时，只听见在台上洗手的护士骆春兰说：“再开包大纱垫来。”江琴闻听后立马起身，从推车上再打开一包给手术台上，并告诉骆春兰说：“春兰，大纱垫已打开，五块。”春兰接过大纱垫，仔细再清算了一遍，接着说：“五块，确定无误。”然后，她又专心地投入手术的配合工作。看到她们紧张的样子，小玫心想，是不是出血有点多了，也走上前看了一下手术和心电监护，生命体征还算平稳；又而蹲下身去瞅了一下吸引瓶，出血不多，再看输液已是第三瓶平衡液了，暂时先维持着。于是，小玫给病人追加了一支肌松药，并在电脑上记录，之后又坐回了麻醉车旁的座位上。

又过了十几分钟，主刀蔡医生又对小玫说，“马上要用垂体后叶素了，你们注意心电监护。”小玫立刻回复了一句说：“好的，我们正瞧着监护呢！”不到五分钟的工夫，只见有创动脉血压便开始下降，小玫赶紧跑到对面，告诉了马医生，在马医生的指导下，调整了麻醉药物。小玫先给病人减少静脉微泵的麻醉药用量，在血压降低跌破 90 毫米汞柱时，她就立刻给病人静脉推注了 10 毫克的麻黄碱，但血压还从 130 毫米汞柱一路直接降低到七十几毫米汞柱；心率也由每分钟 65 次降至 50 多次，才慢慢回升。又过了五分钟，有创动脉血压开始逐渐升高，一直升到一百六十几毫米汞柱，心率也回升到每分钟八十几次，还慢慢稳定。

待到病人生命体征稳定后，她询问马医生：“垂体后叶素本来是可以升高血压心率的，为什么台上医生给病人子宫肌内注射后，血压、心率反而先降低了呢?”马医生看了一下监护说：“用了垂体后叶素就会有这样一个先降后升的变化，我们只需记住这个特点，对症用药就行了。”小玫听他这么解答，只好“哦”了一声，没再追问什么了。

江琴回到座位，接着又对小玫说：“从黄惠丽的那两道考核题来看，你今年也不用太担心。”小玫侧脸盯着她问：“何以见得?”江琴说：“你想想，去年不是说从五十项操作流程里边抽考吗，还不是抽了与我们工作相关的。”小玫一筹莫展地说：“今年的技能考核标准还没公布，都不知道会怎么考呢。”江琴安慰她：“别想太多，无非就考些与你平日里工作相关的内容呗，这种考试难不倒你的。”

手术结束后，小玫将病人安全地送往了恢复室。趁手术间打扫卫生的空隙，小玫去毛医生房间，看到毛医生正在电脑前看着病人信息，她便叫了声：“毛哥，忙着啊！”之后，她主动搬了凳子，坐到了他的身旁。毛医生看到小玫来了，眼睛仍旧盯着电脑，问：“你来啦，有什么事吗？”小玫凑近他说：“没事就不能来看下你吗？”毛医生听她这么一说，朝她笑了一下：“那你现在看到啦，我很好。”

于是，小玫就向毛医生诉苦：“毛哥，你都不关心我了！”毛医生赶忙坐直了，转头对她说：“你又怎么啦？”小玫叹着气说：“下周一就要护理技能考试了，我都不知道要考些啥，真是愁死人了。”毛医生说：“你对照护理技能考核的那些项目，逐一复习，不就行了。”小玫说：“那么多，还有几天就考啦，怎么复习得过来。”毛医生略微思索了一下，说：“你是考外科护理，那你就重点复习外科方面的技能，其他专科的，有闲余时间再看吧。”小玫皱着眉说：“万一考别的，不是浪费时间吗？”毛医生对她说：“怎么会浪费时间呢？没有白吃的苦，只要你复习了，就会有进步。”小玫听到毛医生这么说，只好低着头答道：“那好吧。”

接着，毛医生提醒她：“你也不要忘了麻醉护理的内容，说不定，护理部那帮人就会考你麻醉护理了。”小玫听到他的提醒，惊讶地问：“哥，要是当真考到麻醉护理的内容，我该怎么回答？”毛医生告诉她：“麻醉护理，护理部那帮人也不熟悉，你肯定没问题，平时我怎么教你，你就怎么回答。”小玫听后，有点不自信地问："真的吗？没问题？"毛医生微笑着说："嗯，要有信心。但是，不论怎么问你，你都不能忘记，你是不能独立用药或操作的。你只能说，在麻醉医生的指导下，进行用药或操作。"小玫听后点点头："好的，知道了。"

小玫刚想起身离开，突然又想起一个问题，就问毛医生："毛哥，刚才我做了一个子宫肌瘤剔除的手术，医生给病人用了垂体后叶素后，为什么血压心率会先降后升啊？"毛医生稍微想了一下，就告诉她说："医生使用垂体后叶素是为了使子宫血管收缩，从而减少出血。但是，给子宫肌内注射垂体后叶素后，首先会使子宫体产生一个牵张反射，导致副交感神经或迷走神经的兴奋性反射，从而使血压心率快速下降了。接着，再过五到十分钟，垂体后叶素经肌肉吸收进入血液循环，就产生了药物本身的全身血管收缩作用，从而就会发生血压心率又逐渐升高的现象。"小玫听后立刻点了点头："原来是这么回事啊，现在我懂了。"她打心底佩服他的睿智和学识，默默地看着毛医生忙碌的样子，过了好几分钟才离开。

五十三

一早，小玫便来到手术室，找一个安静的地方，默默地在心里演练着每个操作的过程，以及需要向考官解释的内容，偶尔她也翻开手中那本临床护理考核评分标准五十项，再仔细查看一下，看看扣分点，即便是操作中一带而过的内容，也不能在解说中遗漏了。

晨会结束后，小玫心神不宁地在手术室转悠了一会儿，来到护士站，找了一个凳子坐了下来。这时，玉姐正在护士站的电脑前复核着手术收费，她看见小玫没去房间做手术而是坐着那儿，手里端着一本书翻来翻去的，就问她："小玫，今天不用上班吗?"小玫听到玉姐与她搭讪，赶紧回道："今天我要技能考核了，哪敢上班啊，这不是正在等考官老师来嘛!"玉姐听后就说："看你魂不守舍的，就知道你心里有事。"小玫说："是啊，谁遇考试不紧张呢?"玉姐说："你基础那么扎实，应该没问题的。"小玫说："关键是不知道要考些啥啊。"就在她们闲聊时，小玫的手机突然响了，她拿出手机一看号码，是护士长办公室的电话，赶紧接通，只听得电话那边说："是吴小玫吗?你马上来医生办公室考试。"小玫立刻说："好的，马上去。"挂下电话后，小玫迅速往医生办公室跑去。

小玫跑到医生办公室门口，正遇到田护士长从里面出来，小玫赶忙说了声"护士长好"。田护士长说："进去考试吧。"小玫往里一瞧，护理部副主任颜丽梅、护士长侯亚宁和莫幸华已坐在里面了，每人面前都摆了一本记事本、一支笔和一杯水。小玫赶紧给她们鞠躬并打招呼说："颜主任，早上好。侯护士长、莫护士长，上午好。"颜主任看到小玫笔直地站着，微笑着轻轻点了个头说："你就是吴小玫吧?"小玫答道："是的。"

颜主任仔细打量了一下小玫，然后轻轻点了点头，并对她说："你坐下吧。"小玫就向着她们迎面坐下了，先瞟了她们一眼，霎时间又低着头，不敢再正视她们了，只是默默地等待着她们的提问。只听得颜主任说：“你是目前我们医院第一位以麻醉科护士的身份晋升中级的，我们护理部在上周也特地讨论过对你的考核，进过一番商讨后，我们决定对你的考核通过面试答辩方式，以互相交流的形式进行，不再去到手术室考核操作了。”

听到颜主任说要以答辩形式考核她，小玫倍感惊讶，不考操作，难道考问答吗？正当她陷入沉思时，只听得侯护士长说：“吴小玫，你听好了，目前的成分输血包括哪几种类型？你答答看。”小玫慢慢抬起头来，满脸通红地看了她们一眼，颜主任笑着对她说：“不用怕，你知道多少，就说多少吧。”于是，小玫就说：“成分输血的类型包括悬浮红细胞、洗涤红细胞、新鲜冰冻血浆、普通冰冻血浆、浓缩血小板、白细胞悬液及冷沉淀等。”说完小玫就看着侯护士长。侯护士长问：“还有吗？”小玫摇摇头说：“只记得这些了。”侯护士长就说：“白蛋白也是很常用的，也是属于成分输血的一个类型。”小玫听了后，“嗯嗯”应着，心里很纳闷，自己怎么就把白蛋白给忘了呢。

侯护士长接着又对小玫说：“你不用紧张，其实答得很不错的。那你说说，新鲜冰冻血浆和普通冰冻血浆有什么不同？”小玫立即回答：“新鲜冰冻血浆包含了所有的凝血因子，有效期为一年，一年后自动转为普通冰冻血浆。普通冰冻血浆的有效期为五年，它与新鲜冰冻血浆的区别就是缺乏不稳定的凝血因子Ⅷ和Ⅴ。”

侯护士长听后微微点着头说：“回答得很好。根据最新输血指南，你再说说，临床输血指征是怎么样的。”小玫眨巴眨巴了几下眼睛，然后又轻轻地摇摇头，侯护士长看到她一脸茫然不知如何回答，于是就引导她说："你说一下血红蛋白低于多少时需要输血。"她顿时领悟了，说："血红蛋白在低于正常值但高于每升 100 克时，通常是不需要输血的；但当血红蛋白低于每升 70 克的情况下，是要补充红细胞的；当血红蛋白介于每升 70 到 100 克时，就要结合病人当时的心肺情况或术中会否继续出血等综合考虑后再决定是否给病人输血。"

侯护士长听完小玫的回答，立刻说："真不错，我的提问结束。"接着，侯护士长就转头瞧了一眼颜主任和莫护士长，示意她们可以继续给小玫提问了。小玫听后，心里美滋滋的，但仍是低着头，只是心里猜想着，接下来，还会问她什么呢。

这时 ICU 的莫护士长开始说话了，她问小玫："你作为麻醉科护士，那就必须懂得对病人进行监护。你来说说，全麻病人术中的气道压，受哪几方面的因素影响？"小玫听后，略加思考后说："气道压主要与术中设定的潮气量有关，也与病人的体重、身高、胖瘦有关，还跟术中病人的体位及手术方式相关。"

莫护士长听后就继续问："我举个例子，比如你给 50 公斤的病人实施全麻，你怎么设定呼吸的参数？"小玫答道："通常我们给病人设定潮气量的参数为每公斤 8 到 12 毫升，我们最先在病人仰卧位时设定为每公斤 10 毫升，也就是说先给 50 公斤的病人设定 500 毫升的潮气量，设定通气频率为每分钟 12 次，如果这个病人体态是不胖不瘦的，这时显示出来的气道压通常为 16 毫米汞柱；若是将病人改为侧卧位或俯卧位，或是头低脚高位，气道压就会升高几个毫米汞柱，但通常不会超过 20 毫米汞柱。"

莫护士长仔细地听着，并轻轻地点着头，接着问她：“要是手术中的病人的气道压突然增加超过 30 毫米汞柱，甚至发生窒息通气时，你在第一时间会怎么处理？”小玫说：“我会马上想到，病人的麻醉深度够不够，是不是到了追加麻醉药的时间了。如果排除麻醉用药的原因，接下来就要检查气管导管和螺纹管等连接导管，是不是存在扭曲或打折。还有可能气管导管插入过深，导致单肺通气了。再就是考虑气管内是否有痰液增多，需不需要吸痰处理。如果排除以上说的这些，还找不出气道压增高的原因，我就会及时向麻醉医生汇报。”

莫护士长听后说：“答得不错，我再问你最后一个问题，对于长时间持续机控通气的病人，造成肺损伤的原因有哪些？”小玫听到这个问题后，傻眼了，这个从来没听麻醉医生讲过的。于是她只能低着头思想。过了几十秒钟，只听到莫护士长说：“想到了吗？想到多少就说多少，不用怕。”

小玫微微抬起头，看了莫护士长一眼，莫护士长正微笑地看着她呢，只听莫护士长用鼓励的语气对她说：“再深入想想，你刚才的回答都已经涉及了，换个角度思考，就能答出来。”于是，小玫小心翼翼地说：“导致肺损伤的原因有，有潮气量过大、气道压过高，还有——还有……”然后，小玫就红着脸对莫护士长说：“就这些，没了。”

莫护士长看到小玫答不下去了，便安慰她说：“这个问题确实有点为难你了，但也是每天工作都要遇到的，要想得到才好啊。我现在告诉你吧。机控通气对肺损伤的原因通常有四种类型：第一种就是容量伤，你刚说的潮气量过大；第二种就是压力伤，但不一定是气道压过高，而是单位时间通气太快对支气管肺泡产生的压力伤；第三种就是剪切力伤，这个往往发生于肺不张的病人，或通气量过低的病人；第四种就是炎性损伤，主要发生在长时间机控通气的病人。”

小玫看着莫护士长，认认真真地听她讲完，并轻轻地点了点说：“谢谢。”然后，莫护士长对小玫说：“你回答得还不错，继续努力。”接着就转头对颜主任说：“我的提问结束了。”

过了一会儿，颜主任就开始说话了，她没有直接向小玫提问题，而是先跟她闲谈了一会儿。颜主任温和地问小玫：“你现在每天跟随着麻醉医生，都做些什么操作?”小玫说：“我们做的操作不多，只是帮麻醉医生给病人扎个动脉穿刺，偶尔也给病人气管插管，但都要麻醉医生在场才敢做的。”颜主任听后“哦”了一声，继续说道：“你跟着麻醉医生同时监护几台麻醉病人?”小玫回答：“监护 2 台，通常我监护比较简单的病人。”颜主任接着问：“那你认为，什么样的病人，是比较简单的呢?”小玫说：“比如做手外伤、下肢骨折或清创等手术，还有阑尾炎、单纯子宫切除手术等。”颜主任听后，点了点头，说：“你说的这些手术，都是在手术中出血相对较少的那类。”小玫低头听着，也没敢多说什么。

只听颜主任又接着对她说：“我经常听麻醉医生说，‘麻醉无大小’，我想听听你是怎么理解这句话的?”小玫思考了片刻，回答：“我认为‘麻醉无大小’是从麻醉的危险度来理解的。就比如说小孩吧，无论给小孩做什么手术，哪怕是做一个小指头，都要是用到全麻药物，而且任何一种全麻药都不同程度地具有呼吸抑制作用，所以在手术过程中，稍有不慎，就可能会发生病人缺氧的可能，甚至危及生命。”

颜主任听后微微点头说：“说得不错，还有呢？比如说腰麻或硬膜外麻醉，可不可以认为是小麻醉呢？”小玫接着回答：“我听麻醉医生说过，半身麻醉也是有风险的，也有可能发生全脊髓麻醉、硬膜外血肿或马尾综合征等意外，都不能小觑。”

颜主任“嗯”了一声，接着问：“你们在手术中给病人使用麻醉药物，有没有做过敏皮试？”小玫回答：“除了少数几种药，如普鲁卡因之外，大部分麻醉药物都是不用做过敏皮试的。但是许多麻醉药物也会造成体内组胺释放，发生类过敏反应。我们都会常规在术前给予地塞米松静注，预防过敏发生。”

颜主任接着就问：“你在麻醉科工作已经有六年了吧？你认为手术中的过敏反应有什么特点？”小玫回答：“是的，我一毕业就分配来麻醉科工作，已经整整六年了。对于围手术期的过敏，我认为它的诱发因素特别多，药物、血制品、乳胶、粉尘等，具有不确定性，即便发生过敏，在短时间内也很难确定是哪种药物导致的。有时即便某个病人既往是过敏体质，但在手术中也不一定会发生过敏。所以，我们要做的，就是围手术期对病人进行密切监护，一旦发生，早期诊断、早期治疗。”

颜主任听着她的解释，点头示意她：“继续说。”小玫也就接着讲：“对于清醒的半身麻醉病人来说，发生过敏反应时，可以及时询问病人有无不适症状，如皮肤瘙痒、呼吸困难、恶心呕吐、胸闷等。对于全身麻醉病人，我们可以根据临床表现进行对症处理。但我们也要及时观察皮肤症状，有的病人静脉给药几分钟后，即在输液手臂上显现出明显的潮红、荨麻疹。比如全身麻醉诱导后，有些病人前胸、颈项部出现明显潮红，此类过敏多半不甚严重，仅涉及单一系统，给予激素对症治疗，半小时后会逐渐消失。”

颜主任仔细地听着小玫的回答，突然她又打断小玫的话问：“你刚才提及如果过敏只涉及一个系统，症状就比较轻微。那么你说说，过敏可能会涉及哪些系统？”小玫回答说：“围术期过敏主要涉及四大系统，包括皮肤黏膜、胃肠道、呼吸和心血管系统等，有的过敏反应，使单一系统受累；有的过敏反应，两个或多个系统同时受累。80%的过敏反应局限于皮肤黏膜，而20%的过敏反应严重，甚至危及生命，须用肾上腺素治疗。我们必须通过密切观察，及时全面了解病人的临床症状和体征，尽早诊断，对病人进行对症处理。”

颜主任接着问：“那你说说，一旦确定是过敏反应，你应该怎么处理？”小玫回答：“一旦确定发生过敏，我会第一时间告诉麻醉医生，尽可能找到致敏药物，并立即停用。在他们的指导下，静脉追加给予激素、抗过敏药物或肾上腺素等，同时加快输液，密切观测血流动力学变化，确保术中病人生命体征的稳定。如果是清醒病人，必须给予面罩吸纯氧，保持病人呼吸道通畅，防止出现恶心、呕吐；如果是全身麻醉病人，那就必须随时观察呼吸机气道压力，有时痰液分泌增加，会导致升高气道压。”

颜主任听到小玫的回答后，很满意地说：“回答得很好，说明你平时工作中很细心，值得表扬。”小玫听到颜主任夸奖她，抿着嘴，面上不显，心里却特别高兴。颜主任转过头问两位护士长：“你们认为怎么样，答辩可以结束了吧？”这时，侯护士长和莫护士长都点头说：“可以结束了。”然后，颜主任就对小玫说：“你先回去吧。”小玫听到可以离开，立刻从座位上站起来，离开了办公室。

考完后，小玫没有直接离开手术室，而是先到毛医生的房间，非常兴奋告诉他：“毛哥，你教我的东西真是太实用了，今天的考试全都是你平常教我的知识。”毛医生听后惊讶地问：“莫非真考麻醉的内容啦？”小玫点点头说：“是的，今天考的全部都是麻醉的内容。”毛医生饶有兴趣地问：“都考了哪些题目呢，说来听听？”于是，小玫就将考试的经过一五一十地说给毛医生听。毛医生听后，脸上很自然地露出了笑容，并对小玫说：“这次你肯定能通过，这没什么悬念。”

小玫听后嘴角顿时露出了一对酒窝，感激地看着毛医生，说：“毛哥，这次多亏你了，谢谢。”毛医生转过头来微笑着看了她一眼，说：“没什么，这是你努力的结果。”小玫看到毛医生还在忙着自己的事儿，没敢打扰他太久，就对他告辞道：“那我先走了。”

五十四

时光荏苒，日月如梭，一晃半年又过去了。小玫正在给病人穿刺动脉，突然巡回护士谢丽霞告诉她：“好消息，小玫姐，你聘为主管护师了，下个月便可以享受待遇了。”小玫听后立刻“啊”了一下，侧头瞥了一眼谢丽霞，此刻的她正坐在电脑前查看医院的内网消息。小玫立刻应了一句："总算是批下来了。"谢丽霞马上应道："谁说不是啊？咱这医院，每年总要推后大半年才审批好聘任的。"小玫接着说："我听说去年的那批同事也是这个月份才被聘的。"谢丽霞回答："是的。记得去年我被聘护师，也是这个月。"这时，小玫已经给病人打好动脉穿刺，立刻来到电脑前，看医院的 OA 信息。她盯着电脑屏幕里面的聘任名单，陷入了沉思，回想这几年的日日夜夜，感慨万千。

几天后，早会结束，小玫被王主任叫去办公室谈话。王主任向她简单说明了麻醉科的情况，大概意思是随着手术量的日益增多，恢复室的工作压力也逐渐增大，不仅要为恢复室增加设备，也要增加人员配备。小玫没敢多说，只是默默地听着，偶尔点头。最后，王主任告诉她："我们几个和护士长们商量过了，一致认为让小玫你去恢复室更为合适。"接着王主任又夸赞了她一番。小玫一边听一边思索着恢复室的工作。同时，王主任也告诉小玫，在恢复室要格外小心，可不能大意了。接着，王主任给她举了例，他说病人麻醉后苏醒的过程，就如同飞机降落的过程，机组人员必须要万分谨慎，一朝疏忽，将会酿成机毁人亡的惨剧。

小玫离开王主任办公室后，脑子中就在反复想着恢复室的情形，这六七年来，虽然她没有在里面工作过，但因为每天要往恢复室送麻醉后的病人，也多多少少地了解一些恢复室的工作。在她看来，恢复室就像是病人由麻醉状态转为清醒状态的一个过渡环节，也是病人术后由手术室转入病房的中转站。

一周后，小玫像往常一样送病人来到恢复室。当护士苏宝莲来接管这个病人时，小玫顺便就问她：“莲姐，像这样的全麻病人，每次送到恢复室来，都是接上呼吸机，然后做好监护，再把病人的手脚绑牢，等待病人苏醒，就行了吗？”苏宝莲听后就对她说：“复苏病人当然不只是等待了，我们也要密切观察病人的血氧、血压及心跳等情况，一发现有特殊情况，立即要汇报负责我们恢复室的麻醉医生。”小玫听后点点头说：“哦，知道了。”苏宝莲又笑着对她说：“对啦，听说你下个月要来恢复室哦，欢迎你加入我们。”小玫打趣地回答：“不就是下周嘛。”苏宝莲一边给病人系着绑带，一边笑着回应说：“对，对，下周二就是下个月了。”

而后，小玫就抽空到毛医生的手术间溜达。这会儿毛医生刚好打完麻醉，正在给病人写麻醉记录单，看到小玫进来了，就问了：“小玫，坐，有什么事吗？”小玫把凳子挪近了些，小声地对毛医生说：“我下个月要去恢复室了。”毛医生说：“我知道的，很好啊，不用上夜班。”小玫先是面带微笑，笑容又马上一收，问道：“听一些同事说，恢复室很容易发生意外，是这样的吗？”毛医生转头看了她一眼，慢条斯理地说：“哪儿没有风险，只要你仔细观察，发现问题及时汇报，就不会发生意外的。”

小玫听后微微点了一下头，接着问：“在恢复室上班，关键要注意哪些问题？”毛医生仰起头，略加思考了片刻说：“对于半身麻醉的腰硬病人，你要重点注意病人的麻醉平面。如果病人的麻醉平面没有退下去，至少应在胸口以下；如果麻醉平面太高，就有可能影响病人的呼吸和循环功能的稳定，这种病人不要急于送回病房，就必须继续密切监护血压、血氧等情况。对于颈丛、臂丛等手术的病人，你要重点关注呼吸情况，有的病人合并膈神经麻醉，往往呼吸就不太好，所以要关注病人的血氧，监护到病人呼吸自如后，方可送回病房。”

小玫仔细听着，在笔记本上奋笔疾书。毛医生继续说：“对于全身麻醉的病人，全科四十几个麻醉医生，每位医生的麻醉风格和用药习惯都不尽相同，你的麻醉复苏，应该怎么应对？”小玫听他这么一问，瞬间脑中空空，不知如何回答了。只是默默地摇着头，眼睛紧紧地盯着毛医生。

毛医生看到她一脸茫然的样子，就继续给她解说：“遇到全麻的病人，你的唯一办法就是，先放快输液，确保输液管道里没有残余麻醉药。然后绑好手脚，防止病人未完全清醒时，因躁动而摔伤；密切观察病人心电监护，保证恢复期生命体征稳定；待到病人完全清醒后，要让病人做睁眼、抬头、握手等动作，确定病人肌力完全恢复后，才可考虑拔除气管导管；送走病人前，再次叫病人姓名，病人能够对答清晰且眼神灵敏，才可放心送出恢复室。最后，你始终要记住，学会保护自己，任何时间都不要自己擅自做主。你是护士，要向麻醉医生汇报，让他们看过病人的情况并经他们同意后，才能给病人拔管或送病人回病房。”

小玫点点头，“刷刷刷”地记录着。记完后，她接着问毛医生：“毛哥，有的全麻病人，送到恢复室时，已经有了自主呼吸，我该怎么办？还要接上呼吸机吗？”毛医生回答：“这种情况你要先判断一下，确定病人是否真的已经恢复自主呼吸。”

小玫又问：“病人自主呼吸恢复还有假的吗？”毛医生说：“当然有，有的病人并没有很好地恢复自主呼吸，只是因为手术结束后过床、搬运时的刺激，导致病人产生一过性的呛咳反应，这个反应不能认为是自主呼吸。”小玫听后，接着问：“那么怎么判断病人是否存在自主呼吸呢?”毛医生说：“你可以先接上呼吸套囊，观察五分钟，等待病人安静后，如果还能自主呼吸，并且呼吸的节律和潮气量都比较稳定，那才算是自主呼吸完全恢复。”小玫听后点头说：“哦，我懂了。”毛医生还是强调了一句：“始终要密切监护病人，有特殊，立即汇报恢复室值班医生。”

这时，巡回护士董玉芸也坐在一旁说：“恢复室上班，每天都闹腾得像菜市场，我可是受不了。”小玫转头看着她说：“谁说不是呀，我都压力大大的。”董玉芸说：“但恢复室还是有个好处，就是不用轮值夜班。”小玫说：“其实，我宁愿轮夜班，也不想来恢复室，但王主任亲自说了要我去，我也是没办法了。”说完，小玫皱紧了眉头。毛医生听她们聊了那些话后，就插了一句说：“别担心，只要你们白天在恢复室里打起十二分精神，自然不会有那些烦心事的。”

董玉芸本来还想拉着小玫继续闲聊的，但毛医生心想着董玉芸这个人平常就拈轻怕重，满嘴都是些不上进的言语，对小玫影响不好，于是赶紧插话阻止她们：“小玫你就别在这儿瞎聊了，赶紧回你的房间做手术去吧。”小玫瞧了一眼毛医生，看到他表情严肃，只好默默地离开了。

五十五

进入恢复室第一天，当小玫问应该跟随哪位学习复苏时，在场的麻醉护士们都笑了，俞冬青说："我要整理红处方去了。"杜秀娟也跟着说："我要查镇痛了。"她们相继离开后，留下来的杨婧对她说："这儿没有老师的，你跟在我们后面做几天，就会了。"小玫听后有些惊讶，于是就对站在她身边的杨婧说："那我就先跟着你，好吗?"杨婧爽快地说："好啊。"小玫接着问："在这恢复室上班，有些什么班次啊?"杨婧答道："有，主班、副班和日班。"小玫问："谁负责排班的?"杨婧回答说："没人排班。"小玫疑惑不解地问："没人排班，那这个班次又是谁定出来的?"杨婧看着小玫，笑着说："在这儿，其实也谈不上什么班次，护士长召集大家开了一个会，达成了一个口头协议。比如说，今天秀娟查镇痛，冬青整红处方，其他的人就负责复苏病人，每周轮换一次，就这样了。"小玫仔细地听着领会她的意思。

杨婧接着告诉小玫："恢复室通常在早上九点前是没有病人的，这个时间，我们只需做好准备工作，比如把墙壁上的氧气吸引瓶都一一更换好，并连接好吸引导管和充气手套接头，还有就是给麻醉机等更换新鲜的钠石灰等。"小玫一边跟着杨婧做，一边问她："病人进出多少总该有个登记吧？"杨婧回答："当然有啦。"于是，杨婧就带小玫走到恢复室的台面，拿起一本大大的登记本对小玫说："每个进入恢复室的病人，都要做好详细的记录，包括病人基本信息、手术方式、麻醉方式及进入时间和出室时间。"

小玫看完登记本后，点了点头后，问杨婧："恢复室麻醉护士的工作，除了在这儿给病人复苏，还有其他的什么工作吗？"杨婧回答说："除了在这儿复苏病人，并把病人送回病房外，就是负责红处方及麻醉药物的整理，还有就是镇痛泵的术后回访。"小玫疑惑地问："那么谁来负责红处方和镇痛泵的事情呢？"杨婧面带微笑地回答她说："我们几个一直是轮流负责的。"

小玫听到这里，心想这恢复室里面的六个麻醉护士并没有主事的，于是吃惊地问："你们如何轮流安排恢复室的工作呢？"杨婧说："其实也很简单，比如这个星期，你当主班，你就负责全科的麻醉药物及红处方的整理；假若你是副班，你就得早上一来科室，操起镇痛本，根据里面的镇痛单，挨个去每个科室给病人查房，了解病人的镇痛情况，一般用够两天，就把镇痛泵拔除了。"

小玫听完杨婧的回答后，接着问："副班查完镇痛后，又干什么呢？"杨婧说："访视完镇痛病人，就回到恢复室，参与到这里来，一起复苏病人啊。"小玫又问："我看到恢复室的人现在也没全来啊？"杨婧说："早就听说你的观察很细致，这个一下就被你发现了。因为恢复室病人最多的时间在中午十一点到下午四点左右，所以我们在普通班里面，也是错位排班的。"小玫就问："怎么错位排班？"杨婧说："比如我们现在加上你就有七个人了，早上八点只需主班、副班和两个普班来了就行，然后十一点来一个，十二点再来两个。”小玫听后，略加思索地问：“照你们这么上班的话，如何规定下班时间呢？”杨婧回答说：“我们恢复室的护士内部达成的这个不成文的协议，即错位排班方法，就是为了争取我们工作满八小时，就可以下班。”小玫听后长长地“哦”了一声，并轻轻地点了点头。

杨婧接着跟小玫说：“这样排班的话，我们在中午最忙碌的时刻，能保证恢复室有六个护士上班。”小玫又问：“那麻醉医生又怎么上班的呢？”杨婧说：“恢复室的麻醉医生目前有两个，游万国和许来峰。最近这段时间许来峰上午八点就来，游万国十一点来，他们同时也负责急诊深静脉穿刺或气管插管之类的。”小玫听后笑着对杨婧说：“照你这么说，在最忙的时候，他们麻醉医生也有两个同时在场？那倒是很好的，我总算是明白恢复室的工作模式了。”杨婧点了点头，说：“是的。”

就在这时，耳鼻喉的病人送到恢复室来了，小玫跟着杨婧赶紧上前，给病人接上呼吸机和心电监护，麻醉医生郝晖告诉她们说：“这是个声带息肉的全麻病人，手术前后做了半个多小时，需要机控通气一段时间才能恢复自主呼吸，你们看好了。”小玫一边给病人固定，一边回答道：“好的，知道了。”只听见康医生说：“是吴小玫吧，你什么时候到恢复室来了？”小玫转头看了一眼，面带笑容地说：“是康医生你的病人啊。我这个月才过来的。”康医生接着说：“看到小玫在这儿监护病人，我放心多了。”小玫听得心里暖洋洋的，但还是很谦虚地答道：“谢谢您的信任与夸奖，我们会看好病人的。”杨婧也在一旁附和说：“小玫很强的哦。”小玫连忙说道：“瞧你说的，我这不正在向你学习嘛。”

医生们走后，杨婧就走近小玫，悄悄说：“前些日子得知你要来恢复室，大家都认为你要当这儿的头。”小玫惊讶地说：“哪有的事啊？怎么可能呢？再说，我对恢复室的情况跟业务都不怎么了解，也没有经验啊！”杨婧接着说：“你想啊，要是主任看得上我们这几个当中的哪一个，早就提拔了。”小玫没有过多理会，只是想着一会接待病人要注意的事。

没多久，恢复室又送来一个小儿腹股沟斜疝的病人，麻醉医生鲁晨说：“骶麻联合基础麻醉，没有气管插管，只需给小儿吸吸氧气，完全苏醒后，便可以送回病房。”小玫赶紧上前，与杨婧一起给病人面罩吸氧，并接好心电监护，手脚绑好束缚带。小玫突然想到一个问题问杨婧：“这两个都是我们接手监护的，待到病人醒了后，由谁将病人送回病房呢？”杨婧一边给病人铺着被单，一边回答说：“谁有空，谁送啊。”小玫听后“哦”了一声，随即陷入了沉思，心里总觉着这样不是很好，但也没多说什么。

之后的日子，恢复室的病人越来越多，麻醉护士也增加了好几个。小玫一会儿接病人，一会儿送病人回病房，一会儿又去安慰乱动的病人，一会儿又给病人吸痰、拔管，真是忙得晕头转向。

一天，小玫发现一个病人醒来后，睁眼、点头都很能配合，但自主呼吸非常急促，于是她守在病人身旁，细数了一下病人的呼吸，发现已超过每分钟 40 次了。小玫确定病人呼吸有问题后，就立即告诉了许来峰医生。

许医生听到小玫的汇报后，立即起身走到病人床边，拿起听诊器听了听病人双肺的肺呼吸音，于是就对小玫说：“双肺呼吸音没问题，只是呼吸急促，也许是这个胸部的绑带扎得太紧了，我去通知主刀医生来看看吧。”说完，许医生就走开了。

小玫反复看了一下病人胸部的绑带，心想许医生说得在理，这是个乳腺癌病人，病人本来就肥胖，加上医生稍微扎紧一些，病人就透气困难了。于是，小玫就轻轻拍了一下病人肩膀说，“等你的主刀医生看过了，确定没问题，再给你拔掉气管导管，你稍微等等吧。”病人是很清醒的，睁着眼睛听着小玫的解释，尔后就点了点头。

不到十分钟的工夫，乳腺外科的副主任宋文忠就来到了恢复室，许医生也起身陪同他一起，再看了一下病人。宋主任伸手轻轻地拽了拽绑带，再左右看了看病人，随口说：“夏振平医生绑得太紧了，还是年轻没经验。”于是，他自己动手又重新给病人绑了一次胸带。

许医生交代小玫：“重新绑完胸带后，再观察十分钟，等呼吸恢复正常后，才可以考虑拔除气管导管。”宋主任走后，小玫再监护了十几分钟，这会儿病人的呼吸已经平顺了，于是，小玫就问病人：“呼吸还累吗？”病人听后摇了摇头。小玫接着再问：“那我现在给你拔掉这个气管导管，好吗？”病人听后点了点头。

小玫向许医生汇报后，先给病人吸痰，再拔除导管。病人松了口气感激地说：“可算松口气了，谢谢你。”小玫听她如此感慨，就好奇地问病人：“刚才你感觉怎么样？”病人皱着眉说：“那会儿可把我憋得不行了，想深吸口气都不能。”小玫微笑着说：“这胸带绑紧了，透不过气，绑松了，又起不到止血作用，只有恰到好处才行。”病人点着头说：“还是主任有经验。”接着，小玫把面罩放到病人鼻子上，并对病人说：“先休息一下，吸会儿氧气再回去吧。”

小玫送完乳腺病人回来后，又送了几个病人。这时，她准备送一个胃癌病人去病房，问过病人姓名后，小玫顺便观察了一下病人眼睛，还挺有神的，并问病人有没有头晕，有没有呼吸困难，病人都说没有。小玫给病人拆掉了心电监护，顺便掀开被子看了一下手术伤口，只见伤口纱布全部被血液浸湿了，甚至被子上都沾了。小玫赶紧汇报游医生，游医生跑过来检查后，立即说了句：“暂时不要送走，叫主刀医生来看看再说。”

于是，小玫给病人重新接上心电监护，等待医生的到来。过了十多分钟，主刀医生饶秋平看过伤口后，就对小玫说：“拿个缝合包来。”小玫说：“要重做手术吗?”饶医生说：“不用进手术室的，腹腔引流管没问题，只需在这儿给伤口再缝合几针就行了。”小玫回答他说：“缝合包要问手术室护士拿，我们麻醉护士不知道哪儿有。”

饶医生没多说什么，直接去手术间问巡回护士要了缝合包来，就准备给病人重新消毒缝针，此刻病人一阵阵地呻吟不止。饶医生正忙活着，就对小玫说：“给病人加点麻药吧。”小玫听到后走近游医生问：“就在这儿缝针的话，我们应该如何加麻药?”游医生说：“我很快就能缝合完的，你给病人追加点镇痛药就行了!”于是，小玫赶紧将此事汇报给许来峰。许医生告诉她：“你就给病人追加一支地佐辛，再静推50毫克的丙泊酚吧。要看好病人的监护，给病人面罩吸氧哦。”小玫答了一句：“好的，我这就给病人追加麻醉去了。”

病人缝完伤口后，小玫再给病人继续心电监护了一段时间，直到病人完全清醒，没有任何的头晕、呼吸困难，才敢把病人送回病房。下午四点半下班后，小玫感觉十分疲惫，就在值班房补了个觉后才回家。

晚饭后，小玫陪同曹俊飞到江边散步，小玫挽着曹俊飞胳膊对他说："阿飞，今天到恢复室上班，感觉好累哦。"曹俊飞就说："你们每天要监护百余台手术的病人，而且全部的手术病人都要从你们恢复室转送出去，能不累吗？"小玫接着说："我总感觉不太适应恢复室那样的工作模式，让我感到窒息。"曹俊飞就问："那你有没有想到好的方法，改变它呢？"小玫摇了摇头说："还没有。"曹俊飞"嗯"了一声说："既然你没想到更好的，那这就是当下最好的安排，存在即有道理。"小玫听后很赞同地点头，说道："你说得对，存在即有道理。"曹俊飞转过话题问："你的科室那么多麻醉护士，怎么没派别人去恢复室呢？"小玫略微想了想，回答说："不知道。"曹俊飞接着问："但我敢肯定，领导不会派狄燕去。"小玫好奇地问："为什么？"曹俊飞眼含不屑地说："她那人太懒散，又不细心，容易出意外。"小玫听到这些，微微点头，说："她就是那样的性格。不过，最近她心情不好，我也没与她聊过。"曹俊飞问："她怎么啦，出什么事了吗？"小玫回答说："她不久前离婚了。"曹俊飞听到后，立刻转换话题说："哦。在恢复室上班，环境那么嘈杂，你觉得你能坚持下去吗？"小玫侧过脸看了他一眼，说："当然可以啦。"

随后，曹俊飞补充一句："既然去了一个新环境，那就要熟悉它，发现其中的不足之处，将那些存在疑惑的，都一一记录下来。至于改进方法，可以慢慢想。"小玫回应道："我已经记录一些了，而且今天恢复室也发生了意外。”曹俊飞也看她一眼，问道：“还发生了意外，什么意外?”

小玫说：“有一个病人术后伤口渗血，发现后请外科医生重新缝针了；另一个病人是乳腺手术后包扎太紧，导致呼吸困难，就请外科医生帮病人放松了包布。”曹俊飞慢慢地走着，静静地聆听着，沉思了片刻说：“能及时发现就好。当然，这也没什么，你们每天监护那么多手术病人，发生几个这样的意外，也挺正常。”小玫听到他这么说，不禁惊讶地问：“这还正常啊?”曹俊飞解释说：“按照统计学上5%的误差率，每天发生几个像你说的意外情况，并不为过，但关键还是要看你们恢复室的医护人员，能否及时发现、早诊断、早治疗。所以，你们的责任很重的。”待到他说完，小玫不自觉地搂紧了曹俊飞的胳膊，激动地对他说：“阿飞，你分析得太精辟了，现在我有些明白了。”曹俊飞侧过脸对小玫说：“嗯，我只是分析，其实对手术室里的具体内容，我也不太了解。”小玫俏皮地说道：“我认为你的分析还是很有见地的，医疗上很多事情都是相通的。”曹俊飞“嗯”了一声，接着说：“不过我每次到手术室，看到你们恢复室总觉得怪怪的，说不上什么原因。”小玫惊讶地问：“怪怪的?哪里感觉怪?”曹俊飞答道，“我不懂你们的专业，但你也可以思考一下，是不是你们恢复室的流程?”没等曹俊飞说完，小玫立刻插嘴道：“也许你的直觉是对的，我早就觉得那个流程模式有问题，但一直没人去改变，我现在进去上班了也觉得别扭。”曹俊飞鼓励道：“你可以好好想想，设计一个更好的流程，或查漏补缺也行。”

小玫皱起眉头道：“我又不是护士长，没必要想那么多吧，即便做了，也是白忙活。”曹俊飞听后不以为然：“那就不一定啦，说不定哪天上面的领导想要改革恢复室，或想到了你，要你提供一个整改方案，那时你怎么应对呢，难道茫然不知所措？我觉得还是多想点好，有备无患。”小玫一边听着一边点点头，慢慢地思索地走着，过了没多久，她转过脸看着曹俊飞，甜甜地说：“你说得很对，我是该多考虑这些事。我刚进恢复室时，也总感觉里面乱糟糟的，稍有疏忽，就有可能发生意外。即便不为自己，也要为科里、为集体着想。我也是其中的一分子，一旦发生意外，酿成了损失，我们都要承担责任的。”曹俊飞赞道：“我很赞同，你这么想就对了。”小玫笑着说道：“嗯。咱们这就回家吧。”

五十六

又过了几天，轮到小玫去查访术后镇痛泵。早会后，她找来镇痛夹，里面一大沓各个病人的镇痛单，那一叠单子的厚度，少说也有四五十张。小玫想着要去十几个科室，跑上跑下的，要把四五十个镇痛泵一一看完，少说也要大半个上午了。她心里越想越焦急。

幸亏小玫在前一天睡觉时，就已经在心里琢磨好了，先将那些镇痛单按科室按楼层，一一整理好，而后自己乘电梯直上最高层，再一层一层往下，挨个科室查完所有的镇痛泵。突然，她发现有一张是四天前的镇痛单，再看术后查访记录，里面分明记录了在两天前的下午，病人的镇痛泵已经被苏宝莲拔除了。小玫开始想着，也许是苏宝莲拔完镇痛泵后，忘了把那张镇痛单拿掉，遗漏在夹子里的。不曾想，小玫又连续发现有好几张是写着已经拔除镇痛泵的内容的单据。

此时，晏文芳走到她身边，说道："小玫好认真呀，看你整理得有板有眼的。"小玫疑惑不解地问："为什么有些拔了镇痛泵的单子，还留在夹子里，怎么不拿掉呢?"晏文芳随意说："有些人干事就这样，想到了就拿出来，忘了就落在里面，没个正经的。"小玫又拿出一张六天前的单子，呈到晏文芳面前问："芳姐，你看看，这张是六天前的，想必早该拔了，而这里面既没写拔泵时间，也没写是否拔除，我真不知这个有没有拔。"晏文芳答道："我想这个应该拔掉了。"小玫一脸不解地看着她，问："何以见得?"晏文芳指着镇痛单上面的日期，解释说："你瞧这配泵日期，是上周四的镇痛泵，也许是周末病人或家属打电话给麻醉科了，让值班医生去拔了，没有在纸上登记，经常有这种情况的。"

小玫听后还是心存疑虑，有点不敢相信。晏文芳像是看出了小玫的心思，就对她说："你不信也罢，那就去亲自瞧瞧吧，眼见为实。"说完，晏文芳转身忙自己的活儿去了。小玫把确定已经拔泵的二十几张单子，全部提取出来，放进专门的储存柜子。而后，她拿起镇痛夹，走出麻醉科，步伐轻盈地往电梯走去。

小玫一连走了几层的病房，都还算顺利，不乏有的镇痛泵是昨日才用上去的，小玫只需瞧上一眼，随口问问病人，病人也还满意，便去查访下一个病人了。也有的镇痛泵，里面的药水已经结束或临近结束，她按程序把镇痛泵拆下来就行了。

小玫来到骨科，按照常规思路，她只需叫病人侧身，顺势把硬膜外镇痛泵拔掉即可。可是，这个病人背部偏偏不见硬膜外导管，小玫立刻扫视了病人的周边，镇痛泵却稳稳地躺在病人的头边，循着导管一看，这不是接到静脉输液上去了吗？哎呀！小玫不禁心里“咯噔”了一下。为何硬膜外镇痛泵会接到静脉上去了呢？

小玫立刻查看了镇痛泵，泵上的标签上清楚地写着硬膜外镇痛及药物配方，再看泵里面的药水，已然用完，可以拔了。她再查看了一次镇痛单的书写，也是明明白白地写着硬膜外镇痛。

小玫一边把镇痛泵拔除，一边亲切地询问病人：“大叔，镇痛泵一直接在您这个输液管上吗？”病人说：“这个镇痛泵原是接在背部的，因为昨天背上的胶布完全松了，导管都跑出来了。当时，我看到镇痛泵的药水还剩有大概四分之一吧，扔了怪可惜的，就让这儿的护士接到我输液的管道上来了。”小玫惊讶地说：“啊？哦，原来如此。你现在腿还痛吗？”病人回答说，“还行，比前两天好多了。”小玫听到他如此满意的回答，也不多问什么，只是鼓励病人好好休息。

小玫走出病房后，充满疑惑的她，立刻给毛医生拨通了电话：“毛哥，硬膜外镇痛可以接在静脉输液上吗？”毛医生毫不含糊地回答：“不可以，绝对不能接静脉。”小玫听到他如此严谨的答复，心里感觉更加不可思议，只是弱弱地说了句：“我正在查镇痛，回去再说吧。”说完便挂了电话。

当小玫走到产科病房，一位产妇看到小玫来查镇痛，立刻问她："医生，为什么我的腿一边麻、一边不麻?"小玫当麻醉护士毕竟也有许多年了，早已听说这硬膜外麻醉的特点，就循着病人的疑惑询问道："你是哪边感觉更麻呢?"产妇立刻用手指着左边大腿说："是左边，从屁股一直到腘窝感觉都是麻的。"小玫接着问："你是感觉很麻，还是一般麻呢?"产妇望着小玫答道："也算不上非常麻，只是感觉有些麻。"小玫又问："那就是比右边腿稍稍麻些。我再问问，你的双腿运动时，有没有什么区别?"产妇听到小玫的问话，立刻躺在床上同时活动着双腿，并对小玫说："运动啊，那都差不多呀，好像没什么太大的区别。"

小玫看到产妇的双腿在床上活动自如，充满了自信，她查看镇痛泵里的药量，并让病人侧身查看了硬膜外导管及胶布，都妥妥的，就对产妇说："你的镇痛泵没问题，待到明天泵里的药水用完了，你的腿麻也就好了。"产妇仍若有不解地追问："为什么还要等到明天呢?今天不能让我的腿麻症状消失吗?"小玫笑着对她说："今天也可以啊，但必须现在就停用镇痛泵。"产妇听到要停她的药，立刻可怜兮兮地对小玫说："不要停我的药嘛，千万不要，我很怕疼的。"小玫看到产妇逗趣的神情，不禁笑了。

走出产科，小玫翻看了一下镇痛夹，还有最后一个。她刚一走进胸外的病房，就听见病人抱怨着："是麻醉科医生吗?你们怎么才来啊?你们这个镇痛泵怎么不管用呢，昨晚可把我疼死了。"小玫立刻查看了镇痛单的药物用量，转而对病人说："从这个配方上讲，镇痛用量没问题。"病人迫不及待地追问："那是为什么啊?

疼死我了。”看到病人如此的表情和抱怨，小玫感觉很茫然，一时间也不知说什么好了，只能安慰地说道：“我这就帮你检查一下镇痛泵吧。”

不看不知道，一看吓一跳。乖乖，这个镇痛泵的卡阀竟然被死死地关着的，再看泵里的药水，也是满满的，分毫未进啊。小玫倒吸了一口气，侧脸瞧了一眼病人，更让她意想不到的是，病人此刻也死死地盯着她，渴望着她的答复。

小玫瞬间不知所措。小玫心里思量着，该不该如实告诉病人，如果照实告知，看她那凶神恶煞的样子，还不把自己给吃了。不告知实情的话，那又如何解释呢？正当小玫陷入沉思时，病人的询问打断了她：“医生，医生，镇痛泵怎么啦？能不能帮我止痛？”

小玫下意识地伸出手，推开了镇痛泵的卡阀。她的这一个动作，清清楚楚地印在病人的眼帘里，她能说谎吗？她敢说谎吗？小玫的嘴巴有些颤抖。病人也似乎有些怀疑地问：“是不是镇痛泵一直都没打开？”小玫闭了一下眼睛，努力保持镇定，说：“嗯，是的。”

病人立刻瞪大了眼睛，愤怒不已，立刻从床上坐了起来，紧紧一把拽住了小玫的手臂。小玫当即疼得“哎呦”一声，赶紧说：“你放开手，我给你解释。”病人却愤怒地说：“还有什么好解释的，就是你们的错，你不能走。”

这时，旁边病床的家属也站起身来说话了：“她跑不了的，让她说吧。”病人提高嗓门说：“你给我说，怎么办？”小玫痛的眼眶含泪，说：“你先放开手嘛！”病人松开了手，对小玫说：

“你说，怎么办？痛了我一个晚上。”小玫看了一眼病人，就对她说：“这个镇痛泵，不是我安装的，我只是来检查一下，发现有什么问题，再反馈给麻醉医生的。”病人嚎叫道：“那你叫麻醉师来。”小玫看着病人的神情，怒火中烧，想必再怎么解释，也无济于事了。

小玫看过镇痛单后，于是就对病人说：“昨天给你打麻醉的是刘水云医生吗?”病人听后说：“就是他，叫他来。”小玫立刻拨通了刘医生的电话，跟他说明了事情的原委。

不到十分钟的工夫，刘水云医生就来到病房，进门立刻给病人赔了个不是。接着，刘医生向病人解释：“发生这种事，肯定是中间的环节出了问题，这个镇痛泵继续给你使用，镇痛泵的费用，给你免掉。”刘医生在给这位病人打麻醉前，已经跟她沟通过了的，并且她是经过相熟的人的推荐，找到刘医生专门为她做麻醉的。不看僧面看佛面，病人看到刘医生这么诚心诚意地道歉，气已经消了大半了，就问刘医生：“我的镇痛泵为什么会关着，没打开呢?”刘医生细细地向病人解释道：“你这个手术是大手术，术中使用的麻醉剂量已经比较大了。手术后，为了让你能尽早苏醒，我们一开始接上镇痛泵时，就把卡阀关死了的。本来我们已经交代恢复室的医务人员，待到你完全苏醒后，送你回病房时，就应该打开卡阀的，也许是这个环节出了问题。”病人插话：“早知道是这样，我昨晚就应该叫麻醉师来检查镇痛泵的，让我痛苦了一整个晚上。”刘医生说：“嗯，你受罪了，这是我们工作的失误，现在开启了，慢慢就会好了。”

小玫跟着刘医生，一同离开胸外科。刘医生看了她一下，说：“今天你受委屈了。”此刻，小玫眼睛早已红了，委屈地说：“是有点委屈。幸亏你来了，否则我就脱不了身了，谢谢你。”刘医生说：“嗯，做工作遇点小挫折，没事，都是成长嘛。”小玫点点头问：“你说给病人免镇痛泵的费用，怎么免啊？”刘医生回答说：“那是小事，你不用操心，我会搞定的。”

回到手术室，小玫花了好一会儿，才平复了自己的心情。此刻，恢复室有五六个病人，也都安排得妥妥的。这会儿，她也缓过神来，就跟晏文芳打了个招呼，便偷空去找毛医生了。一见面，小玫就问：“毛哥，你刚才在电话里说硬膜外镇痛不能接到静脉输液上去。但我看今天那个骨科病人，确实是接到静脉输液上去了。我也问过，病人挺好的，似乎没什么异常。”毛医生听后正经地对她说：“你确定硬膜外镇痛泵是接到静脉输液上吗？”小玫盯着他，抿着嘴点了点头说：“是的，我敢肯定。”毛医生略加思索后说：“如果真是那样的话，那么药泵里面的药就不是布比卡因。如果硬膜外药物是布比卡因，进入血液后，极易引起心跳骤停，而且抢救非常困难，绝对不能心存侥幸。今天不发生意外，那不代表以后不发生。”小玫满脸诧异望着他：“为什么今天这个没发生呢？难道只是因为镇痛泵里最后四分之一的量，不够毒性？”毛医生略加沉思了片刻：“我分析吧，可能是进入血液的药量不够多，不足以发生意外。另外，药物浓度过低，单位时间内用量也不大，所以没有中毒剂量。还有就是，现在硬外镇痛泵里大多用的是罗哌卡因，相比布比卡因，对心脏的副反应要小得多。”

小玫听后，赞叹道：“看来以后要多加小心了。”毛医生补了一句：“必须倍加小心，往后交代病房的护士，不要随意自作主张地动镇痛泵，最好给她们科普一下。”小玫咧咧嘴，向毛医生做了个鬼脸说：“好的，这个是应该的，我们下次会多叮嘱一句的。”

下班后，小玫立刻将自己当天遇到的问题及对术后镇痛的相关细节和差漏全部记录下来，并将自己认为更好的改进措施备注在一旁。

尾声

一个人的成长，不在乎她说了什么，只在乎她做了什么，在乎她怎么做。

一些人，永远待在原处，原地踏步，因为，他们总是守着已经拥有的，半分也不愿意多做。

半年后，小玫得到领导的赏识，晋升为护理组长。她立刻着手改进恢复室的各项陋习，并查漏补缺，让恢复室运行得有条不紊、井然有序。

又过了一年，小玫再次得到领导的认可，被提升为手术室副护士长。

六年后，小玫已是手术室的护士长。手术室的各种事务，由她一手来抓、一手来管。一个集体中，那个头儿是怎么样的人，那么这个小集体，就会拥有怎么样的气氛。

没有什么是改变不了的。关键还在人，在于这个人愿不愿改变。

初稿完成于2019年2月24日。

修改稿完成于2020年5月16日。